本书受北京印刷学院

"国家级一流专业——编辑出版学专业建设"

经费资助

中国出版史研究

高凤池日记

叶新 整理

图书在版编目（CIP）数据

高凤池日记/叶新整理. —北京:中华书局,2022.8
（2023.3 重印）
　ISBN 978-7-101-15769-7

　Ⅰ.高… Ⅱ.叶… Ⅲ.日记-作品集-中国-现代
Ⅳ.I266.5

中国版本图书馆 CIP 数据核字（2022）第 101647 号

书　　　名　高凤池日记
整 理 者　叶　新
责任编辑　胡雪儿　张玉亮
责任印制　陈丽娜
出版发行　中华书局
　　　　　（北京市丰台区太平桥西里 38 号　100073）
　　　　　http://www.zhbc.com.cn
　　　　　E-mail:zhbc@zhbc.com.cn
印　　　刷　三河市中晟雅豪印务有限公司
版　　　次　2022 年 8 月第 1 版
　　　　　2023 年 3 月第 2 次印刷
规　　　格　开本/787×1092 毫米　1/32
　　　　　印张 9⅞　插页 5　字数 160 千字
国际书号　ISBN 978-7-101-15769-7
定　　　价　75.00 元

高凤池像

能兼中西學問方爲成材說　清心書院學生高鳳池

昨與學友縱談今古偶語至成材一說友曰古今之稱材不同何也予曰爲世道之盛衰耳蓋古者惟以禮樂爲主仁義爲依以稱其聖材而獨究其德逮自三代以降世道寖衰不能盡麗於德故能學聖人之學誦聖人之書徵其源流摘其要領析義理於精微之內通得蘊奧於淹博之中或善讀古今之史能貫古彼今得失翺然以鳴於一時者如唐之韓愈宋堂之司馬温公輩其亦可以爲成材歟乃自百外年來世道猶不如古蓋以邊疆不靖泰西諸國將次入華於是盧文而尚實學舍弓矢形而向火器呆凡一切言語文字天文地輿格致禮樂刑政之學多出意外而與華異微特華人目所未覩亦耳所未聞者也然旣與之

高凤池学生时代之著述

南王應信其言則法人即得東京亦屬無用且不獨此也中朝既有軍兵防守各處則必禁止民人往來而商旅不行即向所

得之西貢各口岸亦將漸敝荒蕪矣據傳出此謀者乃英國駐滇角領事兼軍機大臣某也現開越南國王將其財實分給各

大臣其餘則遷往海內之北以爲後圖即累朝典籍亦命史官先行賫往隨後則王之妃嬪官之眷屬亦將遷徙以避法人之

鋒越南之籌畫如此必將求救於中朝也而中朝亦必憐而保衛之矣接西報所迪訪事人之書似甚以法人圖謀越南爲

失計然其中亦率圍國領事者毋亦有深意存乎姑據錄之以供衆覽

水中小蟲〇水中有物人目不能見以顯微鏡觀之見有生動之物不可勝數穢水尤多以

滴水觀之見有小蟲跳躍遊玩亦各備其色令人視而不厭有格物者將海綠水一滴存心稽考，

止穢水滴中小蟲圖

其中活物有二萬六千五百枚如以斗水觀之其中活物較宇宙之

人加多矣再有牛乳餅蠹壞時中有微蟲用鏡觀之見其身頭喙略

似豬唇似鼠二目八足有二爪能屈伸股六節而有毛體前小後

大尾有毛如馬鬃長與身等有牝牡卵生虫初出卵體卽全能行走

其卵與鴿卵比須九十一億一十二萬枚然此蟲非至小也氣中有

微蟲隨呼吸而出入人不能覺此則小之尤小者也

答算題一則〇觀上月本報中有高君所登奇算一則初目之則覺甚易及細審之始知其

難且內中之曲折奇妙殊爲故愚再四研求始畧得其端倪由此而知高君之於算學爲獨超斷

非牆外者所得窺其堂奧也然因欣佩之切故不揣譾陋爰推算如式謹獻所得特質諸高明其

以爲然也否也〇答金球共包之錫衣係一百廿六零千分之四百廿一立方寸〇法依水學之

高凤池早年发表的数学题之解答

去歲以來每冊均專重一題反復申論精益求精尤為閱者所歡迎(己)煙台之晨星報則注重嗡道故事并多用官話普通教友多喜購閱(庚)木埠之奧華報自得陳碩卿博士主持筆政多譯泰西神學諸典籍以啓中華社會之愚蒙蓋今日勢如累卵之中華非神道不足以與之於奧華宗旨可謂名實相符矣(辛)通聞通於傳播主道及信徒應有之知識固多所記載而自始至今唯一不改之宗旨仍不外通聞二字也乃鄙人所自信諒亦閱者所公認也(壬)湖北漢口神學院之信義報(前為月報於今年十一月三日已改為七日報)(癸)南京金陵神學誌(去歲停版今春復活)(子)上海自立會之聖報以上三者則皆純粹該神學及該會之機關一開卷即知其宗旨在矣此上數報以基督教公報出版之年為最近通問報出版之年為最早而銷數亦以通聞報為最多今年最多時一星期曾售至七千餘份倘無歐戰影響其銷數尚不止此此今年舊有各報之狀况也

(伍)未來之報　開某西教士於一二年內擬在中國創辦一報體裁務求優美立義務求高尚遣詞務求富贍廣贈官紳不取報費專為傳道上流社會之用熱心鴻願聞者快之又通聞報載廣東惠潮梅浸信會於今年九月黃岡惠潮梅三州大和會時議決組織天民旬報定於一千九百十八年元月元旦出版月出三册財政由三州教徒認股其編輯處在磐石禮拜堂發行處為汕頭浸會廣益書局總編輯為陳乙初君云云是則二報之出版直指顧間事矣然鄙人對之稍有戚替請與諸君事一研究之(一)印報送入原為美舉無如得受者不出代價每多輕而不看不如少收報費使購者知所保貴也又續一新報不知一現有之良報費助而擴充之尤愿舉半功倍且出一不取費之報而其他一切取費之報不無影響於教報自立之前途關係至鉅不知某西士亦計及之否乎(二)教會報紙純係慈善性質大都皆虧本生意天民旬報其財政不日捐助而日認股是效尋常公司認股之例矣果如是則尚有官餘利之希望辦教報而稍存官餘之希望吾敢斷其必然失敗也創始諸君幸勿河海予言此未來各報之狀况也

中國書報事業之概況

高鳳池

一國之書報可為一國文明之代表蓋書報以文字發揮文明而灌輸之於一般社會又應乎社會文明之程度而相與發達者也然推求文明發達之由則以教育為基礎書報卽為教育輸入之要具故教育事業之盛衰與書報事業之消長相為因

高凤池《中国书报事业之概况》

高凤池等为商务印书馆发行所学生讲习班所作演讲之报道

民国时期上海四马路棋盘街，
高凤池一生志业中最重要的商务印书馆和五洲大药房皆在此处

高凤池日记的出版史料价值(代序)

叶 新

　　在商务印书馆早期的创业元老中,就地位而言,总经理夏瑞芳之下即张元济、高凤池二人。张元济(1867—1959),1901年投资商务,次年加入商务,曾任编译所所长、经理、监理、董事长等职。高凤池(1863—1950),字翰卿,1897年投资创办商务,1905年加入商务,曾任发行所所长、经理、总经理、监理等职。在总经理夏瑞芳1914年初被暗杀之后,张元济和高凤池均以董事身份,各自从编译所所长、经理的任上开始走上管理岗位,1926年、1927年两人分别以监理身份退休,共事十二年之久,其关系合作而不和谐,几致破裂。

　　高凤池出生于1863年(一说是1864年),1950年以87岁高龄去世;张元济晚四年出生,1959年去世时已92岁。与夏瑞芳、鲍咸恩、鲍咸昌、印有模等商务高层不同的是,两位均属于长寿之人。大略说来,对早期商务印书馆高层的研究,以张元济为最多,然后是王云五,接着是夏瑞芳,而鲍咸恩、鲍咸昌、印有模少有问津,高凤池则目前尚未发现单篇之论述。

　　单就张元济和高凤池而言,虽然两人在商务的地位相当,但并不意味着学术界对他们的重视程度相等。与张元济身后特别是近四十年被推崇的境遇不同,高凤池的身后相当地落寞,几不被人所知。张元济的有关研究汗牛充栋,而高凤池的有关研究则寥寥无几,即使有,也是作为张元济的衬托而出现,应该是后者史料极少之故。长期以来,与对张元济的肯定、推崇不同,老一辈出版人、出版学界对高凤池长期持否定态度,比如章锡琛认为高凤池"是个没有文化的工人出身,没有夏瑞芳的才干,却自高自大,一贯以创业的老板自居,为职工所不满",简直是一无是处,似乎为以后的有关评价定了基调。是不是学术界对高凤池的态度也存在有失公允之处呢? 这种缺憾是不是史料缺乏所致呢?

2020 年上半年,笔者偶尔在 1939—1941 年的《明灯道声非常时期合刊》《明灯》等杂志上发现了高凤池 1930—1935 年之间的日记摘抄并进行整理,发现其文笔流畅、感悟深刻,并非章锡琛所谓的"没有文化"之人。其日记内容主要涉及上海的宗教生活、孤儿教育、慈善事业、药房经营等方面。虽然高凤池已于 1927 年从商务印书馆监理任上退休,但还是长期担任董事,因此日记中也有与出版有关的史料,其中有些内容不无重要。现就这些内容做简要的史实梳理和归类分析。

一、教会派和书生派

按陈叔通在《回忆商务印书馆》（1960 年 1 月 17 日）一文中所言，"原来商务的主要人物大体上可分为教会派和非教会派两派。最初创办人全是同教会有关系的，夏瑞芳、鲍咸昌、高凤池等全是教会中人，张元济是非教会的"[1]。此处只说张元济是非教会派，而不是书生派。

1912 年至 1925 年任职商务的章锡琛在《漫谈商务印书馆》（1964）一文中进一步指出：

> 当时馆内已有"教会派"和"书生派"的名称。教会派对公司往往公私不分……夏被刺后，教会派准备由二鲍的儿女亲家高凤池继任总经理。他是个没有文化的工人出身，没有夏瑞芳的才干，却自高自大，一贯以创业的老板自居，为职工所不满。因此大多数董事主张请菊老继任，教会派却极力反对，董事会为了调和矛盾，决定在总经理之上设监理二人，由张菊生和高凤池担任，但不管实际事务，另聘大股东印有模为挂名总经理。次年 11 月，印在日本去世，由高凤池暂代。后来选任鲍咸昌为总经理，李拔可（宣龚，书生派）和王显华（教会派）为经理，形成对峙的局面。但教会派人能力薄弱，除印刷方面外，馆内

---

[1] 《商务印书馆九十年》，商务印书馆 1987 年版，第 137 页。

外都对菊老特别信任,因而教会派势力逐渐衰弱。[①]

章锡琛明确指出商务内部有教会派和书生派之分,而高凤池和张元济分别为两派推出的代表。他对教会派做出了"没有文化和才干"的负面评价,以后的有关研究多从此说。

1926 年,59 岁的张元济主动退休;1927 年,64 岁的高凤池退休。特别是 1929 年 11 月总经理鲍咸昌去世之后,教会派逐渐凋零,其二代如夏瑞芳之子夏鹏、鲍咸恩之子鲍庆林等不堪或者不就大任,王云五担任总经理意味着书生派终究占了上风。

二、高凤池日记之发表

高凤池日记的内容主要刊登于《明灯》杂志。《明灯》是上海广学会发行的一份综合性杂志,创办于 1921 年 9 月,止于 1941 年 11 月(第 294 期)。它由谢颂羔、陈德明编辑,曾与《道声》杂志合刊为《明灯道声非常时期合刊》《明灯道声合刊》。高凤池的日记从《明灯道声非常时期合刊》1939 年 9 月(即《明灯》第 268 期)起连载,终于 1941 年 8 月(第 291 期),除了 1940 年 2 月(第 273 期)、1940 年 6 月(第 277 期)、1940 年 11 月(第 282 期)和 12

①《商务印书馆九十年》,商务印书馆 1987 年版,第 109 页。

月（第 283 期）未刊登外，总计 24 期。另外，在《通问报》1942 年第 1778 期还刊登了一次。先后名为《高翰卿近九年日记选抄》《高翰卿近十二年日记选抄》，由此可知从 1930 年直到 1942 年，高凤池一直在写日记。

高凤池记从 1930 年初开始记日记，到 1937 年 8 月已有日记八册。"八一三"事变爆发之后，他仓促离家避难，损失巨大。等他回家之时，珍同拱璧的日记不见踪影，让他懊伤不已。不料三个月之后，日记被发现在宅边污泥之中，残破不堪。因此他请《明灯》杂志记者帮忙整理发表。高凤池曾在 1932 年 9 月 1 日记载：

> 余自民十九年元月重作日记，至今几及三载，约有十五万字。此三年之中，无论寒暑晴晦，未尝间断，然所记类皆时事及家庭琐事，刍狗糟粕，无意义，亦少寻味。拟自第四册起欲将先贤近哲之嘉言懿行，及个人平日之应世接物，加以磋磨，发抒而记录之，砥砺观察，用作晚年盖过进善之助云耳。

如果不到 3 年即有 15 万字，按 1 年 6 万字，坚持 8 年则有近 48 万字，已发表篇幅仅 13% 左右，殊为可惜。据《高翰卿先生八十寿》（《新闻报》1943 年 6 月 20 日，艾园）中的"六十万言记事珠。（数十年日记，寒暑无间）"①

---

① 艾园：《高翰卿先生八十寿》，《新闻报》，1943 年 6 月 20 日，第 4 版。

诗句,当时他的日记已有 60 万字,不知此后还有没有日记,更不知此日记是否现在还有留存。

与张元济不同,高凤池在商务任职时并未留有日记。与张元济日记重在馆事不同,高凤池日记则偏生活化,主要是"时事及家庭琐事"和"先贤近哲之嘉言懿行及个人平日之应世接物"。如果说张元济日记是"工作日记",工作中有生活,简要记录,不重文采,那么高凤池日记就是"生活日记",生活中有工作,铺陈文字,重在感悟。

日记署名是"凤池原作 君默抄录"。据笔者粗略之考证,抄录者"君默"为《明灯》杂志主编谢颂羔,即随后抄录时署名的"记者"。谢颂羔(1895—1974),笔名济泽。他出生于牧师之家,曾留学美国奥特朋学院、波士顿大学。归国后长期从事基督教文字出版及启蒙布道工作。著述颇丰,比如《游美短篇轶事》《艾迪集》《九楼随笔》《春草堂随笔》《圣游记》等。

此次整理的高凤池日记从 1930 年 2 月 2 日起,止于 1936 年 5 月 19 日。其本是私密,不为发表而记。如果公开发表,涉及时人时事,难免有删改之处,或为稿主授意,或由记者操刀。高凤池日记发表的删节在所不免,但其史料价值的珍贵性不言而喻,整理公布以后可供多方面的解读。

三、自述印刷、出版经历

高凤池 1927 年从商务印书馆退休,到 1933 年已经是

民国时期上海四马路棋盘街，
高凤池一生志业中最重要的商务印书馆和五洲大药房皆在此处

本館創業史

發行所學生訓練
班演講錄之三

高翰卿
張蟾芬 先生講述

冰巖筆記

（一）引言

廿三年三月三十日，發行所學生訓練班，請高翰卿張蟾芬二位先生講述本館歷史。是日除學生外，職員旁聽者極多。首由劉所長致辭介紹，謂：「這次訓練所定的講程，有本館歷史一日，我們孔先生都覺得所配本館歷史的，有過很大的勞績，其所謂眼福幸福者，今天來講過去的歷史。自然格外親切有味。高先生現任五洲藥房的辦事董事，事務很忙，今天承高先生來講，其是非常感謝。我想高先生今天看見在座這樣許多青年正在為公司服務，一定是很高興的。」繼由高先生講述，張蟾芬先生補充。此篇本文所記，便是照那天演講紀錄下來的。

劉孔二位先生都覺得此種史談，不僅可以使在公司暑期服務的青年格外奮發，而於公司歷史上，亦是很珍貴而有價值的材料；並可藉此略窺吾國近代企業發展的進程。囑袞詳細記錄，在同舟發表。紀錄整理完竣後，復懇高翰卿先生張蟾芬先生觀閱，逐高翰卿先生親筆加以改正，極可感謝。其次我們聽見仲言先生在時，喜和同人談公司家故，當時曾有意請人紀錄下來，可惜未成事實，否則可以補充本文不少。及後莧錄，此非一定可以很緊要的吧！近人提倡自傳文學，極有意義，胡適之先生曾勤張

那天高張二位先生的講述，倒很於創業時期，而且所講的有許多平時不易聽聞，碎瑣微而又極動人的故事。關於創業人經過的種種艱辛困難，聽的人非常感動。散會之後，劉聰強先生很興奮的說：「聽了當初創業人的艱難困苦，我想每個同人對於公司目前的待遇，決不會再存過奢的願望了吧！但希望以後能夠多請幾位前輩先生來講述，一定很有意義的。」

業人的心力也自然特殊，而且每個時代，有耗費的心力也自然特殊。著現在已有的記載，那歷千雲五先生分段來講，從上層訓練班講的本館的出版方針，道方面的苦門，到三十五年來之商務印書館，及談談我館編輯教科書的變遷（同舟七期）與本文相互發揮，可以參看。

司之逐漸發展到現在茁的進位，創業人篳路藍縷之功，是任何人所不能否認的，可是後來的築成光大，却是不少人的心血才力所成就，說得實些，則公司是一個有機體的組織，每一個同人都有「分力量養住在內。但每個時代，總有幾位中心人物，因為所負的責任較一般人大，對公司的關切特別深，所

高凤池等为商务印书馆发行所学生讲习班所作演讲之报道

目　录

高凤池日记的出版史料价值(代序)

叶　新

在商务印书馆早期的创业元老中,就地位而言,总经理夏瑞芳之下即张元济、高凤池二人。张元济(1867—1959),1901年投资商务,次年加入商务,曾任编译所所长、经理、监理、董事长等职。高凤池(1863—1950),字翰卿,1897年投资创办商务,1905年加入商务,曾任发行所所长、经理、总经理、监理等职。在总经理夏瑞芳1914年初被暗杀之后,张元济和高凤池均以董事身份,各自从编译所所长、经理的任上开始走上管理岗位,1926年、1927年两人分别以监理身份退休,共事十二年之久,其关系合作而不和谐,几致破裂。

高凤池出生于1863年(一说是1864年),1950年以87岁高龄去世;张元济晚四年出生,1959年去世时已92岁。与夏瑞芳、鲍咸恩、鲍咸昌、印有模等商务高层不同的是,两位均属于长寿之人。大略说来,对早期商务印书馆高层的研究,以张元济为最多,然后是王云五,接着是夏瑞芳,而鲍咸恩、鲍咸昌、印有模少有问津,高凤池则目前尚未发现单篇之论述。

单就张元济和高凤池而言,虽然两人在商务的地位相当,但并不意味着学术界对他们的重视程度相等。与张元济身后特别是近四十年被推崇的境遇不同,高凤池的身后相当地落寞,几不被人所知。张元济的有关研究汗牛充栋,而高凤池的有关研究则寥寥无几,即使有,也是作为张元济的衬托而出现,应该是后者史料极少之故。长期以来,与对张元济的肯定、推崇不同,老一辈出版人、出版学界对高凤池长期持否定态度,比如章锡琛认为高凤池"是个没有文化的工人出身,没有夏瑞芳的才干,却自高自大,一贯以创业的老板自居,为职工所不满",简直是一无是处,似乎为以后的有关评价定了基调。是不是学术界对高凤池的态度也存在有失公允之处呢?这种缺憾是不是史料缺乏所致呢?

2020年上半年,笔者偶尔在1939—1941年的《明灯道声非常时期合刊》《明灯》等杂志上发现了高凤池1930—1935年之间的日记摘抄并进行整理,发现其文笔流畅、感悟深刻,并非章锡琛所谓的"没有文化"之人。其日记内容主要涉及上海的宗教生活、孤儿教育、慈善事业、药房经营等方面。虽然高凤池已于1927年从商务印书馆监理任上退休,但还是长期担任董事,因此日记中也有与出版有关的史料,其中有些内容不无重要。现就这些内容做简要的史实梳理和归类分析。

一、教会派和书生派

按陈叔通在《回忆商务印书馆》(1960 年 1 月 17 日)一文中所言,"原来商务的主要人物大体上可分为教会派和非教会派两派。最初创办人全是同教会有关系的,夏瑞芳、鲍咸昌、高凤池等全是教会中人,张元济是非教会的"①。此处只说张元济是非教会派,而不是书生派。

1912 年至 1925 年任职商务的章锡琛在《漫谈商务印书馆》(1964)一文中进一步指出:

> 当时馆内已有"教会派"和"书生派"的名称。教会派对公司往往公私不分……夏被刺后,教会派准备由二鲍的儿女亲家高凤池继任总经理。他是个没有文化的工人出身,没有夏瑞芳的才干,却自高自大,一贯以创业的老板自居,为职工所不满。因此大多数董事主张请菊老继任,教会派却极力反对,董事会为了调和矛盾,决定在总经理之上设监理二人,由张菊生和高凤池担任,但不管实际事务,另聘大股东印有模为挂名总经理。次年 11 月,印在日本去世,由高凤池暂代。后来选任鲍咸昌为总经理,李拔可(宣龚,书生派)和王显华(教会派)为经理,形成对峙的局面。但教会派人能力薄弱,除印刷方面外,馆内

_____
① 《商务印书馆九十年》,商务印书馆 1987 年版,第 137 页。

外都对菊老特别信任,因而教会派势力逐渐衰弱。①

　　章锡琛明确指出商务内部有教会派和书生派之分,而高凤池和张元济分别为两派推出的代表。他对教会派做出了"没有文化和才干"的负面评价,以后的有关研究多从此说。

　　1926 年,59 岁的张元济主动退休;1927 年,64 岁的高凤池退休。特别是 1929 年 11 月总经理鲍咸昌去世之后,教会派逐渐凋零,其二代如夏瑞芳之子夏鹏、鲍咸恩之子鲍庆林等不堪或者不就大任,王云五担任总经理意味着书生派终究占了上风。

二、高凤池日记之发表

　　高凤池日记的内容主要刊登于《明灯》杂志。《明灯》是上海广学会发行的一份综合性杂志,创办于 1921 年 9 月,止于 1941 年 11 月(第 294 期)。它由谢颂羔、陈德明编辑,曾与《道声》杂志合刊为《明灯道声非常时期合刊》《明灯道声合刊》。高凤池的日记从《明灯道声非常时期合刊》1939 年 9 月(即《明灯》第 268 期)起连载,终于 1941 年 8 月(第 291 期),除了 1940 年 2 月(第 273 期)、1940 年 6 月(第 277 期)、1940 年 11 月(第 282 期)和 12

---

① 《商务印书馆九十年》,商务印书馆 1987 年版,第 109 页。

月（第 283 期）未刊登外，总计 24 期。另外，在《通问报》1942 年第 1778 期还刊登了一次。先后名为《高翰卿近九年日记选抄》《高翰卿近十二年日记选抄》，由此可知从 1930 年直到 1942 年，高凤池一直在写日记。

高凤池记从 1930 年初开始记日记，到 1937 年 8 月已有日记八册。"八一三"事变爆发之后，他仓促离家避难，损失巨大。等他回家之时，珍同拱璧的日记不见踪影，让他懊伤不已。不料三个月之后，日记被发现在宅边污泥之中，残破不堪。因此他请《明灯》杂志记者帮忙整理发表。高凤池曾在 1932 年 9 月 1 日记载：

> 余自民十九年元月重作日记，至今几及三载，约有十五万字。此三年之中，无论寒暑晴晦，未尝间断，然所记类皆时事及家庭琐事，刍狗糟粕，无意义，亦少寻味。拟自第四册起欲将先贤近哲之嘉言懿行，及个人平日之应世接物，加以磋磨，发抒而记录之，砥砺观察，用作晚年盖过进善之助云耳。

如果不到 3 年即有 15 万字，按 1 年 6 万字，坚持 8 年则有近 48 万字，已发表篇幅仅 13% 左右，殊为可惜。据《高翰卿先生八十寿》（《新闻报》1943 年 6 月 20 日，艾园）中的"六十万言记事珠。（数十年日记，寒暑无间）"[①]

[①] 艾园：《高翰卿先生八十寿》，《新闻报》，1943 年 6 月 20 日，第 4 版。

诗句,当时他的日记已有 60 万字,不知此后还有没有日记,更不知此日记是否现在还有留存。

与张元济不同,高凤池在商务任职时并未留有日记。与张元济日记重在馆事不同,高凤池日记则偏生活化,主要是"时事及家庭琐事"和"先贤近哲之嘉言懿行及个人平日之应世接物"。如果说张元济日记是"工作日记",工作中有生活,简要记录,不重文采,那么高凤池日记就是"生活日记",生活中有工作,铺陈文字,重在感悟。

日记署名是"凤池原作　君默抄录"。据笔者粗略之考证,抄录者"君默"为《明灯》杂志主编谢颂羔,即随后抄录时署名的"记者"。谢颂羔(1895—1974),笔名济泽。他出生于牧师之家,曾留学美国奥特朋学院、波士顿大学。归国后长期从事基督教文字出版及启蒙布道工作。著述颇丰,比如《游美短篇轶事》《艾迪集》《九楼随笔》《春草堂随笔》《圣游记》等。

此次整理的高凤池日记从 1930 年 2 月 2 日起,止于 1936 年 5 月 19 日。其本是私密,不为发表而记。如果公开发表,涉及时人时事,难免有删改之处,或为稿主授意,或由记者操刀。高凤池日记发表的删节在所不免,但其史料价值的珍贵性不言而喻,整理公布以后可供多方面的解读。

三、自述印刷、出版经历

高凤池 1927 年从商务印书馆退休,到 1933 年已经是七十高龄，因此他在日记中两次总结了以往的人生经历。

他在 1933 年 5 月 12 日的日记中写道：

> 即旧历四月十八日，为余七十生辰。孤客在杭，悲喜交集，追思已往，镜花水月，无异黄粱一梦。七十年中劳苦忧伤，备尝辛酸，穷达利钝，历经沧桑。余家素贫，早年丧父，全赖我母纺织存活，十一岁入南门清心义塾半工半读，日后能知艰辛者，由幼年苦学所致也。二十一岁入美华书馆任校对事，余问世任事之第一朝也。四十二岁入商务印书馆，至六十而告老家居。三十以前，困于经济，日坐愁城，时虞断炊；三十以后，渐见宽裕，有(似)〔拨〕云雾见天日之概。综余一生，得上帝之恩独厚，故顺境多而蹇运少，每遇大病灾祸，都能逢凶化吉，在此晚年，可以无忧无虑、足食足衣、身康力健、家庭雍穆者，诚异数也。余生于十九世纪，长于二十世纪，乃在科学昌明繁华之上海，世事递变，月异而岁不同，可谓我生之幸，亦可谓我生之不幸，因科学愈昌明，人心愈险恶；物货愈文明，杀人利器亦愈演进。

但在发表时，高凤池又在日记的最后加了一句："按余生日乃阴历五月十八非四月十八日。"而到了阴历五月十八日，也就是阳历 6 月 10 日，他又再次总结了他的一生：

即旧历五月十八日,为余七十生辰。夕阳衔山,如蚕作茧,不觉感慨系之。退思已往,无异镜花水月,一梦黄粱。七十年中,劳苦忧伤,备尝艰辛,悲欢通塞,历经沧桑。余家寒素,早年失怙,全赖我母纺织存活。十一岁入清心义塾,该校为美国教会所设。时当南北花旗黑奴争战之后,经济竭蹶,学生半工半读,日后余稍知艰辛者,全由髫龄苦学所造成。二十一岁入美华书馆办事,该馆为我国印刷事业之先师,亦系造成印刷人才之渊薮。四十二岁入商务印书馆,至六十四岁而告老家居。当余服务两馆时,为该两馆极盛时代,一系印刷著名,一系出版冠众。三十年前,曾与同志创中国基督徒会,提倡我国教会自立,又设上海孤儿院,开慈善事业之风气,嗣因人事变迁,不能始终其事,甚以为憾。三十岁以前,困于经济,日处愁城,常以衣食为虑;三十以后,渐见宽裕,有拨云雾见天日之概。综余一生,得上帝恩赐独厚,故顺境多而蹇运少,每逢大病灾患,皆能化凶成吉,在此晚年,可以温饱无虑、身康力健、家庭安祥者,诚上主特恩也。余羡慕宋朝范仲淹公之为人,方正廉直,乐善好施,因幼年贫苦,虽位高禄厚,终其身未尝丰衣美食。公内刚外和,待属下虽严厉而有恩意,交朋友以疏淡而久敬,文治武功,道德文章,论者〔以〕为赵宋第一完人。《圣经》六十六卷,余最喜读《诗篇》,有诗词、祷告、颂扬、忏悔、谢恩各体，为大卫晚年所作，一生精神所集，词藻富丽，如《左氏春秋》，其缠绵处，犹儿童向慈母娓娓诉话。每当忧患愁闷时，独坐静室，将第百十九篇读之，心怡神旷，有"柳暗花明又一村"之概。余生于十九世纪，长于二十世纪，适在科学昌明极繁华之上海中区，世事递变，物质演进，月异而岁不同。当余童稚时，上海尚属海滨一村落，浦江两岸，芦苇满望，租界简陋；如今九江芜湖，不足百年，已成世界最大都会。变迁之骤、进步之速，为梦想所不及。余以生此时代为有幸，亦以生此时代为大不幸，盖科学愈昌盛，人心愈险恶；物质愈文明，道德愈堕落。当余书此日记时，正敌军飞机肆虐轰毁榆热，军缩会议破坏于日内瓦，经济会议开始于伦敦，上海绑票暗杀案迭起不穷。世界之乱，人心不良，莫此为甚，殊堪浩叹。①

此篇日记见于《小五洲》杂志 1937 年第 8 期《高翰卿先生访问记》一文，可知在 1939 年 9 月《明灯道声非常时期合刊》刊登高凤池日记之前，其日记内容已有所披露。6 月 10 日的日记与 5 月 12 日的内容颇多重合，显然是在后者的基础上增添而成。

与出版有关的内容，5 月 12 日的日记是为"二十一

①虎赞：《高翰卿先生访问记》，《小五洲》1937 年第 8 期，第 2 页。

岁入美华书馆任校对事，余问世任事之第一朝也。
四十二岁入商务印书馆，至六十而告老家居"，较为简
单。6月10日的日记为"二十一岁入美华书馆办事，该
馆为我国印刷事业之先师，亦系造成印刷人才之渊薮。
四十二岁入商务印书馆，至六十四岁而告老家居。当余
服务两馆时，为该两馆极盛时代"。对前者60岁的告老
退休年龄，后者改为更为准确的64岁。他对先后服务
多年的美华书馆、商务印书馆的评价是"一系印刷著
名，一系出版冠众"，因此对自己四十多年的印刷出版从
业经历颇为自豪。

四、对张元济的记载和评价

张元济和高凤池在商务印书馆的管理层面共事12
年之久，共事而不和谐，其经历对双方而言都不甚愉快。
张元济1920年辞去经理职务之后，在给好友梁启超的回
信中提到自己辞职的理由：

> 缘与总经理高君翰卿宗旨不合，弟意在于进步，
> 而高君则注重保守。即如用人，弟主张求新，而高君
> 则偏于求旧。隐忍五年，今乃爆发。①

①张元济：《张元济全集》（第3卷），商务印书馆2007年版，第221—
 222页。

因此他和高凤池之争实际上是进步与保守之争，是用人新旧之争，事关全国乃至远东第一、位居世界前三位的商务印书馆应往何处去的重大选择。毕竟在五四新文化运动的大背景下，商务印书馆已呈落后、保守之态势。

此次张元济以退为进，逼迫高凤池和自己同居监理之位，鲍咸昌担任虚职性的总经理兼印刷所所长，书生派的李拔可、教会派的王显华同为经理，又聘请王云五担任编译所所长，为把商务带向更加远大的前景做了较好的制度安排，顺应了历史潮流。

以往论述中对高凤池的评价，都是从张元济、陈叔通、章锡琛或者他人之口说出。而高凤池对张元济的亲口评价、对自身出版生涯的叙述几无记载，略见于《本馆创业史》，也就是说在以往对张高之争、书生派和教会派之争的研讨中，完全是一边倒的态势，没有来自高凤池一方的"呈堂证供"或者"自辩"。这次对高凤池日记的发现，应该是一个很好的开始。

在已发表的日记中，高凤池也有一些记录涉及他与张元济的往来，以及对张元济的评价。高凤池在1930年3月25日的日记中写道：

> 张菊生君来托介绍其远族孤孩至孤儿院读书，据言：该孩四岁，父亡母不能守，该嫡派只此一孩，故欲设法栽培之。按菊翁对宗族极为重视，闻其谱系、祠堂、祠产等事，因修辑整理，颇费心力。又承其面

赠商务在印之《百衲本二十四史》样本一册。闻此
出菊翁积年累月,向各方搜集善本,日夜校阅,标注
武英殿版舛误之处甚多。频年以来,专事搜集海内
孤本旧书,校刊影印,一方保存国粹,不使湮没,一方
利用商务设备,发展其志愿。

上述内容谈了两件事:一是张元济想介绍他年仅四
岁的远族孤儿到高凤池创办的上海龙华孤儿院读书,引
发他对张元济极为重视谱系、祠堂、祠产等宗族之事的
赞同;二是张元济与其见面时送了商务印书馆正在印刷
的《百衲本二十四史》样本一册,也就谈起张元济正在
从事的古籍搜集、校勘、影印和出版工作,为的是"保存
国粹"。

1929 年 11 月,商务印书馆总经理鲍咸昌病逝,其职
位 1930 年 2 月由王云五接替,但他提出出国考察半年后
履职。1930 年 9 月 9 日王云五回到上海,9 月 11 日即向
商务印书馆董事会提出了科学管理计划。高凤池在 9 月
12 日的日记中提到董事会的开会内容:

> 下午六时,商务之董事会开于香港路银行俱乐
> 部。王云五君于本年二月间往欧美考察工厂管理
> 法,今事竣,于前日返国,将经过情形报告一切,大致
> 此后公司决定用科学管理。又详述设立研究科、工
> 力比较科、成本会计科、预算科等十二项。又会议

时,张菊生君提出总经理王君薪水之外,加赠公费洋三百元,经理李、夏二君加赠公费洋各二百元。余因上次经理加薪,大闹工潮,时未一载,又欲提出此种新名目,恐再惹起工潮,故起而劝阻,张、王二君辩驳甚剧。

在上海的银行俱乐部举行的是商务印书馆第376次会议,由董事长张元济主持。王云五提出的科学管理计划总计有2万字之多,涉及12项内容,但汇报时只是简略提到了大致内容。而《张元济年谱长编》还提到,此次董事会会议在此之外,还有其他议题:

请王拟具改良总务处组织草案,先生提议自本月份起,仍由公司致送王云五公费三百元,致送李拔可、夏鹏二经理各公费二百元。议决照办。[①]

这实际引自《商务印书馆董事会会议记录簿》(稿本,商务印书馆藏),原文标明此次加薪是月薪,即王云五每月加薪300元,而不是一次性加薪300元。在1930年1月23日举行的商务印书馆董事会第369次会议,刚确定王云五的月薪为700元,而到同年9月其月薪即增加

---

① 张人凤、柳和城:《张元济年谱长编》,上海交通大学出版社2011年版,第862页。

到 1000 元[①]。

因此，对张元济的加薪提议，此次会议讨论虽然照办，但并非没有反对的声音。对经理层加薪鼓励，涉及的人虽少，但其后果可能甚大。当时的商务，屡有工潮发生，均是底层工人要求改善待遇，增加薪水。高凤池恐怕管理层动辄每月两三百元的加薪，会再次引起工人的不满，也许是出于个人意气恩怨，因此起而反对。提议的张元济和受益的王云五对此加以辩驳，加薪的提案终获通过。高凤池在当日记下此事，终于九年之后公开。

高凤池 1934 年 5 月 5 日的日记还提到了张元济夫人许氏的去世：

> 张菊生先生之夫人患肺癌病已久，医药罔效，日前逝世。今日在中国殡仪馆成殓，素车白马，吊客盈门。菊翁对此丧事，既不发讣，亦不开吊，一洗俗礼，殊为难能。

作为商务印书馆同人，高凤池也参加了许氏夫人的大殓仪式，并非常认同张元济丧事简办的做法，认为"殊为难能"。

关于张、高二人之争，张元济在 1920 年致梁启超的

---

①张元济：《张元济全集》(第 4 卷)，商务印书馆 2008 年版，第 409 页。

信中提到即人才之争。如果说张元济的人才观是"喜新厌旧"，那么高凤池的人才观是什么呢？请看他 1935 年 7 月 27 日的日记：

事业成败，全系人才，已如上言，故事业需才，犹鱼之需水。凡事得其人未有不成，失其人未有不败，此先哲先贤所垂训也。然而"知人善任"四字岂易言哉？在自己要有卓识之目光、宽大之胸襟，对他人既知其长，亦当知其所短。凡夸者未必有真才，貌亲者每怀诡诈。故曰：才不如德，巧不如诚，勇敢不如有恒，口辩不如沉朴。陆宣公曰："听其言未保其行，求其行或遗其才。校劳（者）〔考〕则巧伪繁生，而贞方之人罕进；徇声华则趋竞弥长，而沉退之士莫升。自非素与交亲，备详本末，探其志行，阅其器能，然后守道藏用者可得而知，沽名饰貌者不（售真）〔容其〕伪。"孔子曰："视其所以，观其所由，察其所安，人焉廋哉！"

余与某公共事多年，钦佩其才略智能，因其爱护公司之切，望治之殷，慕才若渴，有饥不择食之概，加以性之卞急，一般巧佞急进、持有片长者，乃效毛遂自荐，争露头角，伪媚饰非，初则如鱼得水，相见恨晚。惟某公系饬躬励行，亢直端严，若辈又轻率浮躁，骄矜好名，大似齐王好竽，客乃善瑟，格格不相入，枘凿日甚，求时相见恨晚，拒时惟恐去之不速。观人之难，用人不易，犹如此哉！

在上述第一段中,高凤池提到了人才对事业成败的重要性。但是就自己从事多年管理的经验而言,他认为难在管理者"知人善任",要将是否德诚作为用人的标准。

在第二段中,他提到了共事多年的"某公",显然是指张元济。也许当时日记所记是真名,只是发表时改了,也未可知。在此,高凤池对张元济的才略智能、爱护公司、饬躬励行颇有欣赏之意,但又认为其用人存在偏颇之处。张元济急于用人,因此被一些有才无德之人所利用,最后反受其害。因此,他发出了"观人之难,用人不易"的感慨。

简而论之,张元济用发展的眼光看待人才,重在公司进步,希望将商务发展成为一座聚集英才的文化重镇,格局阔大;高凤池用停滞的眼光看待人才,旨在公司守成,满足于将商务做成一个用人非亲即旧的家族企业,格局狭小。

高凤池还在日记中提到了《翁同龢日记》在商务印书馆的出版情况。他在1935年9月15日写道:

> 即旧历八月十八日,星期日,天晴温和。余于民国十九年一月三十日,即旧历庚午元旦重作日记,距今已五年八阅月,第七册开始矣。按各家日记之多,汗牛充栋,惟近世常熟翁文恭公日记推为圭臬,因公之文章、经济与书法,为当代所钦佩,且为师傅

之尊，执政多年，宠幸逾恒，故公之日记脍炙人口，商务书馆不惜巨资觅稿影印。出版之日，海内人士以先睹为快。余尝过目，书法如生龙活虎，确是可爱。所记多官事，如政府宫门抄、某官升迁、某大员会话、某属禀到辞行。又奏稿谢恩、奉差考试、出行查办之日程，此外如亲友宴会、婚丧庆吊、本日写字若干开、寒暑时雨之类。若遇无事可记，只写月日而已，甚有四五日不记事而只写月日者，惟无论病健旅行，数十年如一日，从未间断，是为难能而可贵。按公之日记似乎平淡，不若湘乡曾文正公之多经纶文藻。

高凤池因为自己 1930 年元旦以来坚持每天记日记，想到了《翁同龢日记》的影印出版，但并未提到张元济的贡献。翁同龢本为张元济的恩师，经与翁家后人翁之熹商定，张元济不辞辛劳，于 1925 年 7 月影印出版了皇皇四十册《翁同龢日记》，并为之作跋，指出这部日记所具有的重要价值。高凤池也很看重这部日记的出版价值，并在日记中写下了读后的诸多感受。

五、与商务印书馆有关的记载

与商务印书馆有关的记载主要涉及馆务、人事，以及馆内教会派的一些活动等。

(一)商务印书馆馆务

关于商务印书馆的馆务,高凤池日记也有 3 条记录。高凤池在 1930 年 2 月 9 日的日记记载:

> 下午三时,有商务股东八人集于一家春菜馆,彼此讨论公司事务。今因工潮猖獗,公司受损巨大,有何补救办法? 一、现在公司办事政策之不合宜,如何纠正之。二、当得一才干名望之人为经理。三、组织股东团体,随时会议进行方法。

1929 年 11 月 9 日商务印书馆总经理鲍咸昌去世之后,继任人选也提上议事日程。1930 年 1 月 23 日,张元济主持商务董事会第 369 次会议,议决选任王云五出任总经理一职。1 月 25 日,张元济与叶景葵受董事会委托访王云五,面呈总经理聘函。王云五答应 2 月 7 日到职。

因此,高凤池 2 月 9 日日记提到的讨论公司事务的商务股东会,不知参加者为哪八位股东。所谈之事涉及公司面临的工潮、办事政策、经理选任、股东团体组织等。如果说"当得一才干名望之人为经理"中之"经理"即总经理,商务 1 月 23 日董事会已经选出王云五就职,为何 2 月 9 日股东会仍要选举总经理,难道是高凤池私下组织、有所企图的股东会? 难道是教会派股东要推选一人担任总经理之下的经理,作为自己的代表?

1930 年 4 月 18 日,高凤池在日记中还写道:

> 为商务股息事,与董、童、张、王等六人在大中华
> 叙餐。

"董、童、张、王"应该分别指股东董景安、童世亨、张廷桂、王完白。结合 1930 年 2 月 9 日日记中的"组织股东团体,随时会议进行方法"来看,似乎高凤池有所图谋。童世亨在 1941 年 1 月出版的《企业回忆录》提到,1927 年高凤池退休之后,"既不得志于商务印书馆,退而邀集教会派同志,组织股东联益社,谋集股权以与张派相争,然终不敌张派权数之多"[1],此"股东团体"应该是"股东联益社",代表与高凤池相熟的教会派股东向董事会提案。

关于 1930 年 4 月 18 日教会派股东商量的"股息"事,体现在同年 5 月 17 日商务举行的第 372 次董事会会议上。股东联益社与童世亨提出"修改商务印书馆公司章程草案",其核心内容之一就是扩大股东会权限,修改股息分派办法。但事关重大,最后议而未决,议定由张元济及高凤池等与原提议股东代表接洽后再议[2]。到 1930 年 7 月 8 日,"修改公司章程起草委员会"成立,高凤池被

---

① 《藕初五十自述·企业回忆录》,上海书店 1991 年版,第 120 页。
② 张人凤、柳和城:《张元济年谱长编》,上海交通大学出版社 2011 年版,第 853 页。

指定为主席①。股息分派办法修改之争是商务股东之间的一项长期议题,日记中涉及不多,当另文探讨。

1932年"一·二八"事变爆发,1月29日商务印书馆总馆、总厂遭到日机的反复轰炸,2月1日东方图书馆被日本浪人纵火,损失极其惨重。商务董事会紧急开会,处理善后事宜。高凤池记录了1932年2月6日的董事会开会情形:

> 下午三时,商务善后会集于梦翁宅中,王云五君提出清理善后办法十九条,选公司相当人才六十一人,设办事处于大马路。当时余有善后管见数条陈会。

经与《张元济年谱长编》《岫庐八十自述》比对,两者没有述及的内容是:高凤池指出王云五提出的善后办法总计19条,善后办事处人员总计61人,在大马路办公。他在会上也提出了自己的意见,但未明说是否被采纳。

高凤池1932年2月11日的日记内容则不见于张元济和王云五的记载:

> 与王云五君谈商务善后甚详。承王君告以公司

---

① 张人凤、柳和城:《张元济年谱长编》,上海交通大学出版社2011年版,第856—857页。

暂时不办编辑、印刷两部事,又言今设临时办事处于英租界美丰银行楼上等等,余闻之甚慰。致张子良、程雪门二君信,详述上海战事之剧、人民之痛苦。子良信中说及其妻女等已迁回浦东本乡。又得孙伯恒、张恩宝二君来信慰问。

在此次交谈甚详的会面中,王云五告诉高凤池暂时不办理编辑、印刷事务,集中处理善后事宜。另外还涉及高凤池与商务在香港、北平同事的信件往来内容。

高凤池1933年8月31日的日记称:

下午商务董事会集于银行俱乐部,报告公司在香港建造规模宏大之工厂,为南方印刷之根据地。

此次召开的是商务董事会第412次会议。此条与记载于《张元济年谱长编》的有关内容基本相同[1],不作赘述。

(二)与商务有关的人和事

除此之外,高凤池在日记中也记载了与商务印书馆有关的人和事。

他在1930年3月19日的日记中写道:

---

[1]张人凤、柳和城:《张元济年谱长编》,上海交通大学出版社2011年版,第929页。

当余在商务办事时,迭接恐吓之信,故曾雇用保镖,备置手枪一柄。自退职以来,隐居简出,保镖早经辞去,手枪仍在,然固封深藏,从未一用。

自1914年初总经理夏瑞芳被暗杀之后,其他商务高层如张元济、鲍咸昌、王云五也遭遇恐吓、绑架和暗杀之事,高凤池也不例外。他在商务任职时,曾多次接到恐吓信,因此雇用保镖,并自备手枪一支,以作防范,可窥当时上海治安之败坏。

1927年高凤池退休以后,特别是1932年"一·二八"事变之后,他将重心放在五洲大药房的经营之上,日记中多有记述。但作为商务的董事,他对商务不可能不闻不问,还经常与人谈及感受,因此他在1930年6月14日的日记中写下"迩来喜谈商务印书馆,虽有所感触,究属气浮志躁也",显然有忏悔之意。

1930年6月19日的日记则谈到了夏瑞芳被暗杀之事及其缘由:

下午五时,夏氏家族为粹方先生而纪念会于闸北鸿德堂。按夏君于民国三年一月十日遇害,至今已十七年,合成阴寿六十岁。彼时,陈英士为上海都督,领有军队约千名,欲移驻闸北。此项军队纪律不严,闸北工商界虑其扰害不利,于是运动领事团出为反对,夏君亦发起反对之一。陈氏曾迭向夏君借款维持军饷，夏君拒之，因之怀恨甚深，乃使死党狙击之。此时商务正四面楚歌，谣言蜂起：一、适值向日本股东交涉收回股权；二、同业竞争剧烈，用种种阴险破坏；三、时局不靖，内战甚剧，几牵及全国；四、因时局关系，经济恐慌，公司与夏君之经济混淆，故形十分竭蹶；五、夏君本身负债累累，子女幼稚，中年遭变，犹如梁栋摧折，当时之危迫，无异坐困危城。乃十余年，公司发达，资本由数十万增至五百万，每年营业自二三百万增至千万，职工自五六百增至三千余人。即夏氏而言，亦日见富裕，昔负债者，今有资产巨万。子女皆成人，受有高等教育，出洋游学，男女婚嫁，宛然一大家庭，皆夏夫人含辛茹苦之力。

他在此说明夏瑞芳被暗杀是因为得罪了上海都督陈英士。而当时的商务印书馆和夏氏家族正处于困难的境地：商务正面临中华书局的激烈竞争，而夏瑞芳的公私不分不仅使自身负债累累，也拖累了商务印书馆。到了1930年，商务的资产已增至500万元，营业额高达一千万元，上海本部员工也有三千多人，均实现了五到十倍的增长。而有赖于夏瑞芳夫人的含辛茹苦，夏氏家族也枝繁叶茂。

1930年11月20日的日记则提到了开明书店：

午刻，与谢颂羔、章锡三、陆桢祥三君叙餐。章君昔在商务编译所办事，今自办开明书店，因事业开展，印刷方面应不敷求，欲借陆君之华文印机铅字帮忙。

"章锡三"即章锡珊，系章锡琛之弟，原来在商务的沈阳分店做会计，1926年8月与哥哥双双从商务离职，合资创办开明书店。四人聚餐，是因为章锡珊要找高凤池之妹夫陆桢祥帮忙印刷之事。

1931年7月5日的日记则提到推荐上海龙华孤儿院学生到商务任职之事：

在六七年前，有孤儿院学生季玉铭、潘国璋、王汉庸、陆才春、余忠旭等，荐入商务印书馆，派往香港分馆学业。光阴荏苒，诸生去时都系稚童，昨由港例假回来，曾几何时，均已成为翩翩之少年矣。

这些学生被推荐到商务的香港分馆工作，是他们的出路之一，也属于高凤池的慈善活动范围。而在这条日记的最后，刊发日记的记者为教会派鸣不平，附笔感叹说："商务书馆为非教会中人所占，如今教会中的孤儿无出路，亦一不幸之事也。"意思是教会派在商务失势之后，教会收养的孤儿就少了一条出路。这应该也能说明高凤池的用人特点。

1931年8月15日的日记则记录了商务印书馆创办三十五周年纪念的盛况：

　　近日商务印书馆庆祝卅五年纪念，凡向该总分馆购书一元者，赠券洋二角；同人有演讲提灯各种游戏，十分热闹。按商务创办时资本三千余元，工人十余名，卅五年中日就月进，逐渐扩充，今有财产一千数百万元，职工人员并仰而食者何止万人！当时夏、鲍二君含辛茹苦，事事躬亲，伟业已成，二君相继谢世。后起之人，但知公司规模之大、财产之富，那知创办者当日手足胼胝、惨淡经营之苦？希望继起者善保伟业，不负创业苦心，则幸甚矣。

　　由于已逝去多年的夏瑞芳、鲍咸恩、鲍咸昌等创始人的惨淡经营，商务成就了资产千万、养活万人的伟业，让同为创始人的高凤池十分感慨：此时的他仿佛是局外人了。

　　1932年"一·二八"事变的爆发让高凤池"连日为商务、五洲与自己家事，憧扰不宁"。3月10日的日记则提到了商务和他个人等在"一·二八"事变中的损失：

　　此次淞沪之战……商务印书馆在宝山路者，几完全被毁，约值六百万元……个人如王显华、鲍庆甲、鲍庆林、郁氏兄弟、陆桢祥、包文信诸君（捐）〔损〕失不赀。就余个人而言，八字桥之坟园、祠屋全毁，恒业地产公司、铸丰搪瓷公司、商务印书馆各股本约计在五万元之间……

不仅是商务损失约六百万元,即便是王显华、鲍庆甲、鲍庆林、郁氏兄弟等商务教会派同人及高凤池本人也损失不小。

1932 年 10 月 1 日的日记则记录了商务旧同事、总务处机要科科长盛同荪的丧礼:

> 下午三时在万国殡仪馆赴盛同荪君之丧。盛君系浙之宁绍世家,其父系前清翰林,迭任文职,仕林重之。余与盛君同事十年,其操守学识,为同人所器重,且作事稳健,有条不紊,乃敦品励学、有守有为之人才也,在此壮年遽遭病逝,凡属亲友莫不惋惜。在一月之前,遇盛君尚倾盖话归,曾几何时,遽然长逝。噫!人生如蜉蝣,朝不保夕,今壮而健者逝矣!

盛同荪的英年早逝让年近七十的高凤池颇有感慨,张元济也为之送了挽联。

(三)教会派的宗教生活

高凤池日记也记载了商务印书馆中教会派的一些宗教生活。

1930 年 2 月 9 日的日记记载他去上海窦乐安路上的鸿德堂做礼拜,鸿德堂建于 1925 年,落成于 1928 年 10 月,系长老会沪北堂的新堂,因纪念美华书馆负责人之一费启鸿而得名。鸿德堂的建造花费不少,日记中的"教友中鲍、夏兄妹二人各出洋万元"，即指鲍咸恩、鲍咸昌、夏瑞芳夫人鲍钰均慷慨相助。这似乎也能说明这些教会派人士不愿意商务印书馆成为惠及大众的文化大企业，而只是将之作为家族的"提款机"，满足他们的教会公益目标。

1933 年 9 月 21 日的日记则记载了鲍哲才牧师的百岁阴寿典礼，并写道：

> 公有丈夫子三人，即咸恩、咸昌、咸亨。有女三位：长适张蟾芬君，次适夏粹芳君，三适郭秉文君。今三子三女，家业繁荣，子孙昌盛，为侪辈所称羡。

鲍哲才的三个儿子和三个女婿均在商务印书馆担任要职，为世人称羡。鲍咸恩和鲍咸昌与夏瑞芳一起创业，长期执掌印刷所。鲍咸恩 1910 年早逝，鲍咸昌 1929 年逝于总经理任上。幼子鲍咸亨先在海关工作，后加入商务。长女鲍大姑嫁给另一创办人张蟾芬，次女鲍翠芳（钰）即夏瑞芳夫人，幼女鲍翠凤（懿）嫁给郭秉文，后来郭又娶了夏瑞芳之女夏璐德，曾在商务协助翻译出版《汉英双解韦氏大学字典》。在鲍、夏两家的第三代中，由于父辈的安排，鲍咸恩之子鲍庆甲、鲍咸昌之子鲍庆林、夏瑞芳之子夏鹏（筱芳）均做到中层的职位。这种在姻亲基础上的人事安排是教会派在商务印书馆长期盘踞的有利因素。

《东成西就》一书提到鲍庆林娶了高凤池的女儿高斐

君①。但从高凤池日记中的有关记载来看,并非如此,不知孰是孰非。请看1935年2月18日的日记记载:

> 近为道惠事十分系念,故昨日第二次往视其父庆甲,满拟与彼讨论一切,可惜父子都不在家。承其后妻某氏详述庆甲之近况与家庭艰难情形,余闻之,嗒然而回。

高凤池只有一女斐君、一子鹏云。从日记来看,道惠是高凤池的外孙,其父为鲍庆甲。因此高凤池的女婿是鲍庆甲而不是鲍庆林。按下文所附致道惠信中的"你是一个无母亲的孤儿",高斐君已经过世,鲍庆甲再娶。

六、美华书馆

高凤池曾在美国长老会创办于上海的美华书馆任职21年,做到华经理的职位,因此他在日记中也有所记录。见1930年11月20日的日记:

> 又据谢君言,美华书馆地产机器有全盘出售信息,嘱为留意。美华书馆系美国长老会所创办,已有

①罗元旭:《东成西就——七个华人基督教家族与中西交流百年》,生活·读书·新知三联书店2014年版,第300页。

七八十年之历史，为我国最早之印刷机关。凡我国铅印与印刷人才，皆发祥于此。余由学校毕业后，即入该馆办事，计二十年之久，亦余一生发轫之地。自十年以来，印刷蓬蓬勃勃，该馆机件陈旧落伍，即人才亦太暮气，年有亏折。按该馆之设，原为便利传道，不在谋利，故总差会有收息停办之表示。

此时的美华书馆在机器、人才方面均无优势，濒临停办境地，与商务印书馆相比，呈现此伏彼起之势。

高凤池在次年 9 月 23 日的日记又提到美华书馆：

陈春生君来言美华书馆事，该馆为美国北长老会所创办，在我国第一最早印刷机关，有七十余年之历史。彼时我国虽有木版雕刻，迟钝粗鄙，该馆创铸字模，用活字机印，精美迅速，于是推行至石印彩印。书籍出版，迅如风驶电闪，日出万卷。余于一八八四年入该馆办事，初八年为校对，继五年为管理货栈，末后八年管理银钱账目，共计有二十一年之久。彼时主任为教士范约翰，后继以费启鸿教士，余在馆承蒙两教士优礼相待，乃于一九○五年离职，而入商务书馆。余一生事业发轫于此，故对该馆至今系恋无已。该馆（指美华馆）初设于本埠小东门外十六铺，后迁至二摆渡北京路中市，约于一九○○年在北四川路购地十余亩，建造新式厂房，添备机械，规模扩大。彼时四川路一隅，荒芜冷僻，自经该馆建设工厂之后，地面日见繁盛，地价亦因之飞涨，至二三十倍之大，市面骤然热闹，皆赖该馆筚路蓝缕开创之功也。近十年来，该馆营业逐渐衰落，年有亏折，其原因如次：（一）暮气已深，积重难返；（二）机械陈旧，产生力减；（三）同业竞争，相形见（拙）〔绌〕。今闻美国总差会决计将该馆停办，将全部地产、房屋、机件、生财出售。沧海桑田，盛衰无常，当余在馆办事时，为全国第一极大印刷机关。余闻之，不觉慨然有今昔之叹。

高凤池不仅提到自己在美华书馆的经历，也提到了美华书馆由盛转衰的历史及衰落的原因。

1931 年 10 月 24 日的日记则提到了美华书馆歇业情况：

前日往美华书馆访该馆经理金多士君。金君系英之苏格兰人，和气诚笃，在馆服务垂五十年，余在该馆时承其优待。今闻美华将欲结束，金君预备回国。据金君言，纽约总差会在数十年前，彼时中国无印刷机关，总差会为便利传教起见，开设美华，印刷教会需用书籍。今中国印刷事业盛行，教会书籍，家家可印，且本馆之机件失时，营业难振。今昔情形悬殊，无存在之必要，故总差会决计将该馆结束停办。

今已将全盘之地产、房屋、机器、铅件如数出售于中国地产公司，约售银五十万两，草契已立，至年终银产两交云云。金君言时面有不豫之色，一则不愿离去久居之中国，一则忧一班年老工友之失业。余闻之，不觉感慨系之。盖余一生发轫于此，且受惠甚优。又当余服务时，该馆为全国最模范之大印刷局，今则衰落淘汰，大有沧桑之感。

金多士英文名 Gilbert McIntosh，苏格兰人，系美国基督教长老会传教士，曾著有 *The Mission Press in China*（《在华传教士出版简史》），在美华书馆出版。对于美华书馆在自己手上关门，金多士无奈失望，而高凤池对此也有沧桑之感。

最后值得一提的是，高凤池在 1930 年 9 月 13 日的日记中还谈了对"言论出版自由"的认识：

国民政府确定人民有集会、结社、言论、出版、居住、信仰之完全自由权。载在典章，但按之事实，绝端两歧，取缔之严，干涉之密，较之专制时代，有过之无不及者。今各报馆派驻检查员，凡论说、新闻，须经该员检阅认可，始行登报。对出版书籍，审查极严，非恭维党义，不易批准。凡以前教科书，非独不准出售，且勒令将存书与版片销毁……

他指出,国民政府 1928 年后规定人民有言论出版自由,但是实际并非如此。书报审查极其严格,并影响了教科书出版。

结 语

高凤池日记篇幅虽然不大,但从出版研究的角度而言,有些史料相当重要。而且日记中的其他内容较为丰富多样,研究者也可从多角度、多侧面进行研究,这正是高凤池日记的价值所在。

笔者对高凤池日记的整理,尽量遵从原貌,漫漶不清之处以□代替,并酌予校订:误字和衍文以圆括号括去、正字和脱文以六角括号表示。同时,本书将与高氏相关的史料汇为附录,主要分为三个部分:一是从民国报刊中辑录的高凤池文存;二是高凤池小传和两篇采访稿,庶几可见高氏生平;三是记录张元济日记中述及高凤池之部分,以及张元济所撰《高翰卿先生八十寿序》,与高凤池日记虽然时段不同,但两相对读,或可对两人关系有更为全面的认识。

笔者对高凤池日记的整理、勘误和注解工作,得好友占晓钟审校之助。笔者之研究生潘俊辰、于立、郭星秀、徐源、张安格、吴雅婷等为本书做了大量的整理和校对工作,不失为出版专业研究生的一种必要的训练。

　　中华书局的张玉亮编辑多年来主持学术期刊《中国出版史研究》，今新创丛书，致力于出版史领域文献整理及学术专著的出版。欣然将本书纳入，在此深表谢忱。

　　笔者最后有所奢望的是，在高凤池的后人手中仍保存其日记的原本，有朝一日问世，为我们提供更多的研究史料。

叶新识于京南鸣秋轩

2021 年春分

高凤池日记

自　序

一物之微，得失存亡，似有定数，虽历经厄劫，以为毁亡，乃荏苒辗转，每在无意中获得，往往有之，其余日记失而复得之谓欤！当去年"八一三"沪战发生，仓猝出走，凡家具、服饰、书籍、古玩，均不及携带，被窃一空，所值巨万，殊属可惜！其中尤使余懊伤不置者，为日记八册，积七年之久，无论寒、暑、病、健，未尝间断，人虽视若刍狗，我乃珍同拱璧。自美租界开放出入后，曾一再搜寻，杳无影迹，以为毁灭无疑；不意于三月之杪，发现于宅边污潴之中。余见之，欣喜欲狂，惟经半载之久，历遭雨雪风沙、践踏畜矢，因之破烂漫漶，臭恶剥落，狼藉不堪。其中第四、第八两册，且凝结、破烂，不能开揭，全册三之一已剥落无存。故日记八册，非重行誊写不可，惟手续烦重，颇需时日，年来精力颓衰，疏懒无恒，书写迟滞，未知有恒竣事乎？踌躇再三，略书"重行誊写日记缘起"如右，并附旧日记摄影两帧于后。民国廿七年四月廿五日识于上海法租界迈尔西爱路客次。

1930 年

2 月 2 日

唐太宗谓宰相萧瑀曰："朕少好弓矢，得良弓十数，自谓天下之宝，无以加矣！近以示弓工，乃曰：'皆非良材。'问其故，曰：'因木心不直，故脉理皆邪，弓虽动，而发矢不直。'朕始悟向者辨之未精。昔以弓矢定四方，识之犹未能尽；况天下之大，其能遍知乎？"此太宗欲以弓矢比政治，欲知人民痛苦办事得失，诏群臣直言切谏，以收宏治耳。自故贞观之治，千载一时。今人稍有建设，或得一知半解，即自足自满，不欲集思广益，收耳目之聪明以自限，此乃人之通病也。或谓弓工之木心不直，脉理皆邪，太宗寓讥讽之意焉。

2 月 9 日

早起天晴，阳光融融，精神一振，兼旬以来，阴雨寒冽，且时下雪，花木菜蔬，受冻僵枯，价值昂贵，闻长江流域及北数省都严寒大雪，贫民冻死者甚多。上午在窦乐安路之鸿德堂礼拜，此堂即昔之思娄堂所继起，为纪念西教士费启鸿氏（Dr. G. F. Fitch），故命名焉。计建筑买地共十万余元,由差会与费公子婿及本会教友筹集而成。教友中鲍、夏兄妹二人各出洋万元,沪上筹金建堂之踊跃,以此为最。下午三时,有商务股东八人集于一家春菜馆,彼此讨论公司事务。今因工潮猖獗,公司受损巨大,有何补救办法? 一、现在公司办事政策之不合宜,如何纠正之。二、当得一才干名望之人为经理。三、组织股东团体,随时会议进行方法。

2月19日

上午有孤儿院院长张君康君来,言修改院章及市政府取缔等情。该院由余与同学沈漫云兄所创办,今已二十五年,为沪上私人所办慈善机关之嚆矢。初则规模眇小,今则有院生四百余人,房屋地产,价值数十万,前后毕业男女生达千余人。自沈君死后,由王一亭君维持。近年以来,余但署名而已。下午二时,去看牙医,余之牙齿,除脱落盘牙四枚之外,其余各牙完固如常,啮嚼无碍。十年以来,精力就衰,惟目之视力,耳之听力,脑之思力,并不十分失效,比之同龄侪辈,似不见逊,此造物待余之独厚也。三时去看应书贵君,讨论恒业地产公司押款事。余有地一方,坐落闸北恒业路,五年之前,出租于该公司,且代该公司向义品银行担保借款,建造房屋出租之用;嗣因时局不靖,闸北市面大坏,房客捣乱,以致亏折被累,地租无着,又酿成种种纠纷,使余不胜麻烦! 又与应君略谈个人善后事务,即拟拨出财产一部份,托教会管理,永作慈善之用。

2月22日

连日计划拨出财产一部分，托人经理，捐作公益之用。自近年以来，常虑继起无人，惟恐物化之后，所有生前事业与薄产，随之消灭，贻笑于人，故萦怀不安，曾草遗嘱之稿，但因环境变迁，又对各方之观念随时变易，故遗嘱之稿，屡成屡废，终不能确定，惟余希望在瞑目之前有所办法也。又为清心中学七十周纪念，酿金建筑校舍事，同学会人在邓脱摩西菜馆午膳，会议进行。按该校创设最早，人才辈出，近十年中进步甚速，惟房屋朽旧狭隘，不堪发展，亟思扩充，增建校屋，但时局艰难，筹款不易……（以下日记扯去两页，约失落八百五十余字，相接之一页，又模糊漫漶，且又失落一角。）

3月6日

去视应书贵君，略谈请鸿德堂理事部管理公益费，示以所拟草章。近来每以风烛中度日为虑，万一物化，家事势必混乱如麻，乏人主持，故亟思将薄产有适当支配，家务有适当办法。环顾可靠者，莫如教会，一则有忠信，再则有恒久性，然而此事纠纷，周折不易入手……（以下又失落一角，约五十字。）

3月19日

十年以来，沪上盗匪绑票横行，凡巨商富绅，稍有声价者，常被恐吓敲诈，岌岌可危，故皆雇用武人保镖，佩带手枪，以防不虞。当余在商务办事时，迭接恐吓之信，故曾雇用保镖，备置手枪一柄。自退职以来，隐居简出，保镖早经辞去，手枪仍在，然固封深藏，从未一用。按租界章程，凡置手枪，须领照纳税，且时加检查，手续甚烦，非将手枪呈局销毁，不能中止，纳捐领照，当时乃不得已，今甚悔之！曾忆故事一则，乃见先贤之旷达。节录如次：宋魏公一日至诸生卧房，见一利剑，公问何用，诸生以夜间用防缓急对。公笑曰：使汝固能手刃盗贼，贼死足前，汝何以处？万一剑入贼手，汝不得完人矣！古人"青毡"之说，汝不记乎？吾尝闻前辈言，切不可以兵器自随，我辈安能杀人，徒起恶心，且资盗械矣。

3 月 25 日

张菊生君来托介绍其远族孤孩至孤儿院读书，据言：该孩四岁，父亡母不能守，该嫡派只此一孩，故欲设法栽培之。按菊翁对宗族极为重视，闻其谱系、祠堂、祠产等事，因修辑整理，颇费心力。又承其面赠商务在印之《百衲本二十四史》样本一册。闻此出菊翁积年累月，向各方搜集善本，日夜校阅，标注武英殿版舛误之处甚多。频年以来，专事搜集海内孤本旧书，校刊影印，一方保存国粹，不使湮没，一方利用商务设备，发展其志愿。

4 月 16 日

下午在昆山路景林堂听某西教士领奋兴会，已开会旬日,听众拥挤。是日之题系撒拉年迈,已过产期,尚能生子,而子孙多如海沙天星;以喻罪人虽沦亡绝望,亦可挽救,化成善人,如保罗在大马色、妓女拉合之类,其言语容貌足证满受灵感,使听者惊心动魄,憬然惕而恍然悟也。

4月18日

日久阴雨,忽然放晴,风和日丽,已是暮春天气,胸襟为之一爽。儿童久困室内,今在阳光中抛球跳跃为戏。姑录前人诗如次曰:"梅子流酸溅齿牙,芭蕉分绿上窗纱。日长睡起无情思,闲看儿童捉柳花。"为商务股息事,与董、童、张、王等六人在大中华叙餐。

4月28日

宋赵抃,字阅道,谥清献,累官殿中侍御史,加龙图阁学士。清介刚直,不避权贵,时称"铁面御史"。曾知成都,政清民裕,蜀郡晏然。出游一琴一鹤自随,录其座右铭如次:"依本份,莫妄想! 争先径路机关恶,退后语言滋味长。爽口物多须作病,快心事过必为殃。得便宜处莫再去! 怕人知事莫萌心! 盛喜中勿许人物,盛怒中勿答人简。人有不及,可以情恕。非意相犯,可以理遣。良田万顷,日食二升。大厦千间,夜卧八尺。说得一尺,行得一寸。"

5 月 1 日

即旧历四月三日。近来凡家中畜养之金鱼禽鸟花木,时有死亡,不知何故,连日为之惋惜纳闷!惟静而思之,凡物既有得,必有失;既有始,必有终。当得始之时,不必太爱惜;在失终之时,自然不致太忧伤。凡得时太爱惜者,失时愈觉难堪。凡爱物过甚者,为物所役,非我役物也。我能出物外者,物为我用矣。此不独赏玩之花木鱼鸟为然,即视金钱妻子、富贵功名,莫不皆然。

5 月 9 日

《通问报》系基督教第一畅销之机关报也,主笔陈春生君为三十年之旧友,迭次来索稿,枵腹无点墨,情不能却,曾于一月之前,投稿三则,今录第二次中之一则如次:"子思曰:潜虽伏矣,亦孔之昭,故君子慎其独,而无愧于衾影。至若遇时巧饰,以伪乱真,冀人之莫或窥伺,自夸其智,笑人之愚;不知人窥其隐,如见其肺肝,则亦惑矣!昔赵宋之吕元应为东都留守时,一日,与幕友某君对弈,适有公文勾当,置棋秉笔,幕友以公不及顾棋,乃私易一子以自胜,不知公已窥之。翌日,贻粟帛而遣之,此幕友为公所素重,故左右皆莫测。时隔十年,公将病亟,子侄列床前,乃告之曰,汝曹游处交友,不可不慎也!遂将幕友易棋事详告之曰,易一棋细事也,但其心迹可畏耳。我十年不言者,不欲扬人之短,所以即日遣之者,欲其自悟而悔之也。我本拟重用其人,乃因其作伪以自弃,甚可惜也。今我不能不言者，欲汝曹慎微，而不愧于屋漏。"

5月11日

报载苏之睢宁县东南乡大作镇龙神庙，有一陈姓农人，今寿至一百四十一岁，康健如常。当七十余岁时丧偶，一子一孙早死。今有孙一人侍左右，年已八十矣！老人发已尽秃，须眉皓白，双眸炯然，身短肤黑，时与其孙策蹇赴市售米蔬。闻老人平日所食但麦面，别无他嗜，性情和缓，有犯之者，并不计较，此其所以致寿欤？伶界名宿孙菊仙氏三四十年前名震沪上，今年已九十，精神矍铄，近有人欲请其到申登台，报纸大为宣传。按九十老人可以登台演戏，诚空前未有之奇闻，亦间阎之盛瑞也。与上述之一百四十老人事，并志之。

6月4日

自党政府成立，一般党徒，得志贪功，倒行逆施，其反对基督教学校，横加干涉，亦暴行之一端也。诬其名曰：帝国主义之文化侵略，其毒害甚于政治侵略与经济侵略，故非尽行铲除不可！兹录其取缔条文如次：一、非中华人民或完全中国人民所组织之团体，不得设立幼稚园、师范学校及小学校。二、自十九年度迄凡未经官厅核准立案之教会学校，其毕业生不得与已立案之毕业生同样之待遇。教会学校之设宗教科，或在校内举行宗教仪式者，一概不准立案。凡立案已经批驳，及逾期未呈请立案者，一律勒令停闭。三、凡准予立案之教会学校校长,由官厅直接委任等等。其取缔之严,使教会学校棘手无措。查数十年来,教会办理教育,苦心孤诣,竭尽心力,造成全国教育基础,今全国人才及政府重要长官,泰半由教会造就,彼所谓侵略毒害,究竟何指?反而思之,今政府所办之学校,与教会所办者,两相比较,其实力与成效,能无愧乎?孔子曰:"举直措诸枉,则民服。举枉措诸直,则民不服。"彼高唱收回教育权者,其三思否乎?

6 月 13 日

上海长老会三公会有公墓一区,坐落闸北八字桥,约占地十余亩。二十年来埋葬殆尽,余地无多,亟思购地扩充,今在邻近有地十七亩,极为合用,地价亦便宜,故坟墓委员十余人叙餐会议,决定筹款购买,其办法拟出公债票两万一千元,每公会承认七千元,常年八厘息,限期三月交款。朱锡昌君年逾七旬,鳏独无子,家徒四壁,有一义子,不独不能供养,且常为老人累。近日其子犯窃案逃避,警察将老人捉拿,押入警局数天,始于昨日放出。今晨到舍,见其情形狼狈可怜,且言家中断炊。在四十年前,朱君境地尚佳,足堪温饱,且谨勉并无嗜好,今我两人所以如此悬殊者,乃上帝待我独厚。余尝静思,我之才能学识,无一胜侪辈,且历见同学亲朋才干学识卓著者,潦倒一世,比比而是,一念及此,不觉知足愉快,感恩上帝不置,一方悚惧而警惕。

6月14日

言多必失,古有明训。余每犯多言之戒,事后追悔自恨,此由气浮志轻、涵养功少所致也。先贤曰:"有道德者必不多言,有信谊者必不多言,有才识者必不多言,惟细人伧夫乃多言耳!"读之惕然而惊。迩来喜谈商务印书馆,虽有所感触,究属气浮志躁也。又在燕会之中,喜多言,或于演讲时,用冗长废词,欲显自长,然而每受讥评,事后惭愧不已。每欲缄默少言,宁人说我患讷,毋犯多言,自作聪明,然而甚难。书此自警!

6月19日

下午五时,夏氏家族为粹方先生而纪念会于闸北鸿德堂。按夏君于民国三年一月十日遇害,至今已十七年,合成阴寿六十岁。彼时,陈英士为上海都督,领有军队约千名,欲移驻闸北。此项军队纪律不严,闸北工商界虑其扰害不利,于是运动领事团出为反对,夏君亦发起反对之一。陈氏曾迭向夏君借款维持军饷,夏君拒之,因之怀恨甚深,乃使死党狙击之。此时商务正四面楚歌,谣言蜂起:一、适值向日本股东交涉收回股权;二、同业竞争剧烈,用种种阴险破坏;三、时局不靖,内战甚剧,几牵及全国;四、因时局关系,经济恐慌,公司与夏君之经济混淆,故形十分竭蹶;五、夏君本身负债累累,子女幼稚,中年遭变,犹如梁栋摧折,当时之危迫,无异坐困危城。乃十余年,公司发达,资本由数十万增至五百万,每年营业自二三百万增至千万，职工自五六百增至三千余人。即夏氏而言，亦日见富裕，昔负债者，今有资产巨万。子女皆成人，受有高等教育，出洋游学，男女婚嫁，宛然一大家庭，皆夏夫人含辛茹苦之力。

7 月 14 日

韩非子，战国时韩国诸公子也。善刑名法术，见祖国削弱，数上书韩王，王不能用。曾作《孤愤》《五蠹》《内外储说》《说林》《说难》，共五十六篇，十万余言。尝奉命使秦，说秦灭六国统四海之策，王大悦，欲重用之。时李斯用事，恐(韩)〔秦〕王夺其权也，因嫉而毁之曰："非子，韩之诸公子，今欲并诸侯，终为韩谋，非为秦谋，此人情也。大王察之。"秦王疑之，下吏治非。李斯使人遗以药，令早自杀，以免辱身。按非愤韩王不能用其言，乃说秦王，覆其宗邦，以售其言，亦左矣。申韩之学，深刻峻法，故皆不得其死，乌足愍耶？

7 月 16 日

董景安君来谈话。按董君教育闻人，曾主沪江大学教育主任、副校长等职。所著《四百识字法》[1]，使一

---

[1]《四百识字法》：应为《六百字编通俗教育读本》系列，分为识字课本及卫生、伦理、修身、正俗、爱国、地文、信函各类，总计 8 册，1912—1914 年由商务印书馆陆续出版，美华书馆、上海浸会大学通俗教育书报社发行。

般年老失学者颇有裨益。又代刘鸿生君在定海创办定海中学,主校数年。三四年前回申后,转入商界,开设远东化学厂,制造霓虹灯,乃一种初发明之广告灯也。董君言:半生浮沉,今已晚年,立志修道,抛弃俗念,为上帝效力。劝余合作,回头是岸,来意恳挚。余听之颇为所动,自念一生受恩独厚,沉湎不返,何以对上帝?志此以思悛悔自新。

7月18日

偶与友人谈及陆鉴生君事,叹世道险阻,人心不古。按陆君系五洲药房职员,办事多年,担任秘书,为经理项君所倚重,平日作事勤恳守职。近年以来,用费浩繁,且好赌博,以致左支右绌,东挪西移,以作弥补,日积月累,亏空愈大,所有掩饰欺诈手法,亦逐渐泄漏,乃于日前留函出亡,不知去向。传闻亏欠有七八千元之巨,余在两月之前,亦被其借去洋三百元。余一生轻于信人,故每易受欺,受损吃亏甚大,此不独对金钱言也。

7月19日

处此靡风漓俗、礼教日衰之社会,自好之士欲思敦品励行,如居泥污,不易超拔。近日对于祈祷、读经两事,拟就日程,用以自课,诚如进修亲主初步。半月以来,兢兢业业,无异逆水行舟,荆棘横生,虽未退步,似少进境。对于克欲祛邪,难如挟山超海,梏亡已萌,客气滋长,邪欲熏心，犹厝火积薪，最易复燃，防此漏彼，乘隙而入，其难如此。保罗曰：心中有善恶二神，时相争长，我每欲行善，被恶战胜我，甚苦也。谁能救我脱此恶魔耶！记此以观后来。

7 月 30 日

清心男校募捐建筑宿舍，分队奔走，数月于兹，原额四万元，今募得约三万元，成绩尚佳。兹因建筑需款，由张蟾芬君将自己五洲、商务股票向银行做押款，由余担保始也。余器重张君之仗义慷慨，肯用自己股票为学校作抵押品，不意交来借用股票之借契一纸，强余署押，事出意外，很觉诧异。彼此为学校效力，余既为此项押款之担保人，不当再向张君担保股票，故力拒之。

8 月 10 日

略述个人近时起居如次：每日清晨五六〔时〕起身，盥洗之后，独坐草场或池畔，读《圣经》一篇，略加自省。此时玉露湛湛，绿荫重重，气清神旷，梏亡未起，为一日最良时也。早餐之后，写日记或答复各方信函，阅看日报。午膳之后，睡眠一小时，略办家务，有时出外以应各方琐事。每晚八时左右，即上床安睡。余素患失眠之症，几濒于危，今则每晚可入睡六七小时，因之体力渐健。每天两粥一饭，每餐两小碗。昔喜食猪肉，今则多食蔬菜。每天余暇，饮清水一二杯。独自竹牌消遣，每星期看影戏一二次。故虽退居，尚不寂寞。

9月6日

读《路加》十七章二节曰：与其陷小子于罪，毋宁用磨石悬颈而沉之海。夫悬石沉海，凶残之大恶事也。耶稣曰，陷人于罪者，其恶甚于悬石沉海。读之令人悚惧惊怖。今试谓人曰，尔可系彼以石，沉诸海中，虽恶人不忍为也。惟人之犯罪，每易累及他人，且一人犯罪，陷及千百人，尤以陷人于罪，然后成我之欲壑。且罪恶之成，大半借陷人于罪，然后成之，何其酷耶？人能念耶稣悬石沉海之譬，则戒慎恐惧，不忍犯罪，亦不敢犯罪矣。是日系长老会鸿德堂附设之修德学校开学之期，余任该校董事主席，行礼时略致数词。按该校近年以来，尚有进步，学生年有增加。

9月11日

蜘蛛为特殊虫类，其大小、水陆美恶、种类各殊，静默镇定，布网耐守，有运筹帷幄、决胜域外之概。蜘体内满储丝液，用以成线。每线之外，有肌肉用以挤液，分泌处有无数孔穴，泌液由此而出，即成丝线，其粗细随用而异。吾人目睹一丝线，乃由数十细丝所织成。有水蜘一种，体轻而有毫毛，故便于水居，作（汇）〔窠〕巢于水中，坚密不渗水，其出入之门穴向下，体内器官可以多储空气，以便水居之用。蜘有坚忍不摧之志，昔有某藩王，为敌所败，避纳山穴，委靡丧气，将欲自杀。一日见蜘欲作网布丝，自此方抛其丝至彼方，屡抛屡堕，至十三次之多，始告成功。藩王恍然大悟，奋志而起，卒复其国。

9 月 12 日

下午六时，商务之董事会开于香港路银行俱乐部。王云五君于本年二月间往欧美考察工厂管理法，今事竣，于前日返国，将经过情形报告一切，大致此后公司决定用科学管理。又详述设立研究科、工力比较科、成本会计科、预算科等十二项。又会议时，张菊生君提出总经理王君薪水之外，加赠公费洋三百元，经理李、夏二君加赠公费洋各二百元。余因上次经理加薪，大闹工潮，时未一载，又欲提出此种新名目，恐再惹起工潮，故起而劝阻，张、王二君辩驳甚剧。

9 月 13 日

国民政府确定人民有集会、结社、言论、出版、居住、信仰之完全自由权。载在典章，但按之事实，绝端两歧，取缔之严，干涉之密，较之专制时代，有过之无不及者。今各报馆派驻检查员，凡论说、新闻，须经该员检阅认可，始行登报。对出版书籍，审查极严，非恭维党义，不易批准。凡以前教科书，非独不准出售，且勒令将存书与版片销毁。各处庙宇被毁，没收者不知其数，基督教学校被取缔甚严，大有非摧残不止之势。因之办理多年、成绩极佳之约翰大学，亦不得已而停课矣，此外中学大学停办者尚多。

9月27日

是晚六时五洲药房董事会，集于哈同路史量才君之宅第。史君宅第乃沪上著名别墅，有地十六亩，建有中西式大厦各一宅。四围花木成荫，拓有大球场，为公余后健身消遣之助，空旷幽逸，可以枕风怀月。室内器件、几案、字画，多内廷物。有古鼎一，斑斓黝剥，言是汉物。室中灿烂光怪，收藏甚富。史君为全国报馆界领袖，最著名之《申报》及《新闻报》皆由其主管。

10月6日

与青年会观潮团往海宁观潮。昨日下午二时抵杭州，今晨九时由杭坐长途汽车，十一时到海宁。沿途桑竹夹道，鸡鸣犬吠，风景甚佳。各方来观潮者，有千百人之多。至正午十二时，遥望数里外，江上起白光一条，横跨江面，且有宏大声响，自远而来，白光与声响渐近。约一刻后，潮头已至，高出水面数尺，奔腾澎湃，震山倒岳，来势汹涌。因其势之急湍而伟大，故水中挟带有砂石泥土甚多，水质浑浊，故钱塘江之淤塞多沙沚，由此所致也。下午四时回杭。同行者计四十人。兹将浙江潮之来源酌录如次：按天下江海，靡不有潮，皆平铺暗涨，独浙江潮掀波鼓涛，高若山岳，快如奔马，声震如雷，演成奇观，迥异寻常,不揣其本,人各为记。元宣伯(聚)〔裛〕曰,浙江之口,有两山焉,其南曰"龛山",北曰"赫山",并峙于江海之会,谓之"鳖子亹"。海水发乎浩渺之区,流入两山之间,顿受敛束,拗怒激射,则奋而上奔,激成怒潮。此说虽近,但沧桑屡变,已不尽然矣。清代乾隆间,该地已淤成陆地,有村庄数十,即所谓赫山河是也,今潮自海宁县东五十里之尖山口入。按尖山斜出海中,作半岛形,对岸为上虞县之夏盖山,双峰对峙,中成口门,广凡十里,江底山脉,实相连贯,横亘海口,形如户槛然。凡潮平时,山根距水面只十二尺,惟测潮起原因,当以尖山口下之山根,必与陆地山峰无异,展向内外,逐渐低降至海底而止。有地名"掇转庙"者,其河底深至八十丈以外,海潮东来,为山根十二高度者所阻,于是倾斜下落,至八十余丈之深处,高低悬殊,水势不平,激成急湍,此浙口潮之所由来也云云。

10月19日

天气忽寒,且有朔风,木叶摇落,气象萧条,犹如冬令。读《创世记》第十七章,耶和华允许亚伯拉罕曰:"尔之子孙繁盛,多如海沙,且成立大邦,作为君王者,约五六百年之后。"此言果验。以色列人寄居埃及,生育繁殖,埃及王法老惧其喧宾夺主,以贻后患,于是用奸计欲灭其种。首用劳力困之,然而滋生愈多。于是严令凡以色列人生男孩者,尽行溺毙,以为如此行数十年,其宗族自然泯亡。不意在严酷灭种令下,大伟人摩西生焉!此摩西即率领以色列成为大民族,而惩罚暴君法老者也。最奇者,此反抗法老之摩西,即育在法老宫中,日同寝食者也。然后知藐小人类,欲逞其力,起而违反上帝,××××× (剥落五字),未有不自伤后悔者也。

10月20日

往见赵侍鼎律师,谈论遗嘱之事。今余年迈垂老,亟思完成此事,以了心愿,然而家务复杂,不易着手。近年以来,迭次起草,屡作屡辍,犹豫难决。此事曾与丁榕律师一度谈及,且由丁君起有稿本。又与赵君谈及内人与斐君存款事,在四五年前,母女二人有银洋五千元存入东南实业银行,因该银行办理失当,因之破产。经理严君虽力言清偿,然而油滑空言,数年以来,分文无着,拟请赵君向之交涉。

(旧日记第一册,至此誊写已完。以下继续第二册。廿七年五月廿四日)

10月22日

即旧历九月初一日,星期三。余作日记已九阅月,并未间断,成三万字。希望从此有恒进行,以成帙册。程雪门夫人自香港来,先自闻其妹翠凤产后有病,又被夫姑虐待之传闻,故只身来申。此时翠凤病体未痊,暂住余家,今与其夫曹楚书等彼此讨论善后办法。曹君表面虽和缓而客气,不若前之激烈,然多油滑敷衍之辞,恐未必有圆满之结果。

10 月 23 日

工部局分发谕单,必调查租界户口。此事在五年前曾经行过,其调查条例分男女、大小、佣仆等数门,以本月廿二夜,在屋内歇宿之人为限。我家之人数如次:男大一小三,女大三小一,佣仆男四女二。按一普通家庭,有男女佣仆六人之多,虽非侈靡,已属过分。在家眷之一方,共有八人,而男丁只有垂老风烛之余一人。家庭之零落不稳固如此,每一念及,感慨系之!

10 月 25 日

后汉献帝时,北海有三贤人,曰:管宁、邴原、王烈。管宁与华歆为友,尝与歆同席读书,有乘轩冕过门者,歆废书出观,宁危坐读书如常。又与歆共锄菜,见地有金,宁挥锄不顾,视同瓦石;歆拾而后掷。时人评其优劣。又尝为公孙度客,独居山庐,凿坯成(宝)〔室〕,于是避难者日至,后成市廛。平日讲诗书,习俎豆,饰威仪,明礼让。凡非求学者不得见。由是上安其贤,民化其德,朝廷屡征不就。邴原字根矩,与管宁为友,好学游行,八九年不归家。孔融举为有道。避黄巾之乱,居辽东,有勇略之名,故归之者数百家。闭门自守,非公不出。王烈器业过人,名闻在宁、原之上。善于教诱乡里,尝有盗牛者,主得之,盗谓主曰:"愿受刑戮,但不使王彦方知之!"(彦方,王烈字)烈闻而谢之。或问谢之故,王曰:"今盗惧我,其羞恶之心未泯,可以奖之为善也。"后有人遗剑于途,行道一人见而守之,至暮失剑者寻得其剑,按守剑之人,即昔日盗牛者也!有争讼曲直,将质诸烈,行至半途而返,亦有望见其庐,而愧疚返者,其操尚感人之深且大如此。噫!民国以来,几无宁岁,国是日非,推原其故,凡得政权,皆以贿行,或以武力,此行彼效,以道义为刍狗,置谦让如弁髦,以造成今日贪秽杀戮之国家,良可浩叹!孟子曰:"万乘之国,弑其君者,必千乘之家。千乘之国,弑其君者,必百乘之家。万取千焉,千取百焉……不夺不餍。"

10 月 29 日

读《使徒行传》十七章廿二至卅一节。保罗在罗马之雅典域,彼都人士惟新奇事是求,讲求虚无学理,敬畏鬼神,广设淫祠。一日,保罗见一祠坛,标之曰:"未来之上帝。"意谓敬拜鬼神,已罗置无遗,偶或遗漏者,可归于此坛。其媚神之虔,蔑以加矣!保罗谓彼所罗置而虔事者,皆属虚无淫祠,一位赫赫之真上帝,适为遗漏,岂不奇哉!此位真上帝离彼极近,且赐以日用生命。读此不觉憬然而惧,乃谓吾人毕生营营逐逐、孜孜不倦而作者,都捕风捉影,舍近图远,遗珠留椟,岂不愚哉!岂不惜哉!族女翠凤夫妇失睦事,于前今日其夫与姑又来谈论善后办法：一，请曹君另辟一室，使翠凤独居；二，每月贴她用费洋五元；三，曹君允许劝母与先妻不向翠凤纠缠虐待；四，力劝翠凤忍耐和家，孝事其姑。按翠凤之嫁曹楚书，乃受欺骗，其姑悍，而偏袒其先妻，其夫亦有始恋终弃之心，故翠凤颇受委曲。

11 月 15 日

为清心学校七十周纪念，并庚午校舍落成礼之期。按该校创于前清咸丰八九年洪杨之际，规模甚小，男女学生不足二十名，大半皆流离无家可归之难童。余于同治十一年进校，是年十一岁，距今五十六年。彼时校舍只有旧式楼房八幢，平房四五间，男学生二十四五名。因困于经济，行半工半读制，很为劳苦。然自幼习成勤苦，故各同学出校之后，在工商业皆能露头角。彼沪南一隅，芦苇义冢，满目荒凉；今则通衢大道，电车交驰，华屋大厦，栉比鳞连。昔日男女学生不过五十名，今则多至一千三四百名。沧海桑田，变迁之骤，进步之速，五十年前事，历历目前。昔系髫龄童子，一转瞬间，已斑白老叟。光阴迅速，时不我待，良可浩叹！

11 月 18 日

风和日丽，天高气爽，宅中菊花与大丽斗妍争芳，一年中之良辰也。是晚七时，在家宴客十余人，座中有童季通、陈春生、张蟾芬、胡修梧、谢颂羔、章锡三、俞葆生、钮

立卿、应书贵、吴锡赓、张锡三、邬梦楼诸君,至酒阑杯残,
已十时矣。

11月19日

即旧历九月二十九日,为先母故世三周忌辰。每年
常例邀请亲友到家便膳,作一纪念。是日清晨八时半,合
家往墓园献鲜花一握。园中树木成荫,花草齐阶,祠屋三
间,明窗洁几,幽逸静雅。至中午朋客亲戚到者约百人,
其中大半终年不得一见者,有胞妹陆氏,为先母所亲昵
者,年近古稀。妹丈系海门北沙人,世代奉罗马教,今在
浦东堂中服务,诚朴恳挚,克俭之乡人也。又表姊张氏,
今年七十九岁,为我舅氏之女,世居蔡家浜。又有朱石亭
太太,为数十年之旧邻居,亦年近八旬,晚年相逢,犹若
隔世。

11月20日

午刻,与谢颂羔、章锡三、陆桢祥三君叙餐。章君昔
在商务编译所办事,今自办开明书店,因事业开展,印刷
方面应不敷求,欲借陆君之华文印机铅字帮忙。又据谢
君言,美华书馆地产机器有全盘出售信息,嘱为留意。美
华书馆系美国长老会所创办,已有七八十年之历史,为
我国最早之印刷机关。凡我国铅印与印刷人才,皆发祥
于此。余由学校毕业后,即入该馆办事,计二十年之久,
亦余一生发轫之地。自十年以来,印刷蓬蓬勃勃,该馆

机件陈旧落伍，即人才亦太暮气，年有亏折。按该馆之设，原为便利传道，不在谋利，故总差会有收息停办之表示。

12月1日

即旧历十月十二日。吾人今日处此物质文明时代，享受科学之幸福，其最大者莫如电气。按电气之发明虽早，然而电之昌明大用，不足四十年。昨读《世界人物》一书，有"爱迪生小传"，阅之感愧不已！当一八六九年，爱氏年二十一岁，自波斯顿至纽约，赤手无依，囊无分文，投作铁厂工人。初期五十年中勤劳刻苦，每日工作十八小时，寒暑无间，寄身实验室中。后之十年，改工作时间为十六小时。今爱氏年逾八旬，既不言老，亦不自满，凡电之大用，如电热、电灯、影戏、蓄电池，美国中央电力公司即其手创。今世界公认爱氏为科学发明之第一人，爱氏有巧夺天工、改造世界能力，全世界人类无一不受其惠而蒙其福，大哉爱氏之成功！

12月21日

今一般人言道德与时代递嬗。今之谈新学者，甚而言曰："道德在社会已成赘瘤，不能存在。"危哉此言！近年以来，社会恶化，一日千里，人心险阻，不堪问闻！鄙谓普通道德，虽与时代递嬗，惟五常四维，乃国家与人类之基，亘古中外，不能废也！姑以忠孝二者言之，忠者尽己之谓也。民国肇兴,君臣之道虽废,惟长官之忠于国事,人民之忠于职业,不可(发)〔废〕也!今长官溺职,贿赂公行,不惜民命;工人嚣张捣乱,以致实业破产,工厂倒闭,此不忠之害也。按割股疗亲之愚孝,固可不必,然供奉养老之义,不可不尽!盖鸟有反哺,羊有跪乳,三年怀抱抚养之恩,昊天罔极,不可忘也!子女孝养父母,乃天职,亦报本!根本已失,凡交友作事,尽属徒然。世有创非孝之说,视父母如路人,此与禽兽无异。

12 月 27 日

下午二时,在四川路守真堂听赵世光君讲道。赵君系普通学识之青年,信教日浅,乃受灵感,研究圣道,鞭辟入微,不到数年,即成名牧。其讲道确有独到功夫,得有灵感,使听者惊心动魄,有自怨自艾之能力。各方请其开奋兴会、灵修会者甚多,听众满堂,效果甚著。赵君天资甚高,灵赋甚厚,诚教会不可多得之人才。

1931 年

1 月 1 日

即旧历十一月十三日,星期四(日)。天气晴和,寒暑表约在五十五度之间,似较往年为温暖。今政府实行阳历,凡政府机关、学校、工厂、商店,皆一律休业,惟小营业与居家,未见实行,此因始行改革之故也。有梁海山、吴锡赓等诸君来贺岁。晚赴章宸荫君嫁女喜筵。章君系旧书业中之前辈,家道殷实,热心公益,每年助孤儿院食米三四十石。座上遇书业同人甚多,皆久违多年者。拟自本日起,向儿孙讲解日历上之格言,元旦之格言曰:"盛年不重来,一日难再晨。及时〔当〕勉励,岁月不待人。"略述晋陶渊明光阴之宝贵,青春之不再。

1 月 6 日

处此物质竞尚,道德沦亡,林林总总,莫不醉心于权利,恣情乎声色,蝇营蚁附,乐而忘返。充其分也,囊括天下,以快其一身,似尚不足,然鼹鼠所饱一腹,人寿等于蜉蝣,何苦营营逐逐耶!佛氏称此身为臭皮囊,诚是也!一旦气绝,虽在至亲,亦掩鼻而避之。保罗曰:"今我处此帐幔，常咨嗟叹气，故望离此易毁之幔，往彼恒久不毁之大厦。"保罗既以此身比幔，则幔中之主人，自然尊贵于此幔。慨以众生将至宝可贵灵魂，膜视无睹，舍本逐末，倒行逆施，天下滔滔，大梦难醒，有感书此。

1月23日

黄楚九系沪著名人物之一，素以浪费豪气闻。然无恒业，所营者，有以诡谲空滑而成者，如新世界、大世界之类。黄君设有日夜银行，以厚利优待为号召，收刮存款，为数甚巨。存户多至一万数千户，皆属平民妇孺汗血养生之钱。日前黄君病故，喧传亏累破产，各存户闻信，恐慌万状，全往提取存款，十分纷扰。闻由虞洽卿、王晓籁、王延松、黄金荣、杜月笙诸名人组织善后维持会，出为调处。嗣因债权人团体林立，意见参差，故登报解散。于是扰乱尤甚，不堪收拾！今由南京实业部着上海社会局查办，欲将黄君遗产，如数变卖抵偿。此事沪上各报连日喧载，已酿成巨案。今存户数百成群，拥至黄宅，有捣毁门窗器物、殴伤巡捕等事，并有侮及棺木者。

6月22日

海上大地主爱俪园主人欧司爱·哈同君，年八十有三，精神矍铄，壮健如花甲，近数月来忽患肠病，医药无效，乃于月之十九日逝世。君系土耳其籍，或曰印度籍，早年入英国籍，开有遗产八千余万之巨，凡上海贵重地产,如南京路外滩等处之地皆操其手,操纵居奇,长袖善舞,大小商铺公司莫不仰其鼻息。四十年前,为沙逊洋行一收租之伙友,租市屋一幢以居,终日奔走街头,汗流被面,力不足雇坐街车。不意今日成为全埠第一富人。君有之住宅在静安寺路,辟地三百余亩,为沪上第一名园,亭台楼阁,花木池沼,幽雅富丽,俗名"哈同花园"。今在园中划地三十亩为君茔葬之区,照英国法律,君应缴遗产税数百万元。

7月3日

今日为旧历五月十八日,为余六十八岁生辰,虽年近古稀,凡精力视听步履与十年前无异。今居家休养,饱食暖衣,无愁无虑。内人年六十有四,康健如余,白发齐眉,虽不敢言福,亦家庭之幸也。此上帝待余独厚,感祷不置。是日备菜一桌,合家聚餐,甚乐。

7月5日

在六七年前,有孤儿院学生季玉铭、潘国璋、王汉庸、陆才春、余忠旭等,荐入商务印书馆,派往香港分馆学业。光阴荏苒,诸生去时都系稚童,昨由港例假回来,曾几何时,均已成为翩翩之少年矣。其中潘国璋,乃义女兰英之小叔。陆才春乃妹婿之子。

(商务书馆为非教会中人所占,如今教会中的孤儿无出路,亦一不幸之事也。记者附笔)

7月15日

昨日为上海商业储蓄银行新厦落成，招待各界，行开幕之礼。此屋规模宏大，建筑精良，南临宁波路，西临江西路，北临北京路，计造价一百数十万元，自用之外，余屋出租。按该银行创办时资本十万元，租用市屋三四幢，规模甚小；十余年来，资本增至五百万，营业发达，占全国第一，操金融界牛耳，储蓄存款收至一千数万之巨，可知事在人为耳。二十年前，我国银行事业均操外人掌中，利益外溢，不知若干万计；今上海一埠，本国银行多至三四十家，与外国银行并驾齐驱，要以上海银行发其端也。

7月27日

旧日花匠李阿毛在本宅做事，有十四年之久，人尚忠诚，初到时子女都在襁褓，今则皆成人嫁娶矣。其子阿龙年已十六，尚未入学，余强之读书，后荐入商务。今在高等第二法院办事，前途似有希望。今日阿龙之姨妈与妹子来望候，因忆前情，拉杂记之。

8月15日

近日商务印书馆庆祝卅五年纪念，凡向该总分馆购书一元者，赠券洋二角；同人有演讲提灯各种游戏，十分热闹。按商务创办时资本三千余元，工人十余名，卅五年中日就月进，逐渐扩充，今有财产一千数百万元，职工人员并仰而食者何止万人！当时夏、鲍二君含辛茹苦，事事躬亲,伟业已成,二君相继谢世。后起之人,但知公司规模之大、财产之富,那知创办者当日手足胼胝、惨淡经营之苦?希望继起者善保伟业,不负创业苦心,则幸甚矣。

8月22日

盐之功用,居五味之首,然而普通之人爱糖而不爱盐,因盐上舌,有猛烈刺激性,不若糖之自然而有爱性。按多食糖伤身而致疾,少食盐于肌肉血液有损,然而人都喜糖而恶盐。糖犹小人也,多谄言媚态,使人易于亲昵;盐犹君子也,多逆耳庄言,严肃端正,使人见而生畏。昔时用盐多而用糖少,今则盐糖并用,此系嗜好与时代转移之征也。

8月26日

晚六时半,耆年会同人集于青年会,饯送陈金镛君往辽宁任神学院职。陈君年已古稀,妻孥子媳团聚沪滨,融融泄泄,以年迈体弱抛家远行,为道服务,同人重之。

9月21日

余自民十六年夏离去商务,即蛰居牖下,不闻外事,以资休养。平日以看书灌蔬、治理家务为日程,既不觉劳,亦不枯寂,颇觉自乐。室边有余地五六亩,半种蔬菜,半作草场。有小池一,鱼虾滋生,今年池中菱荇丰盛,前后得数十斤,日摘而食之,鲜嫩适口。又四时花卉如春兰秋菊、大丽月季,芬芳缤纷,赏心悦目。每当晨露未晞,平旦气清,执卷读树下,心旷神怡;午饭后,一枕黄粱,醒时甘爽;晚时临睡,饮葡萄酒一杯;日以为常。凡时新鲜果、鸡黍豆麦,承乡亲旧友,四时致送,常充厨下。数年以来,虽处尘嚣沪地,无泉石之胜,凡唐子明所诵吟羡慕者,余兼而有之,在此世乱末俗,晚年得之,岂非殊数?志此,非以傲人,乃感得上帝之恩独厚耳。

9 月 23 日

陈春生君来言美华书馆事,该馆为美国北长老会所创办,在我国第一最早印刷机关,有七十余年之历史。彼时我国虽有木版雕刻,迟钝粗鄙,该馆创铸字模,用活字机印,精美迅速,于是推行至石印彩印。书籍出版,迅如风驰电闪,日出万卷。余于一八八四年入该馆办事,初八年为校对,继五年为管理货栈,末后八年管理银钱账目,共计有二十一年之久。彼时主任为教士范约翰,后继以费启鸿教士,余在馆承蒙两教士优礼相待,乃于一九〇五年离职,而入商务书馆。余一生事业发轫于此,故对该馆至今系恋无已。该馆(指美华书馆)初设于本埠小东门外十六铺,后迁至二摆渡北京路中市,约于一九〇〇年在北四川路购地十余亩,建造新式厂房,添备机械,规模扩大。彼时四川路一隅,荒芜冷僻,自经该馆建设工厂之后,地面日见繁盛,地价亦因之飞涨,至二三十倍之大,市面骤然热闹,皆赖该馆筚路蓝缕开创之功也。近十年来,该馆营业逐渐衰落,年有亏折,其原因如次:(一)暮气已深,积重难返;(二)机械陈旧,产生力减;(三)同业竞争,相形见(拙)〔绌〕。今闻美国总差会决计将该馆停办,将全部地产、房屋、机件、生财出售。沧海桑田,盛衰无常,当余在馆办事时,为全国第一极大印刷机关。余闻之,不觉慨然有今昔之叹。

9 月 27 日

印度革命领袖甘地氏以克苦持身,以坚忍之精神抵抗。彼原系富贵子弟,今已孑然一身矣。平日赤足裸身,腰围粗布,肩披大巾,皆系自织之品。以木制床,以草为襟,羊乳菜蔬乃唯一之食粮,以纺织看书理文牍为日程,引导印度全民族,以非武力反抗英国,提倡人人纺织煮盐,手造用器抵制英货。数年以来英国受损重大,其道德精神为世界所钦仰。此次出席英伦圆桌会议,所到之处倾城欢迎,凡新闻记者与摄影者每将其围绕核心,可知人心钦仰之诚也。当会议时,彼坐于议长之右,印督坐于议长之左,其被推重如此。此次到英伦仍以纺车相随,觐见英皇与首相,仍衣自织之粗布。余于甘地之事有感焉,尝谓:我国革命以来,凡执政秉权者,若能效甘地之克苦耐劳,早已国泰民安,富强日臻,不致造成内战与□□,自相残杀,糜烂不堪收拾矣。噫,焉得甘地其人,以作标榜,以救内战而弭奢侈耶?

10 月 15 日

基督教长老会在上海，共有三堂会：第一曰沪南清心堂，第二曰沪北思娄堂，第三曰闸北长老会堂。其第二沪北思娄堂，约在四十年时建在英租界之北京路（江西路、河南路中间），即旧时美华书馆地址之内，所以纪念美教士娄（旅）〔理〕华君者也。初二十年，此堂得美华书馆之护翼，十分发达。彼时余亦在美华服务，亦膺长老之职，以后美华将地皮、房屋售去，迁至北四川路，此堂亦随之售去。约十年时，本堂之中西人士与教友公共会议，将前所售去之堂款，再向各方募集款项，重建新堂，一方可以继续教会工作，一方用以纪念费启鸿教士。因费公管理美华三十余年，忠诚温良，夫妇二人热心传道，为中外人士所钦仰，于是在窦乐安路购地一方筑造新堂，堂皇富丽，颜之曰鸿德堂。一部分之建筑费由费公之子婿所乐输，鲍、夏二宅各输万元，乃盛举也。今闻该堂有募捐修理之举（目标为五千元），故拉杂记之如右。

10 月 24 日

前日往美华书馆访该馆经理金多士君。金君系英之苏格兰人，和气诚笃，在馆服务垂五十年，余在该馆时承其优待。今闻美华将欲结束，金君预备回国。据金君言，纽约总差会在数十年前，彼时中国无印刷机关，总差会为便利传教起见，开设美华，印刷教会需用书籍。今中国印刷事业盛行，教会书籍，家家可印，且本馆之机件失时，营业难振。今昔情形悬殊，无存在之必要，故总差会决计将该馆结束停办。今已将全盘之地产、房屋、机器、铅件如数出售于中国地产公司，约售银五十万两，草契已立，至年终银产两交云云。金君言时面有不豫之色，一则不愿离去久居之中国，一则忧一班年老工友之失业。余闻之，不觉感慨系之。盖余一生发轫于此，且受惠甚优。又当余服务时，该馆为全国最模范之大印刷局，今则衰落淘汰，大有沧桑之感。

（教会机关对于美华之关闭，应研究其衰落之原因，作为前车之鉴。记者附笔）

11月11日

是日上午阴翳气重，下午天雨连绵。节录见闻两则，乃见世态炎凉，人情淡薄。今日之社会，蚁附蝇集，仪秦姜妇之道也。

时届冬初，恰是授衣之候。南京立法院某君，一日命成衣匠制絮袍一袭，匠曰："大人为一年之御史乎，第二年之御史乎，抑第三年之御史？"某君曰："制衣与服官年期何关？"匠曰："仆也业故都，近始南迁，意谓新旧制度虽不同，服官圭臬则不能改也。昔闻之我师曰：第一年之御史衣裾宜前长后短，因趾昂气高故也；第二年之御史衣裾宜前后相称，长短平均，因世故渐熟，意气平矣；第三年之御史，衣裾宜前短后长，因此时世故已深，志气全消，卑躬屈节矣。"某君蹶然颔之。

伶界霸王梅兰芳君二十年前为王凤卿之附庸。初次到上海入丹桂第一台，二人寓台主许少卿家，其牌子戏码都在凤卿之下，每晨奉凤卿燕窝一盏，而于兰芳只清茶一杯。迨二人第二次南下，凤卿与兰芳之牌子戏码已互易其位，而少卿每晨供奉二人乃一视同仁，各奉燕窝一盏，益不欲予凤卿一时以难堪也。及二人第三次来申，情形大变矣。兰芳一跃而执伶界牛耳，凤卿已屈为兰芳之附庸，故少卿每晨之待二人不得不改变其方针，奉兰芳以燕窝，而凤卿以清茶矣。

以上二则在前人小说中尝有见过者，按趋炎避寒、前踞后恭，古今中外皆然，不能以此责少卿。

1932 年

1 月 9 日

即旧历十二月初二日。昨日有烈风,天气严寒,今晨有重霜,气候转暖。

昨日下午往景林堂听宋博士讲道。宋君滇之世家,游学美国,轻世重道,乃有志青年。回国之后,足迹遍各省,自动传道,名誉遥闻。其讲道有特长,足以感人,因受感而信道者不乏人。今日讲题系《罗得选择所多马》,肌劈理解,颇堪寻味。以罗得比今日一般信徒,言彼蒙恩特殊,有亚伯拉罕为其叔父,上帝时往来其间,加以警教,但其贪恋世俗,屡劝不悛,至终家破人亡,尽毁所有。其探赜索隐处,颇多暗射余之罪状,不觉悚然而惧。

2 月 6 日

是日为旧历元旦,全埠处于剧战恐怖之中,故并无新年气象。大马路行人绝少,所见者大半为逃难之人,凡戏馆、游戏场、消耗吃食店一概闭门,可见其萧飒气象。下午三时,商务善后会集于梦翁宅中,王云五君提出清理善后办法十九条,选公司相当人才六十一人,设办事处于大马路。当时余有善后管见数条陈会。余与小三子同居青年会宿舍。

2月7日

上午下雪约一小时,昨夜睡眠甚熟。全日,闻枪炮飞机声,惟租界方面不若前数日之紧张,其原因:乃英美之兵舰与军队逐渐到沪,兵力既厚,日方不敢如前之放肆矣。又闻战事移重在吴淞,因有炮台可扼日军出入之路。下午与项绳武君往徐家汇视固本肥皂厂,会见厂中重要职员,讨论厂务甚详。厂中有制造原料甚夥,价值不赀,都系油料,最易燃烧。在军事时间,危险万分,且五洲尤为日人所注目,制造厂系全公司命脉所在,故甚感踌躇,彼此商议将此项原料设法搬出,可以减轻危险与责任。

2月8日

昨夜睡眠甚佳。自昨夜起,枪炮飞机声已不多闻。闸北方面之战事似较轻微。传闻日方欲遣大军到沪,以武力压迫中国。上午九时半送小三子回家,沿途情形,较出外时安静多矣。闻领事团欲将租界恢复原状,凡在日人手下各马路,由英美兵士及巡捕管理,此一层办到,租界安宁多矣。至三马路慕尔堂视孤儿院学生与教职员,共计一百五六十人,避难寄居于此。鸿德堂牧师蒋时叙夫妇一子,又友人包传贤君三子,同时被日兵拘去多日,至今无消息。今日遇包夫人因所有三子俱失,痛苦万状,

形同颠狂,殊堪悯也。按此次被日人捕拘者无至千百人,
备受虐待,可以生还者,寥寥可数。此种凶暴,又猛于虎
狼,惨无人道,蔑以加矣!

2月9日

报载昨今两日在吴淞蕴草浜等处有血战,为开战以
来所未有,毙敌千余人。日军冲锋十余次,欲破我阵线,
皆不得逞。闸北虬江路等处,仍在剧战中,我军应战有
方。又虹口方面,连日安静,自昨日起,情形又变,忽然紧
张。今日人在虹镇狄思威路等处作战,故东有恒路一带,
因之吃紧,守宅佣人来报告,昨夜宅之前后有流弹若干,
枪声甚近云云。余闻之颇忧,欲将全家迁出,但各人意见
参差,迟疑不决,余尤不安者也。程雪门君来电,劝余全
家离申,往香港暂避,余虽不能实行,但甚感其美意,千里
之外,不忘故人。今有力之人离沪赴港者甚多。时局转
危,心思扰乱不安。

2月10日

连日清晨有迷雾。报载有我军着日军退出租界,不
然,即攻租界之说,风声鹤唳,美租界愈形吃紧,于是全家
在下午陆续出避:一,内人、道惠、杏明三人,避居四川路
青年会;二,斐君母子避居四马路振华旅馆;三,桂英母
子与兰英全家避居二马路十八号某洋行空屋。战事剧
烈,全夜枪声不绝。连日为商务、五洲与自己家事,憧扰

不宁。

2月11日

内人居青年会种种不适,故三人迁至振华旅馆,与斐君同居。与王云五君谈商务善后甚详。承王君告以公司暂时不办编辑、印刷两部事,又言今设临时办事处于英租界美丰银行楼上等等,余闻之甚慰。致张子良、程雪门二君信,详述上海战事之剧、人民之痛苦。子良信中说及其妻女等已迁回浦东本乡。又得孙伯恒、张恩宝二君来信慰问。受寒,略有咳嗽,惟连日睡眠甚适。

2月12日

昨夜与今日,战事沉寂,因英美法三国公使由平来沪,向中日双方调解。今日为临时停战之期,凡紧闭战区之难民,纷纷出险。又向居闸北与北四川路避难之居户,都回去搬迁物件,路上为之拥挤。又传闻日人有攻打南市,于是南市居民之恐怖扰攘、搬迁逃难情形,一如昔日闸北居民。

2月22日

双方战事,屡进屡退,伤亡甚大。日军在江湾用全力欲隔绝我吴淞与闸北之交通。又传我军在闸北胜利,有冲出租界之说。晚七时往青年会归宿,行至北京路四川路之间,沉寂阴森,几无行人。此时,桥北火光烛天,炮声震耳,情形可怕。有人告我,不可北往。全夜重炮声不绝,屋宇门户震动,两军似近在目前。自战事发生,几及一月,未有此夜之受惊,全夜未眠。

3月10日

此次淞沪之战,凡闸北、江湾、吴淞等处,被日人炮火所炸毁,价值至亿兆之巨,素称富庶、人烟稠密、工厂学校林立之区,变成一片焦土。今就所知者酌录如次:商务印书馆在宝山路者,几完全被毁,约值六百万元,闸北水电公司约一二百万元,恒业地产公司约十三万元。个人如王显华、鲍庆甲、鲍庆林、郁氏兄弟、陆桢祥、包文信诸君(捐)〔损〕失不赀。就余个人而言,八字桥之坟园、祠屋全毁,恒业地产公司、铸丰搪瓷公司、商务印书馆各股本约计在五万元之间。毗邻战区,因逃难迁避及商业停顿、农事废弃之损失,又不知若干。此闸北、吴淞而言,若万一战事再延长扩大,其损失更不知若干矣。

5月3日

人生度日,犹牛马之转磨石,滞重圆转无尽境;待马齿加长,牛已骨立,此磨石仍转移未尽境也。我人犹掘井者,深至九仞,而不得泉,努力再掘,石火横迸,手震器毁,瞠目丧气,悔之不及。我人犹铁之制链,尽其财力,使链日长,链成之日,用链自缚,自踵至顶,无异蚕之作茧也。

5月5日

上月廿九日系日本天皇长节,日之军政各界,与侨沪商民乘占据沪地之胜利,假工部局虹口公园开盛大之庆祝会,兴高彩烈,欢声动天。当上午十一时半,正唱歌跳舞,千百人欢呼若狂时,庆祝台上,忽被人掷以炸弹,弹势猛,(千)顿时天摇地动,凡日之重要人物皆被炸伤,会场大乱。查当场重伤死者,日侨会长兼便衣队队长者河端氏,闻开战以来,华人无故被其惨杀者不知其数。此外,如驻华公使重光葵伤势不轻,遍体鳞伤,其右腿恐不能保存。又第三舰队司令野村氏,头面受伤,其右目已废,取出,左目可保。又白川大将、植田师长、村井总领事等,受伤非轻,力经调治,渐见平复,可保无事。按掷炸弹者,系高丽人,尹奉吉少年志士。自此案发生,寓沪韩人大受日人疾视,惨遭无妄之祸者不乏人。(按白川伤过重,不久亦逝世。)

5月7日

一月以来,中日议和迭告决裂,历经三国公使从中斡旋,舌疲唇焦,始于前日彼此成约,签字盖章矣!一幕乌云漫天、狂风刮地、世界瞩目之恶剧,庆告成功。尤可记者,双方签字代表,今都受伤卧医院:日代表重光葵受炸弹伤,居四川路福民医院;中代表郭泰祺被学生以茶杯掷伤头面,居白克路宝隆医院。

铸丰搪瓷公司经理童季通君,在银行俱乐部叙餐,报

告清理存货、搬运等情。童君有将存货变价、清理债务、
停止营业之表示。

6 月 3 日

周师莫君年在知命,诚恳俭朴,余在二十年时识之。
日向商务批买书籍文具,亲至学校兜销,以博蝇头微利,
日积月累,储有余资,即设一书铺于四川路。因自幼失
学,凡一切营业账目皆须假手于人,因其勤勉且事必亲
躬,事业日见发达。周君热心宗教,恪守圣道,体救主爱
世苦心,省衣节食,将余资移作济贫之用。数年之前,将
书馆全盘售出,用所得售价洋数万元,在西郊南翔镇购地
建屋,创一安老院,收养年迈无告之男女,衣之、食之,且
教以圣道,孜孜为善,数年于兹。此次战事,院内男女老
人枪伤甚多,有伤重致死者。事前有劝周君暂避者,答
曰:"我不愿舍此辈而独生,愿与此院同生死。"周君素有
宿疾,此次气愤受惊,因之病剧,延至上月中旬而归道山。
当弥留时,遗嘱其家人全行搬出院中,将全院地产房屋交
伦敦会接管,嗣后不预闻其事云云。按周君身后萧条,并
无余资,子女年幼,度日艰难。彼以无学问、徒手操劳之
人,能重道轻世,舍己爱人,在此浇世,实可敬而重之。余
对周君,殊觉自愧也!

6 月 19 日

连日肚泻,体弱无力,每年到此,终有此种疾病,本

年似较往年为轻。与曹君及毓南同游兆丰花园，天朗风和，艳阳气候，碧草如茵，绿阴成盖，池水波清，鸳鸯相逐，红男绿女，游客如云，三三两两，携手并肩，或穿林步阜，或临水坐荫，喁喁情话，情景之佳，犹如画图中十〔红里〕〔里红〕尘之洞天也。

卢志学君宴熊秉三、史量才、陈蔗青诸君于功德林。熊公在袁世凯总统任内当第一任内阁总理，颇著政声。在洪宪前即辞职，在北平之香山创设慈幼院，收养贫穷男女子弟教养之，设各种工艺厂，提倡实业，使各生毕业之后有职业，自食其力。规模宏大，年费数十万金。年来熊公夫妇刻苦耐劳，敝屣富贵，专诚服务社会，时人重之。

8月9日

余少壮时静默寡言，有少年老成之称。当中年时，遇事挫折，为应付环境之故，将壮年之血气壮志消磨殆尽，性情愈觉沉柔。余一生无大疏忽、大吃亏者，得力于此。乃至晚年，性情忽然卞急，疾言厉色，每易开罪于人，甚至自遭侮辱，追悔莫及，虽力为抑制，然事后又犯矣，书此以自戒。

汉初有张耳者，与韩信伐赵有功，封赵王，未遇时与陈余为刎颈交。一日二人为黑监门吏所笞，陈余欲起而抗之，张耳蹑之使受笞。吏去后，耳告余曰：始我与君言，乱世当耐辱，忘之乎？凡大贤大勇，必能忍小耻小忿。彼云蒸龙变之士，皆从"忍"字得力。

按耳、余二人，后来一胜一败，耳在汉富贵寿考，福延子孙,余则兵败泯水而自杀,由能忍与不能忍所致也。

9月1日

即旧历八月初一日。余自民十九年元月重作日记,至今几及三载,约有十五万字。此三年之中,无论寒暑晴晦,未尝间断,然所记类皆时事及家庭琐事,刍狗糟粕,无意义,亦少寻味。拟自第四册起欲将先贤近哲之嘉言懿行,及个人平日之应世接物,加以磋磨,发抒而记录之,砥砺观察,用作晚年盖过进善之助云耳。

(10)〔9〕月2日

自上月廿九日大寒热以来,忽患小便闭滞短促、刺痛之症,服药无效,反而加剧。昨夜剧痛,小腹澎涨,便溺不能下,夜中不成眠,余甚忧惧。

9月4日

吾人平日固当安中思危,乐不忘忧,如余风烛残年,尤宜儆惕恐惧,乃营营逐逐,任性逸乐,不知老之将至,岁月催人。上主所以留此残喘者,正欲余悔过自新,以作晚盖耳。乃余不悟,自暴自弃,上主故降以极痛苦之病症,惩戒而提醒之。

9月8日

连日卧床,不能执笔。余自月初得寒热症二三日即

痉,忽然变成小溲紧闭,日见加重,中西医药无效,身体疲
弱。昨夜,甚危剧,起溲六七次,刺痛而不能下,膀胱紧
张。不得已,今晨入同仁医院由专科王以敬医士详加检
验,用手术治之,又佐以药品,至下午四时小便顺利,并不
刺痛,霍然而痊,妙手成春,神乎技矣!科学之功伟大极
点。据说此乃膀胱之闭塞,因之小便不能下,为老年人所
常有。余在此数日中,备尝痛苦,今一旦告痊,畅快已极。
当壮年曾患鼻痔,鼻管闭塞,不能通呼吸,计前后十五年
之久,平日呼吸全由喉口出入,此种反常生活,非身历其
境者,不知此中痛苦。后经专科某西医用手术割除,取出
赘肉,大逾拳,于是呼吸畅快,其愉快无异今日。因追述
记之,以志科学时代中医术之神奇也。

9月18日

病榻观《英教士戴德生传略》,颇受感触。先生系诚
笃朴素之大君子,温良和气,刻苦耐劳,舍己从人,其丰功
伟绩,全自祷告得来。每遇颠沛困穷危厄绝境,人所不
能堪者,先生处之泰然,将种种艰巨托诸上帝,故能绝境
逢生,化险为夷。其创设中国内地会,自一二教士发端,
二三十年中扩充至数百人,缔成全国极大规模,数十年来
始终靠信心祷告成立,既无基金,亦不向外募捐,戴公可
作教会模范矣。

(按广学会近出《戴德生的生平》,《明灯》近又登载戴
公自述,均表示本报赞成戴公的信仰与热忱,西国布道士

中最可作模范者,戴公德生亦其中之一人。记者）

9 月 25 日

是日为主日,扶病至鸿德堂,见会众恭敬虔诚,雍雍穆穆,牧师讲文,恳挚动听,故病体不觉疲乏,且心神反觉愉快。

连日读戴德生、慕翟二名人书,很受感触。自问上主赐我之恩无异二公,一意任性纵欲,自暴自弃,故今日受此严重惩罚。为之恐惧下泪,有立志悔悟以盖晚节之想,且祷上主赐余神力,始终坚持不改,病体又将轻松,夜间可以足眠。

9 月 27 日

大东影片公司汪福庆君,因缺乏资本,势将停业,十分焦急,前来嘱向银行借款。余无能为力,后商之斐君,允借银洋五千元,成全其事,汪君甚为铭感（后知此事大误,自贻噬脐,汪某乃一滑头）。

丁仲英君来望病,又代拟一方,治以补血养心。服之颇有成效,连日心神安宁,容易成眠。此次之病,承丁君迭次来诊,且至诚关心,余颇铭感。

9 月 30 日

偶读闽省长乐梁章钜观察所著《浪迹三谈》一书,中有"观弈轩杂录"一则,搜集古今弈事甚详,多至数十则,可作茶后饭余之谈，兹录一则如次：范西屏为清季第一弈手，著有《桃花泉谱》，有烂柯癖者，奉为圭臬。一日，范骑驴至扬州探亲，路遇一棋局，入弈对枰，范连负两局，局中人不知其为范也，责令偿钱。范曰："身无分文，但有此驴作抵耳！"众诺（脱落四字）。范后至原局对弈，连胜两局，众欲偿以钱，范曰："不须钱！还我旧驴可矣。"盖范前度欲舟行，一时无需驴，故假负以寄驴，今事完牵驴以去。于是众始知其为范也，相顾爽然，范亦狡黠弄人矣！

10月1日

即旧历九月初二日，天气晴和而温暖。下午三时在万国殡仪馆赴盛同苏君之丧。盛君系浙之宁绍世家，其父系前清翰林，迭任文职，仕林重之。余与盛君同事十年，其操守学识，为同人所器重，且作事稳健，有条不紊，乃敦品励学、有守有为之人才也，在此壮年遽遭病逝，凡属亲友莫不惋惜。在一月之前，遇盛君尚倾盖话归，曾几何时，遽然长逝。噫！人生如蜉蝣，朝不保夕，今壮而健者逝矣！余之老而衰者犹晏然而存，天心莫测，更觉上主待我之独厚也。

10月5日

病状无常，间日而异，一日健而一日病，大抵因事务过烦，思虑太甚所致也。昨夜只睡三四小时，为病来所未有，且近日又患失眠之症，每夜欲成睡殊不易。

前日星期在鸿德堂听汤仁熙牧师讲道,题为《老底嘉之教会》,谓一般教友对于礼拜、捐款、教会工作都能尽责,恪守仪文,都称之热心教友,然而个人之默祷、查经、认罪、亲主之内心工作茫然也,但敷衍表面饰伪欺人耳!故不能得主祝福,圣道真诠然也,余闻之悚然愧恶。

10 月 7 日

读宋人罗大经《鹤林玉露》,载有志士死饥寒,曰:"元次山避水高原,因糇粮不绝,不肯食同难之粟,而饥死。又陈后山为馆职,当(传)〔侍〕祠郊丘,非重裘不能御寒,后山只有其一。内子与赵(拒)〔挺〕之之妻为同胞姊妹,乃向赵借一裘以御寒。后山问以从来,内人以实告,后山曰:'汝不知我不着他人衣耶?'竟感寒疾而死。呜呼!二子可谓'志士不忘在沟壑'者矣!充二子之才识德望,即曳丝乘车,食养贤之鼎,谁曰不宜?然志节清亮,宁甘饥寒而死,不肯少枉其道,皓皓乎不可尚也。"余读之,既重二子之志节,又惜二子执拗而愚,此甚于孟子所谓"养其一指而失其肩背"者也。以二子之才学何不暂屈一时,待身以成伊吕、管仲之功。昔伍员吹箫吴市,韩信求食漂母,不拘小节,终成大业,且士君子不能自养其身,以致饥寒而死,亦言之耻也。罗公称之曰"志士"曰"亮节",其有当乎?虽然,今日之社会,贪贿公行,廉耻尽亡,以二子之事例之,则又不可同日而语矣!

10 月 14 日

数日以来病状如常,丁、郭二君所拟之方,服之亦不见效,心甚纳闷,故决计来杭。是日九时离沪,下午二时到旅馆,沿途安适,并不乏力。余在十年中,三次到杭养病,第一次在民国六年,卧床年余,病势沉重,几致不起。第二次在民国十七年之秋,病势较轻。此系第三次,因病后避嚣而来。三次之病皆为失眠,按失眠虽非险恶之症,然而痛苦殊甚,较他症尤难堪。

11 月 5 日

昨日下午往五洲,余已旷职两月,拟自本日起照常到馆办事。老友陈芷谷先生八旬大庆,其子媳辈为之开庆祝寿,燕于大东菜馆,车水马龙,宾客盈门。寿联寿幛,缤纷陆离,目不暇接。各种娱乐游戏,如票友京剧,弹唱魔术,应有尽有,十分热闹。陈君年届耄耋,精神矍铄,健饭徒步,犹如少壮,持躬俭约,温良诚懿,至今犹在华英药房办事,每日到馆,勤勉尽职,三十年如一日。先生既无嗜好,操守甚严,恪守圣道,任长老之职数十年,老而弥笃,始终不息,故其得上帝祝福,谁曰不宜。

(按陈芷谷长老年已八十岁,仍每礼拜到闸北长老会堂礼拜。年虽大,但看上去只有六十多岁。)

11 月 26 日

晨起,坐室中,见群鸡在草地觅食相逐,天真活泼,一如平日,不知一小时后,已置砧俎。以小比大,人犹鸡也,正在逍遥自得,征逐乐意时,忽而灾殃临头,祸起萧墙,岂不愚哉? 盖上帝之视人,犹人之视鸡也。

12 月 31 日

本年大事酌录如次:(一)"一·二八"沪战,开租界新纪元之恐怖扰乱,亦亲遭战祸之第一朝。二月份全在枪炮飞机惊涛之中,全家迁避于旅馆,如此有三星期之久。(二)闸北毁成一片焦土,余个人直接间接所受损失约在三四万之间,经济困难为二十年来所未有。(三)自二月起担任五洲药房常务董事,每日到馆办事,谢绝世故,退居牖下,已五阅寒暑,今已古稀之年,重作冯妇,亲友中颇多议论。(四)自九月初起先患小便闭塞,继变成失眠之症,缠绵病榻,有两月之久,备受疾病药石之苦,此余生平第三次大病。

1933 年

1月1日

天气阴翳,和暖。因在国难期间,政府命令停止贺年及一切娱乐。

1月21日

前军阀时代曾一再任总统之段祺瑞芝泉,系北洋派领袖、民国之元老,澹泊修佛,为国人所器重。前日忽自平南来,京沪二处政商要人有热烈之欢迎。按段氏突如南下,传闻不一,如目下政治避嫌疑,亦原因也。

1月28日

安吉吴昌硕先生为文章、艺术二者一代之杰出人物,旷达散逸,志超外物,故其艺术能超群绝尘,可以传至永久。先生于丁卯十一月六日寿终海上,春秋八十有四,哀闻乍布,遐迩悼惜。先生书法融化周秦汉三代于一炉,宏沛壮健,独树法门,金石琢刻,博赅精审,沉雄古秀,开未有之潜径,故海内闻人及子弟,著文崇德,称颂者接踵以起。

2 月 1 日

即旧历一月七日,天气阴寒。

项松茂先生失踪已逾一年,所有遗产如字画、古玩、股票、文件、契据等,皆封锁于公司。今日由其夫人、亲戚、朋友六七人共同开视检查,一一登册,仍行封锁保管,余系其中之一也。

3 月 8 日

天气阴寒,且时有朔风而下雪,本年之多雨而寒,为历年所少见。美国金融风潮如前,由政府竭力继持,故国内未发现特殊危险,惟世界汇兑因之停止,尚未恢复。平日每规元一百两兑金洋廿八元左右,今涨至卅三四元。

3 月 12 日

美国金融仍在混沌之中,余劝五洲酌购外币,一般人以为金将渐贱,然系揣测之词,并无把握。

3 月 28 日

与王仙华、高友棠、谢宾赉及五洲杭馆屠、项诸君在(杭州)黄润兴饭店午膳。此系杭城数百年之老店,俗呼"黄饭儿",以自制咸肉著名,传说清高宗南巡,常在此用膳,因以著名。

相距郭庄不足一里,往南有丁家山,又名天山,或名小孤山,为南高峰之支山。山之东南,南海康有为筑有别墅，即康庄。余久闻其名，昨日往游焉。山径蜿蜒，石势嶙峋，空旷明媚，胜挹全湖。康氏就原有山石树木而点缀之，由各方收集之断碣残碑，加以装点，亦有半工未成，废弃卧地者甚多，大有人去楼空之慨。闻其生前搜集此种碑碣颇费心力，受人诟病。自康氏故后，有被地方公家取去者，有被山民摧毁者。其屋宇多半失修，无人居住，零落荒芜，不堪回首矣。

此地有蕉石鸣琴之古迹，有奇石峭立，状如芭蕉，傍藏石床、石几，弄琴其上，声入回峰，有高山流水之雅云。

今日早车回申，寓杭已旬日，因各方积事甚多，不能不回申料理也。

4月4日

天气晴和，春光明媚。上午九时半陪同内人与道惠、道南、树堂三小子往游杭州（半月之内两往杭州）。此时系学校春假，游杭之人如云，车上十分拥挤，下午二时到杭，寓清泰第二旅馆。近日因游客之多，各旅馆皆患客满，凡杭城店铺，莫不利市三倍。数年以来，杭政府对于路政市面大加整理，凡昔之陂陀不平者，今筑成平坦大道，四通八达，车马交驰，便利如矢。昔日已毁圮之古迹名胜，一律恢复。苏白两堤，满树花木，安置坐椅。此外如图书馆、古物院、游戏场、公园，布置秩然，精美幽雅。最可贵者，各赌博淫业之类严防绝迹，不愧为亚洲山清水秀之第二瑞士也。

4月10日

居住郭庄，凡尘嚣俗虑似觉减少，心神思念亦觉宁静。终日偃仰，无宾客往来之扰。青山绿波，接在眼帘。开轩而望，水天一色，不觉为之心旷神怡。若得长住，无异身入桃源。

5月12日

即旧历四月十八日，为余七十生辰。孤客在杭，悲喜交集，追思已往，镜花水月，无异黄粱一梦。七十年中劳苦忧伤，备尝辛酸，穷达利钝，历经沧桑。余家素贫，早年丧父，全赖我母纺织存活，十一岁入南门清心义塾半工半读，日后能知艰辛者，由幼年苦学所致也。二十一岁入美华书馆任校对事，余问世任事之第一朝也。四十二岁入商务印书馆，至六十而告老家居。三十以前，困于经济，日坐愁城，时虞断炊；三十以后，渐见宽裕，有（似）〔拨〕云雾见天日之概。综余一生，得上帝之恩独厚，故顺境多而塞运少，每遇大病灾祸，都能逢凶化吉，在此晚年，可以无忧无虑、足食足衣、身康力健、家庭雍穆者，诚异数也。余生于十九世纪，长于二十世纪，乃在科学昌明繁华之上海，世事递变，月异而岁不同，可谓我生之幸，亦可谓我生之不幸，因科学愈昌明，人心愈险恶；物货愈文明，杀人利器亦愈演进。（按余生日乃阴历五月十八非四月十八日）

5月20日

美国总统罗斯福有维持世界和平之宣言,且拟就世界不侵犯之公约(一)不与他国宣战,(二)不派兵侵入别国境界,此项宣言发表,全世界空气为之播荡。际此各国厉兵秣马,日内瓦军缩会议若隐若现,今罗氏有此惊人举动,开国际未有之义举,故国际对之似信似疑,言论差池不一。

5月23日

余欲缮立遗嘱书,历有年所,每以窒碍而搁置。年来日见衰颓,且常患病,故亟思早日成立,无如各方关系,似难着笔,因此迁延搁置。兹乘寓杭之便,将旧时草稿检出阅之,不意事过境迁,冲突之处甚多,凡昔视为是者,今视之已成舛谬,奇矣哉!尝闻有改其遗嘱三四次,甚而七八次者,兹举一事证之:在前草稿中,有将闸北恒业路地产计六亩五分,连地上所有之建筑物交于委托人,充作社会慈善之用,每年收入约自二千元至四千元之谱,但此产今已毁于"一·二八"之沪战,事之变迁,此其一端也。

6月7日

每当蹇滞困顿,或疾病之中,即追悔已往,甚至捣胸流泪,数日之后,病体已痊,事过境迁,善念浮动,物欲起伏,旧念乘机而起,魔障已深,善不胜恶,故态依然,克欲不易,痛心浩叹,孔子曰:"七十而从心所欲,不逾矩。"读之愧疚无已。

6 月 10 日

即旧历五月十八日,为余七十生辰。夕阳衔山,如
蚕作茧,不觉感慨系之。退思已往,无异镜花水月,一梦
黄粱。七十年中,劳苦忧伤,备尝艰辛,悲欢通塞,历经沧
桑。余家寒素,早年失怙,全赖我母纺织存活。十一岁入
清心义塾,该校为美国教会所设。时当南北花旗黑奴争战
之后,经济竭蹶,学生半工半读,日后余稍知艰辛者,全由
髫龄苦学所造成。二十一岁入美华书馆办事,该馆为我国
印刷事业之先师,亦系造成印刷人才之渊薮。四十二岁入
商务印书馆,至六十四岁而告老家居。当余服务两馆时,
为该两馆极盛时代,一系印刷著名,一系出版冠众。三十
年前,曾与同志创中国基督徒会,提倡我国教会自立,又设
上海孤儿院,开慈善事业之风气,嗣因人事变迁,不能始终
其事,甚以为憾。三十岁以前,困于经济,日处愁城,常以
衣食为虑;三十以后,渐见宽裕,有拨云雾见天日之概。综
余一生,得上帝恩赐独厚,故顺境多而蹇运少,每逢大病灾
患,皆能化凶成吉,在此晚年,可以温饱无虑、身康力健、家
庭安祥者,诚上主特恩也。余羡慕宋朝范仲淹公之为人,
方正廉直,乐善好施,因幼年贫苦,虽位高禄厚,终其身未
尝丰衣美食。公内刚外和,待属下虽严厉而有恩意,交朋
友以疏淡而久敬,文治武功,道德文章,论者〔以〕为赵宋
第一完人。《圣经》六十六卷,余最喜读《诗篇》,有诗词、

祷告、颂扬、忏悔、谢恩各体,为大卫晚年所作,一生精神所集,词藻富丽,如《左氏春秋》,其缠绵处,犹儿童向慈母娓娓诉话。每当忧患愁闷时,独坐静室,将第百十九篇读之,心怡神旷,有"柳暗花明又一村"之概。余生于十九世纪,长于二十世纪,适在科学昌明极繁华之上海中区,世事递变,物质演进,月异而岁不同。当余童稚时,上海尚属海滨一村落,浦江两岸,芦苇满望,租界简陋;如今九江芜湖,不足百年,已成世界最大都会,变迁之骤、进步之速,为梦想所不及。余以生此时代为有幸,亦以生此时代为大不幸,盖科学愈昌盛,人心愈险恶;物质愈文明,道德愈堕落。当余书此日记时,正敌军飞机肆虐轰毁榆热,军缩会议破坏于日内瓦,经济会议开始于伦敦,上海绑票暗杀案迭起不穷。世界之乱,人心不良,莫此为甚,殊堪浩叹[1]。

6月17日

与内人往愚园路望候夏粹芳夫人。一则夏夫人卧病甚久;再则余生日时,其媳与长女代其母亲赠送寿仪,故前去望候答谢。

---

[1] 此日日记选自《高翰卿先生访问记》(作者虎赞,刊于《小五洲》1937年第8期),可知在1939年9月《明灯道声非常时期合刊》刊登高凤池日记之前,其日记内容已有所披露。"五月十日"日记与本日日记有重合之处,其最后提及"按余生日乃阴历五月十八非四月十八日",应是后记——编者注。

6 月 24 日

素患难,行乎患难,此二语圣人教人凡遭遇屈抑挫折,宜坚忍守分,以冀人定胜天之训。蹇滞困顿,为励行养性之良机;顺境利达,最易使人放诞失检。释氏有《十大碍行》一文,颇具禅意,可作听天顺命、随遇而安之助,节录如下。一,念身不求无病,身无病,则情欲横生,欲破戒退道,知病性空,病不能恼,以病苦为良药。二,处世不求无难,世无难,则骄奢必起;骄奢起,必欺厌一切。世难本妄,难亦奚伤,以患难为解脱。三,究心不求无障,心无障,则所学必躐等;学而躐等,未必能为得。解障无根,即障自穷,以障碍为进退。四,立行不求无魔,行无魔,则愿不能(望)〔坚〕,愿不坚,必未证为证,究魔无根底(脱落四字),以群魔为法侣。五,谋事不求易成,易成则志轻慢,志轻慢必自逞不能;谋事不厌挫折,以事逆为安乐。六,交谊不求益我,益我则亏失道义;道义亏失,必见人之非。察情有因情乃依缘,以弊交为资粮。七,施德不望报,德望报,则施有所图;施有所图,意念不诚,德亦无实,以市德如弃屣。八,与人谋事,心不沾分利,沾分利则贪心生,贪心生则恶念炽矣。世利本空,利勿妄求,以疏财为富足。

7 月 21 日

西洋花中有美人蕉者,种类不一,有紫色,长阔叶,一种花色,荤腻艳丽,柔不禁风,不愧美人之称。余嗜之甚久,始于去秋觅得其种。近日花正盛放,亭亭楚楚,袅娜弄姿。花色有三:一鹅黄,二淡黄,三洒金粉黄,为五萼丛生之花,其细腻粉莘,犹晚霞朝阳;冰肌玉洁,幽逸如兰,澹素胜荷,诚群芳之超品。《圣经》曰:所罗门王繁盛时之服饰,尚不及此花美丽。信然。每日早夕徘徊花傍,有剥茧食橄之余趣,不觉叹造物主之无尽藏也。

8月31日

清心赠费学生黄新民中学毕业之后考入清华大学,已记在前。今日黄生来辞行,并道谢历年之赠费。又南京神学院赠费生李君来宅。按余每年捐洋二百元,培植一传道生,已二年于兹。此次暑假期内,鸿德堂着李君往浦东各堂传道,察看其人品才学,今试验期满,李君前来辞行回里。

下午商务董事会集于银行俱乐部,报告公司在香港建造规模宏大之工厂,为南方印刷之根据地。昨日,慈幼协济会开年会于青年会之中山堂,由孔祥熙部长主席,政商学界名人到者甚众,济济多士,极一时之盛。提议在闸北〔设〕育婴院及儿童教养院及儿童卫生事业。当场举卫生局长李、市商会长王、银行会长林等为筹备委员,余亦委员之一,盖该会创办之初,余乃发起人也。

9月21日

今日下午二时半,鲍氏家族为鲍华甫先生百岁阴寿,开纪念会于南门清心中学校。按鲍公生于道光十三年癸巳八月初四日,至今日适足百岁。公于二十岁时,乘渔舟由原籍浙江之鄞县,孑身来沪。昕夕勤劳,辛苦成家。公有丈夫子三人,即咸恩、咸昌、咸亨。有女三位:长适张蟾芬君,次适夏粹芳君,三适郭秉文君。今三子三女,家业繁荣,子孙昌盛,为侪辈所称羡。公一生饬躬励行,以身作法,治家有条理,管教子女,慈严并用,终身乐道,清洁可风。按此次开会宗旨,因清心男校校舍不敷,欲借此机会,向公之子女婿孙辈醵金建一百岁堂以作纪念,未知能如愿而成否。

11 月 30 日

一日耶稣闲居,有士子等执一在行淫之妇就耶稣曰:"先生依摩西律法,此妇即当击杀,尔意云何?"耶稣烛彼奸谋,盖若曰依律法行,则违主耶稣平日仁爱心,不然则徇情废法,二者必居一过。此时敌人环视,来势汹汹,对付不当,祸端立见;惟智者见远,仁者能忍,耶稣俯首缄默,以指划地,敌人虽诘问不已,耶稣迟起曰:"尔中无罪者可先击之。"众闻言,内疚不安,自长至幼一一潜出,惟妇立前,耶稣谓妇曰:"讼尔者皆去乎?"妇曰:"然。"耶稣曰:"我亦不罪尔,以后不再犯也。"此乃以柔克刚,先挫其锐,当时耶稣若向之强辨或力责之,则妇必立死石下,耶稣亦难免侮辱也,故曰卞急偾事,柔能克刚。

12月9日

今日为夫妇结缡五十年金婚之期。按结婚时,余二十一岁,妻十七岁。彼时余甫从学校毕业,两手空空,四壁萧条,不能举婚。因母亲严命所逼,于是借债,勉强成礼。因薪水菲薄,不足赡家,全赖母妻纺织以助之。我妻一生克勤克俭劳苦节省,余得其助力不少。今我二人,俱年已古稀,然而精力未衰,耳聪目明,安步健饭,乃上帝之恩赐也。我妻前后共五胎,第一、第三、第四已相继殇亡,今生存者,斐君系第二,鹏云系第五。

右系旧日记第四册,其破烂剥落,漫漶凝结,已记于前,尤其是末后三份之一,却失落上半页,所存之下半页又凝结模糊,有时欲揭开一页或数字,费一二小时之久,末后四五页破烂尤甚,无法认索,只有付诸阙如。(民国廿七年十二月十日志)

12月27日

人心如止水,其未动也,澄洁清涟,毫无纤尘,偶被物欲撞扰,妄念以生,邪气浸入,其初也,藏于无形,微乎其微耳。履霜之渐,一点毒酵,一个细菌,酝酿滋生,日复一日,为名为利,为奸为盗,蓬勃泛澜,可为元凶,可为大憝。

光阴如流水,日月如穿梭,今一年将尽,岁暮腊底将过去。三百六十余日,黄金般之光阴,回而思之,徒然虚掷。际此桑榆晚年,放浪虚糜,不知来日尚有几何耶?读

本日灵食之金句曰："耶和华呀！求你指示我身之终期，我之寿数几何呀？使警觉我如夕阳西下。"（《诗》卅九篇四节）

1934 年

1月7日

是日系星期，天气晴和。上午九时与本埠长老会、三友会四人坐轮渡，往浦东高桥镇，为杨缙卿君之先大人杨灵照老牧师建造之纪念堂行开幕落成礼拜，同行者男女百余人。堂在镇之西北，有二亩之广，建有讲堂住屋等，虽非宏大华丽，然而坚固朴素，合乎乡村之用。建筑费五千元，由杨君独自之力，光前裕后，孝思不匮，殊足多也。杨公系五十年前名牧师，性情豪爽，学问道德，杰出侪辈，为时人所器重。

2月1日

即旧历十二月十八日。迩来天气时寒时暖，变易无常，今日又严寒，且朔风刺骨。

物质文明与生活奢侈，有密切关系，相演并进，如影随形。中古之世，衣惟御寒，食惟疗饥。今则居欲华丽大厦，衣欲绫罗绸缎，出则汽车，食则大菜。有非此不足以夸人，且有举债以遂其逸乐者。世风日靡，国家愈穷，全国将成饿殍。兹录宋朝司马文公《示子训俭文》如下：

"众人皆以奢靡为荣，我心独以俭素为美。人皆嗤我固陋，我不为病。孔子曰：'与其不逊也宁固。'又曰：'以约失之者鲜矣。'又曰：'士志于道，而耻恶衣恶食者，未足与议也。'古人以俭为美德，今人乃以俭相诟病，嘻！异哉！近岁风俗，尤为奢靡，走卒类士服，农夫蹑丝履。吾记天圣中，先公为郡牧判官，客至未尝不置酒，或三行五行，多不过七行，酒沽于市，果止于梨、栗、枣、柿，肴止于脯醢菜羹，器用瓷漆，人不相非也，会数而礼勤，物薄而情厚。近日士大夫家，酒非内法（家酿），肴非远方珍异，食非多品，器皿非满案，不敢会宾客。常数日营聚，然后敢发柬，苟或不然，人争非之，以为慢客，故不随俗靡者鲜矣。呜呼！风俗颓敝如是，居位者虽不能禁，忍助之乎？又闻李文靖公为相，治居第于封邱门内，厅事前仅容旋马，或言其太隘，公笑曰：'居第直传子孙，此为宰相厅事诚隘，为太祝奉礼厅事已宽矣'（太祝，奉礼家祭也）。张文节公为相，自奉如为河阳掌书记时，所亲或规之曰：'公今受俸不少，而自奉若此，公虽自信清约，外人颇有公孙布被之讥，公宜少从众。'公叹曰：'我今日之俸虽举家锦衣玉食，何患不足？顾人之常情，由俭入奢易，由奢入俭难。我今日之俸，岂能常有？身岂能常存？一旦异于今日，家人习奢已久，不能顿俭，必致失所，岂若我居位、去位、身在、身亡，常如一日乎？'呜呼！大贤之深谋远见，岂庸人所及哉！昔正考父饘粥以糊口，孟僖子知其后必有达人。季文子三相君，妾不衣锦，马不食粟，君子以为忠。公叔文子享卫灵公,史鳅知其及祸,及戌果以富贵得罪出亡。何曾日食万钱,其孙以骄溢倾家。石崇〔以〕奢〔靡〕夸人,卒以此死东市。近世寇莱公豪侈冠一时,然以功业大,人莫之非,子孙习其家风,今多贫困。其余以俭立名、以侈自败者,不可徧数,聊举数人以训汝,汝非徒身当服行,当以训汝子孙,使知前辈之风云。"

2月17日

年来学生嚣张好事,频起学风,驱逐校长,殴击教员,时有所闻,政府虽三令五申,视同弁髦。平日既无焚膏惜阴工夫,专事游荡,视学业为畏途,不独抛弃青年光阴,且习成不端劣性,影响所及,关系国家民族,可惜也!

5月3日

谚曰"尺璧非宝,寸阴是竞",此系警教青年之箴言,其垂老多病之人,尤当如何警惕耶?余在少壮时尚知勤劳;近年以来,忽贪懒好逸,当作之事,每延搁至明日,及明日又畏难而拖延。今有重要数事,如誊写遗嘱,清理财产,及整顿未了各事等等,在此垂老风烛之年,亟待早了。然因纠纷困难,一再迁延,不肯鼓气毅力成之;一旦急病,或遽然物化,家务纷乱,纠葛丛生,势必贻患后人。每一思及,或遇亲友病故,不觉悚然大惧。

5月5日

怒犹火也,忍犹水也,一星之火,可以焚林,惟水可溶和万物,故怒易偾事,忍而免祸。宋富文忠公弼,文章经济与范文正公齐名。尝训子弟曰:"忍之一字,众妙之门,人有才能,而加以能忍,则无事不可办矣。"当少年时,有狂夫詈之,弼佯为不闻,旁人告曰:"彼在詈公。"对曰:"或是詈他人。"曰:"彼呼公之名。"对曰:"天下岂无同名者耶?"詈者闻之,大惭而去。余至晚年气盛,疾言厉色,每易动怒,使人难堪,自己又伤身,屡戒屡犯,恨甚!

张菊生先生之夫人患肺癌病已久,医药罔效,日前逝世。今日在中国殡仪馆成殓,素车白马,吊客盈门。菊翁对此丧事,既不发讣,亦不开吊,一洗俗礼,殊为难能。

5月15日

嗜好财色,犹如细菌侵入人体,滋生既繁,贻害尤烈。人有嗜好,日积月累,无形之中,志气消耗,精神昏迷,初则心邪意乱,私隐潜为;继则少廉寡耻,不避所忌,于是沉溺愈深,流连忘返。天良已丧,廉耻不顾,若狂若痴,铤而走险,触网犯法,名败身亡,可不慎哉!可不慎哉!

5月27日

一,事不可轻忽,虽至微至易者,亦当慎重而行之。二,郑重慎密者,少错误,而多回旋;轻浮燥切者,多悔恨,而开罪于人。三,遇事慎思而虑,终少后悔。四,事无大小,或成就,或失败,系于"慎""忽"两字。五,星星之火,可以燎原;涓涓不塞,可以溃堤。痼瘰为不治之疾,每起于不知不觉之至微细菌。六,善始者未必能善终,始勤终怠,人情之常,所谓为山九仞,功亏一篑。

宋康定中,河西用兵,石曼卿与吴安道奉使检查,安道昼访夕思,所至郡县,考图籍,见守令,按视民兵刍粟,凡山川道路,究尽利害;惟曼卿吟诗饮酒,若不在意。一日,吴谓石曰:"朝廷以重任委我二人,今公若不在意,何也?"曼卿笑曰:"国家大事,安敢忽焉。"乃条举将兵之勇怯、刍粮之多寡、山川之险易、道路之通塞,纤悉俱备,了若指掌。安道大惊服,自叹不及也。

6月1日

即旧历四月二十日。西藏教主班禅大师数月之前,由藏至北平。一日之前,由平至京,然后往杭之灵隐寺启建时轮金刚法会。各地善男信女赴会者,不远千里而来,数逾万计,一切用费,约十万元。日前班禅大师由杭回沪,上海市政府、商会及各界,相继开会欢迎,或请其参观演讲,乘坐飞机,环游全市。连日轰动社会,举国若狂。欢迎会之庄严堂皇,为向来所少见,凡会场布置,无论牌楼幛幔,用器皆以黄色,以昭敬礼。按中央政府与地方政府及团体人民,所以如此敬礼者,半为宗教迷信,因彼系黄教活佛,有神圣之尊严;半为政海关系,因后藏政治之权,操在其手,西藏为边陲门户,对外如英俄两国,各有觊觎之心；对内则川藏毗邻，时起（爨）〔衅〕端，欲求西陲安宁，不能不借重于班禅也。

西藏分前后两部：前藏由大弟子达赖大师管理，后藏由二弟子班禅大师管理。转生承袭，世世济渡。今年以来，藏中多事不靖。去年达赖之死，或谓被刺，至今未明。今班禅逗留平沪，已逾半载，其所以不敢回藏者，亦有戒心也。

6月5日

物以类聚，人以义合。世不能无友，然而交友最难，不可不慎也。若凭一时之片言，俄见之状貌，断人贤否，未免有毫厘千里之失。故未及深知，不可急于结交。

待人宽大诚实，自己宜谦卑公正。谁人可慢，何人可欺，慢人欺人，即所以自慢自欺也。以诡诈权术，可欺瞒于一时，日久必败露。先贤曰："人以暴厉待我，我以温良感之。人以欺诈待我，我以诚心感之。人以横逆待我，我以道义感之。"夫以唾面自干，无速其怒者，乃淳厚之言，未必合于今之社会。耶稣曰："忠良如鸽，机警若蛇。"则近之矣。

6月11日

为《大英百科全书》事，前途来信交涉，啧有烦言。今日下午三时去访该行经理英人梅君，有责偿损失之表示。

读《新约·希伯来书》六章七、八节曰："譬如良土，时雨润之，农夫犁之，而丛生荆棘，则人必弃了，终必见诅而焚以火。"不觉憬然而惧，恧然而愧。余乃上帝所培植之良田，耕之耘之，雨润而肥壅之，是当秋收冬藏，五谷丰登，三十倍或六十倍。乃者苗而不秀，荆棘丛生，虚度光阴，辜负造化，应当戒惧警惕，弥盖晚节，岂可迟疑玩忽耶。

6月15日

连日为担保各方催促甚急，责诘者有之，家中人亦有烦言。谓余多事，自寻烦恼，节录叶君来函以概其余："张康道系令亲，与弟向无关系，所以胆敢代为担保者，因受台端委托，万不可过桥拔桥，大家都在社会服务，宜守信用云云……"

与人相处，第一要谦逊诚实。我宁容人，勿使人容我；我宁受人之气，勿使人受我之气。与人共争，要学能吃亏。谚曰："终身让畔，不失寸土。"宁得罪君子，不得罪小人。得罪君子，怨浅而易蒙赦；得罪小人，恨深而必被报复。惟人心最可畏，人心最难测，遍地荆棘，常存临深履薄之惧。

6月19日

欲求胸襟畅快，排除一切憧扰，宜从"平淡"两字做去。功名金钱，固然要看淡薄，即家庭子女及自己身体，亦不可看得重要。盖子孙贤否，我之寿夭，悉非我所能为力。身虽锦衣玉食,宜视同粗布菜饭;居住虽华大厦,犹在陋室茅舍。鱼肉之腥腻,不如蔬食之清芬;醴酒哄饮,不如清茗独品。近年以来,余之家庭乖变,拂逆扰攘,晚年当此,似属难堪。余惟逆来顺受,忍耐刻苦以处之,每学古人以困苦艰难为天之陶冶,故不独视逆境困苦为平淡,即视俗情愉快,亦属平淡。故人视我甚苦,我自视反觉怡然。连日有牙痛,其中一牙去年所修补,今忽动摇,故去看牙医。

6 月 21 日

年来常记载为担保受累事甚详,每因人之忘义而气愤:一、见余平日涵养功夫;二、见余作事少细密审慎功夫,每多事后追悔;三、时局不景气,百业衰落,大都亏折,不能维持信用;四、人心不古,风气日浇,急时需人,过后叛义,可见处世之难,处世之险。前日发电至湖州催沈叔铭君来申,因其担保长女斐君五千元之借款,过期已久,本利无着。

6 月 23 日

卢志学君之太夫人,日前故世,有节省丧葬费为太夫人留作一永久纪念之传闻。曾虚白君谈及筹款一万元,在龙华孤儿院建筑一纪念堂。因女院之房屋年久失修,半已坍圮,且学生增多,不敷所用,情形十分困难。卢君言,彼个人颇表同情,然一人不能为力,须得家庭之同意,且各方索款作慈善用者甚多云云。

6月25日

自入夏以来,天气温和,热度不出六七十度之间;今日忽然暴热,火伞高张,行至马路,犹在铄金之中,而热度高至九十七八度云。

赵志清君来此作客。赵君在去年此时,来避暑约一月之久,此乃第二次也。余尝避暑庐山、普渡、莫干诸名胜,其风景山水、林泉树木,各有所长。其酷热虽无本地之甚,然溽暑之气,终不免也。余宅中有地数亩,草场树荫,荷香绿盖,每当晨露未晞,夕阳西下,凉风习习,心怡身爽,无异寄身于幽深泉石中也。较之冒暑长途跋涉陟降,安逸多矣。

6月29日

天气仍炎热,且亢旱无雨,苏浙皖等省,自春以来,望雨甚殷。农民下苗之后,因天时干燥,都有枯槁之忧!今溪涧河汉,已彻底枯涸,如再不雨,秋收无望,即成荒灾。近日粮食昂贵,蔬菜缺乏,小民苦之!

平沈通车,关系重大,各报言之綦详。今中日双方议决准于七月一日起通车,兹列公布如下:一,自本年七月一日起,恢复自北平至辽宁直达客车,每日以平沈对开一次为限。二,由中国方面责成中国旅行社,日本方面责成日本观光局,在山海关组织东方旅行社负责经理此项直达通车事宜。三,一切行车规章、时刻、车辆及车票发售等办法,均由本局另行规定云云。按此次平沈通车,由中日两国托商界售票,以免政治交涉,日后可以免强权干涉,今尚难知。

今日系夏历五月十八日,为余七一生辰,备菜三席,有亲友在此便饭。余之精力耳目,较数年之前无异,牙齿完坚,步行健饭,每日往五洲办公半天。

7月1日

即夏历五月二十日。昨日为卢志学君太夫人开吊出殡,故与友人等来杭,天气酷热,亢旱无雨,犹如上海。卢宅丧礼,一洗俗尚,凡虚耗仪仗,一概免除。宅中肃静哀戚,在此虚荣糜费时代,可以称超众出俗,殊为难得。

7月5日

天气炎热,亢旱异常,各处望雨甚殷。此我本年第三次莅杭,居住之日无多,爱慕之心益切。今身历此湖山,追溯自洪荒迄今,不知经过千万年之岁月。自秦犹芜秽,历经天演人工,然后复成此美丽湖山,点缀寰宇,供人玩赏。我今目睹身历之湖山,在已往之千万年,虽经冰雪风雨之剥蚀,仍屹然兀立而不变。今我爱此湖山,冒暑来避,然而不久之后,余将长逝物化,与此湖山永别,再无会见之日;且不独我一人为然,凡与我同游之男女老少,不久之后,亦先后凋谢,而与湖山永别。推而远至几千百年之后,恒河沙数来此游者,亦无异彩云易散,昙花一现,惟此湖山,屹然永永无变,睨然而笑,挥送历代之游客。

7月13日

旬日以来,天气酷热,热度升至一百零二三之间,煮沙铄金,如坐洪炉,且干燥亢旱,日久无雨,故江浙两省、长江流域,发生时疫,且成灾象。据中央气象台报告此次旱热原因曰:历年在六七月间,雨量为一六七・公厘,今只有三二・〇一,仅及往年五分之一。又热度往年为二四・三,今为二五・九,为光绪六年至今所未有,其原因为太平洋南岸气压高所致也。

7月23日

迩来工部局有改善待遇人力车夫之表示,因之引起车主之反对。查公共租界约有黄包车一万部,为一班暴势力之人所有,其收取租费苛重,使终日奔走、汗流如雨、日晒雨淋之车夫不能得一饱。今工部局之新章虽曰改善待遇,然而操切而严:一则欲将现有之车全行毁去,换以新式之车;二则加重捐费;三则逐渐减少车辆,且取缔加严。因之不能慑服车主,即社会舆论亦不以为然。说者谓:工部局名曰"改善",其实乃为公共汽车及电车之洋商扩充营业,而扑灭华人之小营业。此政策实现,使租界数万苦力失业,殊堪注意。

7月25日

上海商界巨子荣宗敬君，江苏武进籍人，以"面粉大王"呼之。其所经营之申新纺织厂及福新、茂新面粉厂，上海、无锡两处分厂有二千余所之多，资本五六千万元，职工十余万人，规模之大，全国第一。年来时局不景气，且外货倾销，因之亏折甚巨，势难维持，有破产停办之传闻。人心皇皇，市面震动，此事有关棉麦原料之销售，抵制外货进口，又间接、直接百余万人民生活之关系，故政府极注意此事，银行、钱庄两业有出而维持之说。按我国工商实业，大规模者甚少，偶或有之，基础薄弱，办理不善，因之难以持久。近来陈嘉庚君之橡皮公司，此其类也。其失败之原因，约略如下：一，办理人少专门学识；二，好大喜功，猛进冒险；三，脑满肠肥，始勤终怠；四，消耗糜费，走漏营私；五，专用私人，甘苦不均，赏罚不明；六，资本薄弱，缺少援助；七，政治膜视，但有苛税，而少保护。

7月28日

下午二时起，忽有狂风，倾盆大雨，继之以雷霆，马路积水逾尺，交通为之阻断。

德奥本是联盟国，自欧洲大战败绩，立城下之盟，割地赔款，几致国不成国。数年以来，德国崛然奋起，废除《凡尔登条约》，逐渐恢复大战前之势力。今之总理希特勒氏野心勃勃，欲并吞奥国，扩大其疆域，利诱强迫，肆其种种诡诈手段，使奥党派纷歧，朝野不宁。前日奥之首相陶尔斐斯被乱党击杀,此事全欧为之震动也;世界亦为之恐慌,以为一九一四年之祸,将重演于今日。奥相被害,人都疑希特勒之指使,法、意两国因利害关系,疆土接壤,或下动员令,或陈兵边域。今英、法、意通力合作,务促奥国独立一方,弭定其内乱云云。

8月3日

德国兴登堡于今晨九时,没于纽台克别墅,享寿八十有七。内阁通过举行盛大之国葬礼,下葬于东普鲁士丹伦堡,即大败俄军、使德转危为安之重镇。全国服丧,英、法、意、奥及其他各国,皆致哀悼唁词。世界友邦,莫不同声悲悼,内阁宣布任命希特勒摄行总统之职。

8月6日

余之上下牙齿,向来齐整坚固,除毁落一二盘牙外,其余完全如少壮时,凡坚硬各物,能啮如常。迩来右方下盘牙,时时作痛,饮食不便,每餐只能吃粥,凡坚硬之物,都不能食。如此有半月之久,极以为苦!后经牙医修补,稍觉适意。忽于昨日,左方一牙,突然动摇,且刺痛,即就牙医诊治拔去。在此一月之中,修补者一,拔去又一,此乃衰颓之征象也。

8月8日

自昨夜起,本埠忽有飓风过境,由南往北,有拔树倒屋,轮船停止出口,浦中船只翻溺者甚多,亦有雷雨,交通阻滞,损失殊巨。

8月26日

迩来报章迭见因穷乏受经济逼迫而自杀者,有夫死而妇随之,甚至有一人死而合家随之者,惨酷不忍闻。然而都市中一方奢靡繁华,一掷千金,各伟人今日购汽车,下月筑金屋。事事不平,相去天壤,先贤有"论菜"一节曰:"菜者,百姓不可一日有此色,士大夫不可一日不知此味。盖百姓之有菜色,正缘士大夫不知有菜味也。若在民上者皆得咬菜根之人,则百姓自然无菜色矣!"王荆公曰:"贤者不得行道,不肖者得行无道;贱者不得行礼,贵者得行无礼。"

谚曰:"杀人偿命,欠债还钱。"时至今日有倒施逆行者,杀人还钱,欠债偿命,此乃金贵名贱之证也。

8月28日

儒之修身涵养,佛之离相直觉,与基督之悔改成圣,异途同功。人能到此,不独置成败得失于度外,即甘苦生死亦所不顾。《使徒行传》载保罗、西拉被官重刑,血流肉破,然后下之黑狱。二人在狱,不但无呻吟痛苦,反唱歌为乐,全狱囚犯被感。又使徒彼得被希律王幽禁狱中,决于明日死刑。彼得终夜酣睡,由天使醒而导出狱门,自己尚以为梦境也。宋程伊川先生谪居涪陵之日,渡江遇风浪大作,全舟之人恐惧失色,先生正襟端坐,神色如常。比及登岸,有问之曰:"公是达后如此,抑舍后如此耶?"公曰:"我得夫子之训,朝闻道,夕死可矣!我久无贪生怕死之心矣!"

上午十时至龙华孤儿院。院中暑假期过,学生均已上课,工艺部有添置湖笔一门;又闻院中花圃、花棚均归王氏所有,又前王省三君所赠之十亩地,亦为王氏租去,所种蔬菜好者集诸市上,劣者强卖院中,旁人颇有烦言。

9月3日

昨夜忽然肚痛不适,有大吐大泻各一次。今日肚腹仍不适,泻了四次,大吐一次,身体颇觉疲乏。

下午六时,五洲董事会开于一家春,因报告广州设支店事,勉强扶病而往。

10月7日

下午三时召集五洲学徒谈话。按公司有学徒四五十名,全系江浙人氏,向无规则,故散漫无序,不独对学业少进步,且亦误人子弟。余一一询其履历学程、家产状况与在馆作事情形,察其品貌赋性,其中不少聪慧英秀可造人才,末后勉彼等谨慎职业,奋勉自进。

10月9日

谚曰"医者意也"。昔有富翁晚年得一子,爱如掌珠。

一日,喉间忽刺痛,不能饮食,日夜号哭,各名医皆束手无治法。乃有一医,密询携抱此孩之女佣,详询孩之得病原由,许以厚赠,不告东主。佣曰,前日携孩至水滨,孩见螺蛳,不提防吞鲠喉间。医者闻言,即命取多年老鸭,倒悬取其涎沫,灌入孩喉,刺痛立止,而索饮食。盖鸭可克螺,鸭涎足以下螺鲠也。《东坡文集》曰,欧阳文忠公尝谓止汗用麻黄根节及旧扇焚化成灰,服之可愈。于是坡公戏之曰,然则饮伯夷之盥水可医贪,食比干之余羹可医奸,舐樊之屑可医怯乎?文公笑置之。

10 月 15 日

前日为友人张椿年君之双生子同时行结婚礼于宁波同乡会。二子修短肥瘠既同,面貌如一,无丝毫之异,闻平日即自己之父母常有误认。今对方之两新娘,亦系堂房姊妹,并蒂双莲,诚婚姻中之佳话也。

昨日与表弟陆桢祥往西乡安亭徐公桥之唐家角参看二人合办之陆景小学,向例每年往看一二次。按徐公桥,昆山县之小镇也,户口数十家,在数年之前由黄任之君等发起设立一乡村改进社,凡种植、道路、教育、卫生各项,次第进行改良。该镇区共有小学校四五处,欲谋教育统一,故于前年来要求将陆景小学交该社管理。初二年中校务确有进步,后该社由地方绅士接办,各事废堕,陆景小学亦随之下落,学生减少,课程荒弃。此次交替,手续不清。此次下乡,为整理陆景小学善后也。

10月17日

尝读《国策》，齐宣王谓处士颜触曰："寡人愿与先生同游，食必太牢，出必华车，妻子都丽。"触解曰："玉藏于山，琢而器之，非不宝也，然而大璞不完；士处于野，举之朝庙，非不贵也，然而形神不完。触愿得晚膳以当肉，安步以当车，清净贞正以自娱。"按战国时人心鄙薄，沉湎利禄，张仪、苏秦辈仆仆风尘，相欺售诈，各抒机诡；触能效巢由澹泊，不蹈桑弘羊、李斯辈灭族极刑之惨，论者谓战国时鲁仲连、颜触为二完人。余谓黄金美女当前不为所动者，非有毅力卓识不能为也。近世以来，官方日趋卑污，常有献其妻妹以求荣禄，奴颜婢膝，无所不为。一日得志，贪贿公行，廉耻尽亡，争夺地盘，养兵自卫，苛税暴敛，罗雀掘鼠，至于国计民生，外患内祸，全不顾念，国之不亡其可得乎？

10月19日

鸽为家禽之驯良而灵敏者，且甚恋其旧主，其肉鲜肥，其蛋滋补，闻畜鸽之利厚于鸡鸭。数年之前有亲戚赠余一良鸽，闭之笼中，善为饲养。数月之后，放出试飞，不意一去不回。后由亲戚再行送来，如此三数次，方始留不去。按戚与我相离十里之遥，岂不奇哉！自古以鸽为传递信书之用，唐张九龄有鸽成群，用为传信，故号"飞奴"。欧美日本陆军部皆熟练之，组成鸽队。闻欧洲大战，德国鸽队出入炮火轰天、枪林弹雨中传递军信，得力甚巨。余畜有鸽百余,玉羽霜毛,有净白者,有纯黑者,赤眼金绶,舞影呼群,盘旋翱翔。每当下食向人飞逐,围身停看,驯惬如猫犬,可与花木金鱼同作赏玩。坡公曰:"少时见书案户外竹木丛生,众鸟巢其上。因武阳恶杀,童稚仆婢皆不敢捕。因之雀鸟愈多,而巢愈低,其雏可见而手触,因素不惊扰,故不畏人。闾里见之以为奇,野老言雀鸟之巢去人太远,必受蛇鼠鸥鸢之害,人既不杀则自然近人。今雀鸟不敢近人者,以人为害较甚于蛇鼠鸥鸢也。"

10 月 23 日

下午三时,上海青年会在法租界八仙桥新会所,为总干事曹雪赓先生立铜像与纪念碑。邀请沪上绅商闻人及曹氏亲友家族开盛大之纪念会,有王正廷博士与余述曹君事迹及其人品。按中国有青年会,曹君开办第一人也。当草创之初,规模甚小,租借市房两幢,会友二三十人。二十年中惨淡经营,逐渐扩张,今有巍巍大厦,富丽堂皇之会所两座,财产数百万,会员五千人。改良社会,宣传圣道,功绩伟大,声誉日隆,皆曹君苦心孤诣所致也。曹君在数年前积劳成疾,告辞休养后,乃逐渐病剧不起。今新会所落成,特辟一室,勒碑铸像,以志不忘,颜之曰"雪赓堂"。按曹君和蔼温良,寡言稳定,然而作事有毅力,有恒不怠,为时人所重。

10月25日

今晨读《路加福音书》十章，其中之十五节曰："迦伯农乎，尔曾得升天，今将推落暗府矣！"不觉憬然而惧。按余受恩之深，背道之屡，较诸迦伯农何止十百倍，犹葡萄园中之无花果树，至今留存未遭砍去，当如何戒惧耶！

11月1日

即夏历九月二十五日。残雨凄风，孤灯寒杵，霜翻枫叶，雪凝芦花，已有深秋气象。

听言不易，识人更难。全在识多见广，且有敏捷眼光，方寸中有一定权衡，然后六辔在手，万流赴壑，辨其是非，审其真伪，取舍由我，不为浮言佞人所欺。余性率直，且少识别，故交际接物在在失败。一般人说余忠厚，一般人说余愚钝，然而忠厚即愚钝之代名。

天下有两种人不易共事，一多疑寡断之人，二固执不化之人。多疑者我虽披心见胆，矢忠矢诚，终是疑惧不信，此项羽之所以败，而范增之终于死也。固执者，事已昭若日（明）〔月〕，利害分明，彼乃刚愎自用，勿惜众议，此王安石强行青苗法，扰乱天下，摧残宋嗣之害也。多疑者优柔寡断，贻误事机；固执者一意孤行，不顾众议，易于偾事。多疑非审也，固执与坚忍不同，多疑属柔性，固执属刚性，其为害则同也。

11月3日

事在人为,有人即有事,事之成败兴废,全由于人。凡政治、商业之需才,犹鱼之需水,木之需土,得之则生,失之则死。用人之道,恭诚虚己,犹病之求医,饥之觅食,古人一沐三握,何其诚也!用人取其所长,护其所短。凡以权衡心术用人者,只能利用于一时,日久彼将以虚饰巧诈报之。

毋忌才,毋偏私,毋自是,毋傲慢,则人尽忠竭能,乐为我用。屈人之是,掩己之非,掠人之功,蒙己之过,人将怨枉引去。非重禄厚俸不足羁人才,优薪可以养廉,使其内顾无忧,竭诚服务。人有巧诈,人有朴讷;每为巧诈者所欺,认以忠诚,每以朴讷者为愚钝而无能。其实此二种人之贤与不肖,利害成败适得其反。用人之难,失之毫厘,差以千里,可不慎哉?

11月5日

终日阴雨连绵,至晚风雨尤大。

是日系夏历九月二十九日,为先母七周忌日。清晨八时与家人同往坟园置花志哀。"一·二八"被毁之祠屋,至今三载,尚未复建,断砖残瓦,蓬草丛生,满目凄凉,愧恧不宁。按向年旧习,于是日备菜数席,邀亲朋一叙,用作纪念。是日来宾有五六十人,晚八时而散。

11月12日

读《路加福音》廿二章四十七、八节,不觉感慨系

（系）〔之〕：按接吻乃亲爱之敬礼也，弟子卖师大逆之恶行也，以敬长之崇礼作行恶之暗示，人心险诈蔑以加矣，无怪吾主揭破其奸曰："犹大，尔以接吻卖我乎？"余谓欺诈饰非，狼蒙羊皮，滔滔者天下皆是也，岂犹大一人、卖师一事哉！金玉其外，败絮其中，言甘而貌温，谦执而足恭，尔诈我虞，如防寇仇，云诡波谲，殊少诚意，以致到处荆棘，随地陷井，世道危阽，人心殊苦。余欲竭力修省，然而俗虑妄念不能澄清，虚伪文过，善恶两念，彼伏此起，欲求无愧屋漏，方寸之中似有惭恶。每有貌是心非，掩饰欺人，人有以诚厚称者，内疚无地。

12月1日

即夏历十月二十五日，星期六。天气晴和，稍有微风。

余作日记已有五载，虽无间断，然已不若昔之勤勉恳切矣！大约每间日一记，且多无益废话，勉强涂写，惟近二三月所记稍加功夫，然亦辞粝无文，嚼蜡无味。

兹将近年以来，自己起居生活略书如下：余已习成早起早睡，每日清晨六时左右起身，晚八时前上床。起身洗漱之后，读《圣经》一篇，静默凝思数分钟，即在宅中空地徒步数匝，有时加以柔软之运动数分钟。早膳之后写日记，或缮复各方来信，九时半出外办公。午膳之后，休息一小时，于是以看书、写信、办理家务为日常工作。饮食喜澹薄，食量平平，每餐进一二小碗，厌鱼肉而多食蔬菜。凡酬应宴会除不得已外，大抵辞谢。年来精神体力虽未十分衰弱,然因环境不顺,常在忧虑劳苦之中,要系天道无盈,丰于此者啬于彼乎?

12 月 5 日

有朔风,天气甚寒。余每至冬令,患咳嗽约有一二月之久,大约因气候与遇寒所致,如剧时,稍有寒热,然而并不为害,本年比较往年似轻。

隋唐时有徐旷字文达者,博通五经,敦品儒行。此时李密与王世充各拥重兵僭号,二人对旷加以师礼。惟旷对李则踞,对王则卑。或问其故,旷曰:"李君子也,王小人也。对君子不能不自尊以重道,对小人不能不屈身以免祸。"

我人处于浊世,当思所以善处,持身不可太皎洁,与人不可太分明,凡贤愚好丑,都当包容,然后随机应变,不即不离。保罗尝曰:"我与哭者同哭,与乐者同乐。与犹太人,我便是犹太人;与教化师,我便是教化师。"余性憨直,与人往还不知机宜,不谙世情,因之开罪于人,自己吃亏甚多。

12 月 7 日

处世之道以礼让虚己为要。礼让者,谦抑不竞,自己应得之权利,慷慨谦让,如古之夷齐让国、管鲍分金是也。虚己者,空怀若谷,胸能容物,不忮不求,无似小人怀土怀惠,未得患得,既得患失。按民国以来,政治日非,国事日危,揣其原因,全在一般军阀以国土为私产,割据攘夺,拥兵自雄,不顾大体,专务私利。今列强正在剖茎宰脔,若辈尚酣梦沉睡,余谓国人若能效印度甘地之刻苦澹泊,以国家为重,则内乱戢而兵自弭矣。

12月13日

"知足天地宽,贪得宇宙隘。"凡心思褊窄之人,乃非厚德载福之人,当力求宽大克己,待人庶几远怨。世道浇漓,一般人以精括刻薄占得人便宜为能事,自诩其智,笑人之愚,此种损人利己行为,宜悛戒,不宜效行,天道好还,不义之财,万无久享之理。古人言:"终生让畔,不少寸土。"嘉善丁清惠公仁厚宽大,其置买田屋银色,必足依法纳官,每置一产,谓子弟曰:"不可占人便宜,况售产得产,苦乐悬殊,我辈曲体之。凡三年之后,有求加价者,必应其请。昔范文正买田地,我愧不能效前贤,何忍占人便宜耶?"丁公之言,何其仁厚。

12月27日

旧约《圣经》第十八卷所记之约伯氏,乃东方乌斯地方之大富翁,有七子三女,夫妇齐眉,乃一有福快乐家庭也。约伯系诚笃正直、乐善好施、敬畏上帝之义人也,后被恶魔所侮弄,所有子女死亡,财产毁尽,又身罹恶疾,一转瞬间,天崩地毁,自云霄堕入九渊。在痛苦颠沛、奄奄一息之中,自谓一身敬神,爱人兢兢业业,遭此厄运,天道何在,未免有怨天尤人不平之言。当时,其至友提曼人以利法慰之曰:"上帝惩治者,乃欲福之也,他虽打伤,他也医敷,你虽遭难六次,第七次灾殃必不再临到。"此篇可作养性处逆之教,亦黄粱邯郸之意也。按坎坷蒺藜,天之所以成我也。颠沛拂逆,乃是处世得力之处也。孟子曰:"天将降大任于是人也,必先苦其心志,劳其筋骨,饿其体肤,空乏其身,行拂乱其所为。"保罗曰:"凡是嗣子,必受父母训责。芳草不经严霜生,竟不荣繁;人才不经磨折,不堪大用。"余至晚年性变躁急,不若中年时和平忍耐,偶遇拂逆不如意事,即疾言厉色,愤怒气浮,甚少涵养功夫。尤其是对家人与下人不肯稍加忍耐,将自己郁抑向之发泄,如取偿然,事后殊觉内疚,追悔无及!然而过后不久又犯,大约年迈血枯肝旺所致耶?

1935 年

1 月 7 日

识人最难,论事不易。语曰:"周公恐惧流言日,王莽谦恭下士时。假使当年身便死,一生真伪有谁知?"大奸若忠,大诈若信,大巧如拙,大辩如讷,识辨之难,失之毫厘,差以千里,可不慎哉?今酌录先贤《识辨箴》如下:"宽大与姑息异,精细与琐屑异,果决与刚愎异,方正与迂拘异,勤奋与轻躁异,暇豫与迟玩异,丰厚与豪奢异,节俭与吝啬异,伉爽与粗疏异,慎密与苛刻异,浑厚与糊涂异,机警与狡诈异,朴诚与鲁钝异,圆通与巧滑异,镇定与胶执异,威重与倨傲异,谦卑与诏佞异。辨明其异,则邪正以分,公私以别,君子小人判焉。"

1 月 19 日

世风日漓,人心险阻,每以巧诈为智,以浮朴为愚昧。余生平惭德甚多,惟无论对公事,对亲友,自问坦白不愧,知无不言,言无不尽,因之遭怨被忌,在在不免,吃亏殊多,但方寸之中跃跃潜动,不能昧也。

1 月 25 日

一月以来每日读经课程,乃选择《旧约》第十八卷之《约伯记》。余生平已数读此书,惟此次加意研究,细为寻味,所得全书大意谨列如下,然而不免有弄璋为獐、金根为银之谬见。一,按此书之词章文藻可与《诗篇》《传道》《雅歌》诸书并重,其察物论理,尊敬上帝,深邃渊博,使读经者玩索无穷。二,《圣经》中亚伯拉罕以信心称,摩西以忠心称,大卫以至诚称,所罗门以智慧称,约伯以忍耐称,惟全书载约伯问其三友之辩论词,多向上帝诉冤,有恃义怨怼口吻,且有时盛气愤恨,似少温良冲和之气,似与能忍之称有背。惟约伯遭遇颠沛,处境难堪,一旦自云霄堕入九渊,其怨怼愤恨,乃人情之常,其末后忏悔认罪,向上帝捣胸自谦,此证明《圣经》之瑕疵并录。三,读此经知上帝之伟大,旨意莫测。四,人事瞬息幻变,祸福无门,天道甚远,我欲全身避害,权不我属。五,魔鬼残忍,幸灾乐祸,蹈隙而入,乘机种祸,凡世之罪恶,人类痛苦,皆魔鬼造成。

2 月 4 日

即旧历元旦,风和日丽,韶景鲜妍,全市休业,锣鼓鞭炮声响,有升平气象。

清晨早起,在静室中读《旧约·传道书》,凝思默想,属心天外,追念已往,抚思未来,觉宇宙之茫茫,人事若浮云,所罗门谓:"万事皆虚空之虚空是也。"余今七十有二岁，夕阳西下，风烛残辰，过去之时光十九，未来之岁月无几，日暮崦嵫，不觉悚然而惧。每读先贤之嘉言懿行及宗教《圣经》，犹如面对明镜，自视千疮百孔，垢病丛集。宜行之善未行，当弃之恶犹存，每多自怨自艾，不肯毅然决然以弃恶行善，此月延至下月，本年望之来年，苟且敷衍，一事无成，殊堪浩叹。

2月6日

凡人有宝贵之物，莫不爱之护之藏储稳固秘处，夫物宝贵莫过于自身。主耶稣曰："得尽天下而失自身，何益之有耶！"有置身于道义清静地者，有置身于声色混浊地者，人之一生安危、吉凶、成败、得失，由此而判焉。一般人视自身平淡无物，任意戕贼，或随在摧残，毫不介意，一旦大病恶疾或至年迈衰废，即觉缺少，猛而自省，此时光阴之宝贵，自身之重要，平日摧残轻弃之愚，然而悔之无及矣！

耶稣曰："凡尔之一手一目，陷尔于罪者，断而掊之，较全体投于地狱为愈。"保罗曰："我身系上主之殿，岂容恶魔沾染？"此二语，何其严耶？可不惧哉！

（本册自民廿七年十二月十一日延今，几及五阅月，较以前数册抄写日期延长，大致始勤终怠，不能如初之勤，甚至二三天不动笔者，亦有之。廿八年五月七日志。）

2月14日

寿数修短，或谓定命，或谓修养，或谓由于服药引导。

余谓受赋先天亦有关系，比之钟表，凡机件精良，发条坚
韧，自然持久耐用，然而尚须平日之爱护修养。桐城张文
端公之《笃素堂集》中有"致寿之道"一篇，乃儒家清心寡
欲、延年益寿之谈论，大可借作明鉴。酌录如下：

一曰节俭。凡一切事物常思节俭，然后所向方有余
地。节于饮食，可以养脾胃；节于嗜欲，可以储精神；节于
言语，可以养气息；节于酬酢，可以息劳省财；节于思虑，
可以蠲烦去扰。凡事省得一分，即得一分之益。天下事，
万不得罢仅十之一二，初见如觉不可罢，强制之后，即不
觉难矣。凡劳扰烦苦之事，乃人自寻自扰之耳。

二曰喜悦。常人喜悦，则心气冲和，而五脏安适。昔
人所谓欢喜延寿是也。真定梁公日间办公劳扰，每至晚
间，家居必寻可喜笑之事，与宾客纵谈，掀髯一笑，以发舒
一日之劳顿郁抑，此真得养生要诀。又文端公，一日遇
一百岁人，叩其致寿之术。老人答曰："余乡人，何所知
术；但一生只知喜乐，从不知烦恼，又不知忧闷。"噫！此
岂名利场中人所可得哉？

三曰习静。每见气躁峻急之人，举动轻佻咆哮，咸
不得寿。古人云："砚以世计，墨以岁计，笔以日计，乃静
动之分也。"按静之义有二：一，身不过劳；二，心不轻动。
凡遇一切劳顿、忧惶、喜乐恐惧之事，外则顺以应之，此心
凝然不动，如澄潭，如古井，则志一神清，外界之纷扰皆退
消矣。

2月16日

五洲药房因现居之房屋，陈旧倾圮，危险堪虞，故一年以来筹备计划，煞费苦心，决于春夏间开工；近因时局不靖，市面不景气，且谣言四起，故公司有停止进行之议。昨日经理项君，邀请有关系之股东刘春圃、谢培德、沈德华、邬志豪、张廷贵、夏筱芳诸君讨论行止方针，结果皆以为时局不靖，或以收缩范围，减屋层数，或以减轻造价，先造一半，大都以暂时中止为是；筑室道谋，议论纷纭。余力主建造；积极进行者，今废于一旦，殊为可惜。

2月18日

近为道惠事十分系念，故昨日第二次往视其父庆甲，满拟与彼讨论一切，可惜父子都不在家。承其后妻某氏详述庆甲之近况与家庭艰难情形，余闻之，嗒然而回。

附录致道惠一信如下："……你是一个无母亲的孤儿，今日零丁孤苦，无一定的家庭，你还是糊涂，不肯读书，上学期留级，本学期又不及格，我看你前途十分危险！希望你及早省悟，每天认真读书，早晚自修，万不可再行蹉跎；因为道南将要初中毕业，树堂亦要入初中，你要快快追上，不要再落后。我与你外祖母，时时为你担忧！……"

2月26日

五洲因建筑事，请通和之应君、基泰之朱君、华启之江君等,从长商议减轻造价办法。应君建议之四层楼,约需洋二十万元,此与原议相去太远,余不以为然。

2月28日

岁暮寒冬,百卉凋零,景象萧条,此时可以悦人心目而生春气者,惟蜡梅、南天烛、水仙,可称"冬令三友"。蜡梅金黄富丽,可名"贵友";南天烛红晕鲜艳,可名"腻友";水仙清芬幽雅,可名"韵友"。梅以香胜,南天烛以色胜,水仙以韵胜,三者各有所长。按水仙系球根,水土两生植物,产自闽之漳州,有双蕊、单花之别,有湘君、洛神、冷艳、冰心之称,漾以清水,镇以莹石,植之瓷盆,置诸案头静室中,碧叶银花,招展迎笑,暗香徐来,乃新岁幽雅供品也。

3月1日

即旧历一月二十六日。天气晴和温暖,有艳阳春色气象。

上午邀同卢志学君往视龙华孤儿院。彼此估计修理女院之费,因该所房屋年久失修,凡门窗、地板、墙壁、屋面均腐烂毁圮。欲请卢君援助,因急欲动工也。

余在壮岁时喜读《旧约·诗篇》一书,前后翻阅有十余次,全书有祷词颂扬、谢恩、忏悔诸体,其伟大处,弥六合,赞化育,上帝尊严,胡然而天,胡然而帝;其慈祥亲昵处,犹家人父子絮絮叨叨、依怀绕膝,犹幼子向慈母诉苦、向父告怨。余每当郁抑不乐、颠沛艰难时,即持卷至静室或树阴草碛,默诵二三篇,即有拨云雾见天日,心旷神怡,得上帝安慰,别造境地之概。

3月3日

一月以来,余三读《传道书》,兹将书中所得意义,加以诠记,为日后重读时参考之用,尤可作晚年度世省过之助。自知吐精存糟,画蛇添足,舛谬类似鱼筌也。按《传道》一书大都认为所罗门王晚年有所感觉而作,惟一般考据家言,乃后人所著,惟借重王之名焉耳,因证以书中数起事实,乃在犹太人被掳至巴比伦之后,然而此亦臆断穿凿之辞,并无证据,不足为定论。读本书第一章第一节,明言耶路撒冷王大卫子等字样;大卫虽有多子,然继作王者,乃所罗门也。第一章一至十一节为本书第一段,亦系本书总纲。大意曰:凡事虚无如泡影,其大而恒者永古不变。其他凡事周而复始,循环不已,大有天地是逆旅、我人是过客之概。

其第二节曰:"凡事虚中之虚,一切皆虚。"反复叮咛,言之又言,不厌其烦,其郑重有如此哉!按此"虚"字全书凡二十九见,据希伯来原文,即极端虚无渺茫之谓。

3月5日

按所罗门在耶路撒冷作王计四十年,距今约三千年。其富贵尊荣,权势之大,在犹太帝王中空前绝后,得天下之养，享尽声色犬马之乐，犹我国之秦始、隋炀、唐明之类；由普通观之，彼心满意足，不虚此一世也。今如黄粱梦醒，视过去之一切犹镜花水月，故在晚年作《传道书》以寄意。

释氏曰："无住（毋贪恋意）。"又曰："无我相，无人相，一切有形相法，即如梦幻泡影。"老子曰："天地不仁，以万物为刍狗。"孔子曰："无适也，无莫也。"保罗曰："我视世界如已死，世界视我亦是已死。"综观宗教示训，皆以世界虚空，我人何苦蝇营蚁逐？先贤有诗曰："天也空，地也空，人生杳杳在其中。金也空，银也空，死后何曾在手中？妻也空，子也空，黄泉路上不相逢。人生恰如采花蜂，采得百花酿成蜜，到头辛苦一场空。一生从头思量看，便是南柯一梦中！"

《传道》一书，读者以所罗门王饱尝世味，南柯梦回，然后知凡事虚无，欲以用示后世，夫此乃本书之一解也。余尝玩索推敲，加以研究，知作者不独有厌世之想，亦有愤世之慨，大有造物弄人、事理倒置之表示。书中有"我见目下有一患事"一语，多至十余见；彼所谓"患事"者，即不满意之代词。每自恃其智，恨所获无异常人，丰此啬彼，不能满足其欲望，盖叹世之虚无，即愤世之不能满足其欲望也。读本书二章一节至九节，所罗门王竭尽其宫室池沼、妃嫔奴婢、金玉珠宝、酒池肉林之宴乐，不禁其目所欲，不禁其心所乐，然而仍不能餍足其心，欲效秦始皇之筑台造舰、登山越海，求得神仙不死之方，然后快于心矣。故《传道》一书,谓为劝世贪恋虚无也可,表示人心无厌足、愈得愈贪亦可。抄录《不知足》古诗如下:"终日奔波只为饥,方才一饱便思衣。衣食两般皆具足,又想娇容美貌妻。娶得美妻生下子,恨无田地少根基。买到田园都广阔,出入无船少马骑。槽头扣有骡和马,叹无官职被人欺。县承主簿还嫌小,又要朝中挂紫衣……若要世人心里足,除非南柯一梦西。"

今日上午八时,与五洲同人十余位来杭为卢鸿苍老人八旬祝寿。余仍寓郭庄,湖山清秀,春光明媚,闷郁尽消,胸襟一豁,屈指不到郭庄已有十阅月矣。

3月15日

孔子曰:"贫而无谄,富而无骄。"按贫之谄、富之骄,与智者轻愚,尊者轻卑,强者凌弱,似已成天性,犹水之就下,不以为悖理矣。《使徒雅各书》二章一至九节,历言媚富凌贫之不合人道,有违上帝一视同仁之博爱,又曰:"上帝借贫人以宏其道。"余谓富不足骄,盖有千金之富,尚有万金之富者。邓通富有蜀川铜山,不免饿死狱中;且人之所擅,天之所赋,各有不同,有长于才者,有长于艺者,有具灵敏之脑经者,有具强健之体魄者,凡此数者,较蠢然之金钱,宝贵多矣! 富人何足骄哉? 余谓人若用媚富之心力,用以济急助贫,其所获酬报较媚富尤优。按贫苦之人,心地纯洁,当其倒悬待毙或呼饥号寒时,我人援而助之,可得生前衔环、死后结草之报。

3月17日

梅兰芳与胡蝶两艺人,又驻俄大使颜惠卿,于上月之初由沪同舟往莫斯科,今已抵俄,彼邦人士官绅有盛大之欢迎与宴会。当梅氏开演期内,连日倾国倾城,戏院拥挤客满,且场中肃静无声,演毕则鼓掌雷动。每日各报有详细记载与奖评,又将所演各戏摄入影片,俄之政府大员与名人都评梅氏为世界艺术人才。胡蝶女士声望虽尚不及梅氏,然在俄亦受盛大之欢迎与美满之评论,对彼所演之《姊妹花》,各报都有极好之赞词。沧桑迭更,时代变迁,凡风俗礼教亦随时代而转移;三十年前所尊之天使皇华,与轻视之优伶隶卒,至今一视同仁,无分皂白,可见世事变迁,科学昌明,人之观念亦为之同变也。

3月23日

是日下午二时乘快车由杭回来。此次寓杭凡二十天,身心安适,颇为愉快。在此不景气时局,百事凋零,一七十余岁之老人,尚能独自携带行装,出外修养,似觉难得,得天独厚颇自足,深感上帝鸿恩。

《传道》四章七八节曰:我见日下更有一虚浮之事,有人独处,无子无兄弟,然亦劳碌不已;虽得多财,目中不以为足,并不自问,我既不自享用,所劳得者究为谁耶? 此亦属于虚空,徒劳无益。

蝇营狗苟,贪得无厌,为谁辛苦为谁劳,愿作儿孙牛马,不辞劳瘁,自古已然,殊堪浩叹! 余有一乡亲,自幼克勤克俭，鸡鸣而起，戴月而归，手足胼胝，汗流浃背，由其汗血所得之田产，确是不少，一生破衣草履，藜藿粗饭，不忍化一钱。惟有二子不务正业，专事挥霍，且有嗜好。余历劝其节劳自娱，彼笑应而终不省悟。彼死不足十年，所有田产被二子售卖殆尽，此非所谓日下虚浮之事也耶？

3月25日

上述蝇营狗苟，为儿孙作牛马，确是太愚。然而自洪荒世界，兽蹄鸟迹，茹毛饮血，递变演进至今日，物质昌明，科学发展，登峰造极，都由前人汗血脑力所造成。若人类固守杨子为我，不肯拔一毛以利天下，则我人何从享受科学万能之幸福耶？若作者以自己汗血劳苦所成者被人享受为不道，则今日尚是茹毛饮血之洪荒世界。所罗门之发此言也，尚属三千前年之浅陋偏见，其父大卫千辛万苦，出死入生，汗马功成，晚年聚敛天下金玉珠宝及一切贵重木石等，备其建宫殿、制祭器之用。书言材料之富，金玉之多，犹如山积，不可胜数，所罗门敢谓其父贪且愚耶？

3月29日

前数日本埠有猛烈之东北风兴，阴雨，天气因之严寒如隆冬，闻长江流域有同样之气候。今日忽然放晴和暖，犹如三春，气候之变幻如此。

上午邀同卢志学、唐永葵二君往龙华孤儿院察看。女院房屋因日久失修，墙圮栋欹，既不雅观，且亦危险。

请唐君估计,据说约需修理费二千元,拟向卢君磋商,请其助力。

下午三时有家庭礼拜,人数较前有增,气象活泼,为周梅村君主理,题为"亚伯兰由哈兰迁至叙剑之摩押橡树",言哈兰系亚伯兰之租地,有悠久之历史,聚族而居,有丰富之田产与牛羊群,令亚伯兰听从耶和华命,毅然抛弃一切,孑身而至举目无亲、无立足之地,其信仰之笃,无愧称"信者之祖"。今之信徒恋爱其旧社会,及一切习俗、嗜好、隐情,不忍割弃,手执耕犁,首向后顾,故守道不笃,操守难专,余闻之,恧然内疚。

4月1日

即旧历二月二十八日,是日为欧、美各国之游戏谎言日。西人最忌谎言,惟是日无论长者对幼辈、师长对子弟以谎言,博得对方笑谐为能事,闻此风相沿已久。

章启明君,湖州善琏镇人,民七入商务服务,主任制笔部,聪颖有思想,曾经发明毛笔自来墨之法,平日研究各种美术与绘事。自"一·二八"离职之后,潜心雕刻金石铜像,据言曾为日本某绅士制成铜像,颇称满意,酬以巨金。昨日章君携来上海绅士朱南泉君铜像一座,又余之放大画照一幅,惟妙惟肖。按雕制铜像一艺,在美术中,高尚而复杂,为我国二三有数人物之创作。闻章君夫人亦善绘事,唱随之余,每以美术彼此相娱乐。

4月5日

昨日上海市政府举行集团结婚礼,此事喧传已久,全埠人士以先睹为快。乃于昨日下午三时在市府大礼堂举行,共五十七对,由市长吴铁城氏主婚,礼节隆重。先一日在市府演习,以昭郑重,凡家族亲友往观者数千人,车水马龙,极一时之盛。闻以后每月举行一次,凡欲加入集团结婚者,先向市府主管部登记注册,由该部向双方家族查询,凡主婚人、介绍人皆有具结,由市长发给证婚书为凭,手续清楚,殊为重视。

4月9日

卓识鉴别,知人善任,史册所载,传为美谈,不胜枚举。然而巧伪贞邪,不易识别,一经失察而被欺,即为盛德功业之累。孔明佐先主治蜀,素以谨慎知人著,然其间,关羽守荆州,马谡守街亭,乃失策之巨者也。宋之富郑公三荐王安石可以大用,后安石一意孤行,采用新法,摧残异己,颠危宗社,富公亦被谪弃。清季胡文忠公曰:"咨之以谋,而观其识;告之以危,而观其勇;临之以利,而观其廉;期之以事,而观其信。"此与孔子"视其所以,观其所由,察其所安",皆郑重观人之道也。王莽虚伪巧饰,庞士元守道藏才,乡愿狂狷,君子小人,失之毫厘,差以千里,可不慎哉!然非有卓识精确眼光,不易谈也。

4 月 11 日

抄录古人卓识知人善任,以作用人之借镜如下:宋之曹玮久守秦州,屡章乞代。时王旦为相,荐李及往代。众议及虽谨厚,然非守边将才,旦并不以众议为虑。及至秦州,将吏亦心轻之。会有戍卒白昼抢妇人银钗,吏执以闻。及方坐观书,召卒略加诘问,其人服罪不讳,及不复下吏,即命斩之,复观书如故。将吏皆慑服,不日声誉传京师。有以此事告旦者,且称旦之知人。旦笑曰:"戍卒白昼抢物,主将斩之,此常事,无足异也,我之用及,非为此也。夫曹玮守边十年,羌人信服。使他人往代,必矜自才,多所更张,势乱边事,使玮功尽弃。所以用及者,知其重厚,必能守玮之规,而安边疆。"时人服公之识度。

宋张循王罢兵就第,一日见老卒卧苔阶树阴,蹴之曰:"何慵懒如此!"卒曰:"因无事可作,故昼卧。"王曰:"汝能做何事?"对曰:"诸事薄晓,如回易之事亦晓。"王曰:"汝能回事,我以万缗相付。"卒曰:"万缗不济。"王曰:"五万如何?"卒曰:"百万,或五十万亦可。"王慨然曰:"可!"且壮其志,其人用钱造巨舰,市歌舞美女,广收绫锦与各种奇玩珍品,驺从百人乐饮,逾月乃飘然浮海去。一岁之后,满载而归,珠犀珍宝无算,获利数十倍,且多骏马。此时国家缺马,循王得此,军容独壮。一敝衣老卒,付以巨资五十万,王之胸襟别有不凡。

4月13日

有耆年会同人约二十人，上午九时至下午三时集于龙华孤儿院。是日，风和日丽，春光旖旎，桃红柳绿，塔影钟声，尘嚣之中，别饶清景。按耆年会，由本埠教会中之年老者于五年前所发起，会友如陈芷谷、方桐生、倪良秉、汪孝奎等数十人，以年龄六十为合格，宗旨在娱老之中彼此加以切磋。惟一年以来，未曾聚会，几成无形停顿，此次之聚会，发起诸君到者甚少，按寿之修短，有谓命定，有谓保养。坡公曰：岭南天气恶劣，卑湿蒸溽，夏秋之间，物无不腐坏者，人非金石，何以能皤然而老，而百岁老人往往有之，八九十岁者无论矣，乃知寿夭无定，习而安之，则水蚕火鼠，皆可生存。有年已八十有六，身极健康，自言少时读《千字文》"心动神疲"一句，悟生平无论遇何事，终是安和静气，毋使动心，故至老不衰云。

集古人逸情颐养诗数首于下。一，丁崖州曰："饱食缓行初睡觉，一瓯新茗侍儿煎。脱巾斜倚绳床坐，风送水声来耳边。"二，放翁曰："相对蒲团睡味长，主人与客两相忘。须臾客去主人觉，一半西窗照夕阳。"三，吕荣阳曰："老读诗文兴易阑，须知养病不如闲。竹床瓦枕虚堂上，卧看江南雨后山。"四，蔡持正曰："纸屏瓦枕竹方床，手倦抛书午梦长。睡起莞然成独笑，数声渔笛在沧浪。"养身莫善于寡欲，嗜利可以丧神，利欲熏心，无异双斧伐枯树，古人皆以清心寡欲为颐养延年之方。

4 月 15 日

宋司马温公所编《资治通鉴》,十年前余曾一读,今拟重温,将所得书中教训精义略记日记中,为平日处世修养之用。此书,温公费卅年心力,毕生精神所萃,凡二百九十四卷。起于周威烈王廿三年,迄五季而止,合十六代,共一千三百六十二年,提纲挈要,删繁去冗。此十六代中之贤君、令主、忠臣、良相、志士、仁人、循吏、大儒、乱臣、贼子、奸宄、巨滑,国之兴衰,家之成败,了若列星,明如指掌,兼收不遗,使读史者事半功倍,不致有入海弄沙之叹。

4 月 19 日

今日为五洲药房本外埠重要职员之店厂会议,集于徐家汇之松茂学校内。按此会每年一次,会集全公司之科长及本外埠分支店之经理,计五十余人,一方报告过去一年之情形,一方讨论未来一年之营业方针。余有讲题一篇,以作同人彼此提携之助,酌录如下:商场犹战场也,一则肉搏血飞,一则呕心挤脑,用术虽异,其亡人灭种则一也——此言对国际贸易言。至于同业竞争,彼此倾轧,尔诈我虞,优胜劣败,其所争在锱铢,其利害甚于锋芒。今我与诸君都临战场前线,应如何戒惧警惕,奋勇猛进,不可苟安,不可自满。孔子曰"临事而惧,好谋而成",此其一也。谚曰"识时知机者,称豪杰",商人尤贵乘时善变,用己所长,投人所好。昔英国以天富之煤铁称雄于世，今德科学工艺争胜，美国商业以富厚伟大称雄于世，日本以克苦耐劳胜之。闻美国福特公司与德之克罗伯厂，用一部分机匠改造飞机。本埠各工商亦多变更营业之方针，以药业而言，十年之前以贩卖各国原药为大宗，近来皆变计各自制药。本公司项公有鉴于此，预知原药之利薄难靠，遂办理肥皂事业，另辟途径，此商战宜有精确眼光识见，乘时善变，为制胜之计，二也。又言药业难以获利，此后公司宜注重肥皂，结论引列国时晋景公宠屠岸贾，欲灭赵氏，有家臣公孙杵臼与程婴，一则死难（指项公言），一则生存（指同人言），各尽所难。

4月21日

今日系旧历三月十九日，星期。上午十一时，内人在昆山路景林堂领受洗礼，由俞止斋牧师主礼，此乃余三四十年所盼切而默祷者也。一旦实现，余之愉快慰藉，何如之耶！此三四十年中，曾经大数中西热心信徒为之劝导，恳切代祷，今日始告成功，一方感谢上帝鸿恩，一方快乐欲狂。内人今六十八岁，我俩结婚已五十一年。

4月23日

先贤曰："事不可做尽，势不可以倚尽，言不可说尽。"又曰："求治不可太速，疾恶不可太甚，革弊不可太净，用人不可太信，听言不可太轻。"又曰："看花在含蕊，玩月在上弦，饮酒在半酣，帆张半扇，马放半缰。"余曰："乐果然不可极,哀亦不必丧心,因天道忌盈,物极则反,凡事不走极端,余味殊长。"

4月27日

余福慧未修,不知所谓安逸颐养,及人世之清福,五十年中历经世途,终日在纷扰烦恼劳苦忧患之中,且愈至晚年,而羁绊坎坷愈甚,此乃环境所逼,无法避免,亦因舛错甚多,上主用此,以示罚耳。太初时,上帝诅始祖曰:"尔与尔子孙,终身劳苦。地将因尔蔓生荆棘,尔必汗流浃背,始得糊口。"人之劳苦忧伤,乃系天刑,不能幸免。凡婴孩堕地,即呱呱而哭,从未有欢笑出母胎者也。余虽羡慕烟霞林壑、山水花木之幽趣,然亦并不以操心劳力、纷扰忧患为难堪。至于陶渊明之《归去来辞》《五柳先生传》《桃花源记》,乃文人之佳话、纸上之美谈而已。大凡人所羡慕之良辰美景、佳肴新服,将得未得时,如蚁趋膻,热烈万分,一旦得之,身处其中,昔之热烈羡慕,渐见淡薄,不久而云散雾消,反生厌恶。久腻鱼肉者,以菜蔬为清香。湖山之舟子樵夫,每苦寂寞,一旦至城市,别有洞天。所罗门王之《箴言》曰:"人在嬉笑中,亦有隐忧,劳力后则睡眠殊酣沉。"信然。

5月1日

即旧历三月二十九日。人之一生,都在忙忙碌碌、营营逐逐之中。士农工商,职务虽不同,或劳心,或劳力,各擅所长。人之一生，荣辱贫富，皆系于此，可不慎哉！凡事业乃成于敬惧，败于疏懒。朱子曰："作事须小心寅畏，思虑到人所不能思虑，防备到人所不及防备处。"曾文正公曰："凡人作一事，便须全副精神以赴之，首尾不懈，不可见异思迁，始勤终怠。"吕叔简曰："做官都是苦事，为官乃是苦人。官职愈高，责任愈重，圣贤胼手胝足，劳心焦思，先天下之忧而忧，后天下之乐而乐，做官而欲求荣显富贵，是叛君而贼民也。"

5月5日

司马温公曰："受人恩而不忍负者，其为子必孝，为臣必忠。"诚哉是言也！按受人之恩不忍负者，乃义礼之士也。义礼之士，自然在家为孝子，在朝为忠臣。清乾隆朝桐城澄怀居士释温公"不忍负"一语曰：其中正自有道，人当受恩之时，必先审视其人可受乎？然后受之。若不可受而受者，则时存不忍负之心，必致牵缠局促，身败名裂随之矣。鄙谓：人当饥寒交迫、穷极危急时，如淮阴侯之于漂母，伍员之于渔父，惟恐不及审辨焉耳。纵观历史，凡英雄志士，当急难时，得一援手而成名者，比比而是，如鲍叔之怜管仲，秦之使臣王稽之救范雎，管、范二人，日后事业之成功，岂鲍、王二人所预料哉！我人乘机用一言之微，一援手之劳，何乐不为耶？惟彼援助者，未必望报；在我受恩者，当有不忍负之心，则可矣。

5 月 7 日

昨为英皇乔治第五登极二十五周之庆祝大日，无论通都大城、穷乡僻处，远如冰洲、沙漠、印度、加拿大，凡日月所照，霜露所润，莫不有英之国旗招展，侨民庆祝，所谓普天同庆也。近日各国专使道贺与观光大礼者，人山人海，伦敦街衢，拥挤不堪，所有大小旅馆，早已租住一空。是日清晨，英皇夫妇銮驾自白金汉宫至圣保罗堂行谢恩礼，沿途旗帜结彩，耀人目睛，人民欢呼之声震天，军警之盛，仪仗之隆，为空前所无。按英皇登基三载，即遭欧洲大战，曾数度至前线劳军，指授军策，自己节俭，捐私财，助军用，力劝人民镇定，枕戈卫国，当时欧洲安危，系皇一人之身。皇谦恭俭约，遵守宪章，熟谙民情，于是极为人民所爱戴。

5 月 9 日

先贤曰："养得性情和平，然后可以出而作事。"古今大事业，皆由涵养得来，我之胸怀若能养成淡泊清净，则平日发于外者，自然安泰自若，不致憧扰轻躁矣。恶劣之环境，不入耳之言语，最足使人丧志愤恨，甚而有暴变、反常行动。人能于处处抑制涵容，逆来顺受，不被意气所胜者，处世之道庶几近矣。余性迟钝，壮年之时挫折甚多，凡遇逆境，尚能耐心处置；惟至晚年，性情有变，卞急操切，少抑制能力，尤其是对近习下人，疾声厉色，既不体谅他人，又忘自己面目，屡悔屡犯，书此用以自惕耳。

5月11日

卫生之道不一，勤于沐浴，亦健身之助也，欧美日本人莫不每日一次。按沐浴之法各有所嗜，有用热水者，有用冷水者，有盆浴者，有用立而喷淋者，此外尚有所谓日光浴、电汽浴、冰冷浴者。余在十五年前曾患失眠重症，以上各法均经医生试用，按电汽浴用之最多，约有百次，其法以三尺见方之木箱，除上面开一洞口以便露出头面外，其余密不通风，箱内装置电灯数十盏。人裸坐箱中，将电灯逐渐开放，因电热增高，出汗甚多，如此约一刻钟，然后离箱，用毛巾拭去流汗。又冷水浴者，用冰全身搓擦，如此约二三分钟后，用食盐全身一度之搓擦，再用毛巾拭干，当用冰时，确是寒冷难忍，惟毛巾拭干之后，全体温暖，安适异常，有不能言之愉快，惟体弱者不宜轻试，因有危险也。日光浴，初将手臂两部曝日光中，约十八分钟为度，则再将上衣解开至胸部腹部曝之，十天之后，再进一步将背胸轮而曝之，每天一二次，每次一二小时，时令以春秋二季为宜，冬季次之，惟行日光浴有注意数点：一，不可当风。二，头部遮以布或湿毛巾，以防脑冲血。三，手足身躯时使活动。日光浴较以上他法简单易办，且获益似多，凡体弱、血弱、肺病、神经衰者，尤宜力行。

5月15日

先贤曰："凡学问事业，皆从勤中得来。"此为经验不刊之论。近世科学大发明家安迪生氏，一生绝无嗜好，足不出户,潜心聚神,终年埋首案头,悉心研究,数十年如一日,其成功之伟大、事业之惊人,空前绝后,今世界莫不受其福泽,可以铸金型像馨香百世者也。

后汉诸葛孔明《教子书》曰:"君子之行,静以修身,俭以养德,非淡泊无以明志,非宁静无以致远。"夫学欲静也,才欲学也,非学无以广才,非静无以成学,掉慢则不能研精,险躁则不能理性。人谓孔明一生是谨慎,不知其得力全在静养耶。布衣羽扇,焚香鼓琴,想见其澹泊宁静。余谓静中悟到造物主之奇妙伟大,静中悟到世界如逆旅、人事如幻梦,静中追想已往之过失咎尤,与未来之岁月如何弥盖补过。

5月21日

近季以来,通商大埠为欧风传染,奢侈繁华,弥日弥进。尤其是上海一埠,穷奢乐侈,流而忘返,一袭之衣,一餐之食,动辄数十百金,妇女衣服争奇斗胜,花样翻新,一月数更,化妆脂粉岁以千百万计。跳舞之场,影戏之馆,靡丽灿烂,如璇宫迷楼;婚丧仪礼排场堂皇,彼此争夸,遇事增华。际此农村破产,工商凋零,时局不景气,即使勤朴克俭,尚不足存活,其堪如此浪费耶?然而奢靡成风,狂澜难挽,一般人不惜挖肉补疮,做债称贷以趋之。古人以俭约为美德,今人以俭约为羞耻,人心不古如此。

余家素寒,四十岁时,因薪水菲薄,我妻以纺织佐家,布衣菜饭,起居勤朴。二十年来,收入渐增,家用日裕,于是不能守俭约而渐趋俗染，不知不觉中用费竟增至三十年前数十倍。静夜思之，惕然而惊，虽欲加以节省，殊不容易。盖由俭入侈易，由侈入俭殊难。兹将近时一年之开支酌录如下，略知其概。一，供给鹏云一千元。二，为社会服务所用与各项捐款约一千元。三，帮助亲戚朋友约五百元。四，婚丧寿仪约二百元。五，(甲)伙食约八百元；(乙)男女佣工约六百元；(丙)巡捕捐、水电、电话费约五百元。六，修理房屋、栽莳花草、添补器皿约四百元。七，衣服鞋帽五百元。八，学费六百元。九，个人应酬费约六百元。以上共七千元之巨，为之骇然。

5月23日

酌录明季万历东阁大学士李文节公家训如下：余平生不吃斋，每早盐菜送粥，匪特脾胃清洁，费用省约，亦以省中馈一餐之劳耳。午膳用荤一二味，晚则用酒六七杯，不因客而变迁也。余久行之，客无责者。作人不可自足，作家须要知足，子孙自观家运，勿谓清澹之后必贫，勿谓清澹之后必兴，但儿曹眼前，衣食仅足而止，子则付子，孙则付孙，盖不必管，亦不能管，如看得破，则贪得无厌之念息矣。余观中人之家仅给衣食，然好济施于亲朋之间，以耗其财，甚至称贷求借于人，君子怜之，俗人笑之。余谓不习时套，与亲朋往来，情真礼淡，不必矫伪自苦。

古人不远千里，负笈从师，或手抄录，夜以继日，或贫不能读，负薪挂角。今我子孙有贤父兄，良师友，现成印本藏之万卷,有学校案桌,舒卷畅读。若游荡贪安,自暴自弃,岂不可惜?

5 月 27 日

致耆年会同志陈芷谷、陈金镛二君书:基督徒耆年会创办以来,数历寒暑,原为同道彼此砥励,聊娱晚景而已,数年以来,并无成绩可言。然而枯寂老景之旧雨,可以藉此欢叙一堂,概来日之无多,念相见之愈少。去年以来人事变迁,此会无形停顿,一般人以为有始无终,代为惋惜。上月之杪,同志崔通约君介绍在北四川路广东会堂叙集一次,旧会友虽少,新团体加入者甚多,气象改变,精神为之一振,当时未得二公在座指导为缺憾。六月一日集于敝寓,二公德隆年高,为同人所景仰,希望惠临匡正一切为幸。

5 月 29 日

鹏云在德商德威洋行办事已二三月,宾主融洽,该行营业以机器军械为大宗。五洲药房第一厂之锅炉年久陈旧,窳泄耗煤,余曾介绍该公司估价,磋商已有两旬,事似成熟。今因时局骤变,各事停顿,五洲对于订购此项锅炉,亦有中止趋势。

上海市面不景气,日趋恶化,五月底为银钱两业大结束之期,凡外强中干之工商厂铺,皆以不能清账而逃避,倒闭者甚多。因之银钱两业被累而停业者,时有所闻。

上海市面之衰落如此，为历来所少见。

6月3日

年来农村破产，商业凋零，失业之多，流亡之众，卖子鬻妻，及不能生活而自杀者，惨不忍睹！兹将近日报载全家自杀两则录下：前晚在大世界之六楼最高塔顶上，有全家六人男女老小同时跳下毕命，其中一老妇与七八岁之女孩脑浆迸出，面目已模糊，其余四人都是面貌清秀，非下等俗人，因内部脏腑重伤而不救。在一男子身上检得一信，略谓由湖北汉口携眷来申谋事，日久无事，典卖殆尽，坐以待毙，不得已一死为干净。信中又言，其曾祖富有财产，广行善事，不虞其后嗣全家饿死客地云云。又法租界麦祺路一百七十一号房客岳霖者，全家七人因穷极，为经济逼迫无法存活，于是同时饮雅片烟水，毒发死者五人，惟岳霖与一小女由医院救活。

纵观以上两则，社会不景气之惨酷，悲痛极矣。闻内地常有鬻子而食者，亦有食树皮草根者，谁造成此半系天灾、半系人祸之现象？为民上者对此庶黎，何以辞其咎耶？今政府专事炫耀外观建筑、伟大宫殿、陵园、马路、图书馆、体育场，以资壮观，岁耗金钱亿万。横征暴敛，不惜民命，此种消耗，自首都至行省，效尤成风，至于人民之饥寒、疾病、死亡、痛苦，置之不问不闻。孟子所谓"庖有肥肉，厩有肥马，民有饥色，野有饿莩"者是也。按堕楼死之六人：一为六旬老母，一为西装壮年，一为中年妇女，其余三者,自六七岁至十余岁之子女云云。

6月7日

以色列王所罗门,世称第一富贵尊荣,享有盛名之智慧聪明人,王更事多而富于阅历。晚年所著《传道》一书,教会后人视为渡世宝筏,兹酌录数语如下:"善趋者,未必先至;有力者,未必获胜;勤劳者,未必饱豢;善良者,未必获报。忠与奸,勤与惰,智与愚,老与少,其遭遇有时并无少异。修洁尔之衣服,膏沐尔之须发。早饮豢畜之牛乳,晚食油煎之面饼。右手挽尔之妻,左手抱尔之子。将世事付之自然,欢欣度尔之余日。"

6月9日

读《资治通鉴》,汉宣帝地节四年秋七月,大将军霍光死才三年,宗族被诛夷一节,班固评曰:"霍不学无术,暗于大理,阴妻邪谋,立女为后,沉溺盈溢之欲,以增颠覆之祸。"司马温公评谓:"权重骄横。当帝初立,谒见高庙,大将军骖乘,帝内严惮之,若有芒刺在背者,灭族之祸,乃兆于此。"余谓班固之评近似,温公所谓骖乘兆祸者为人臣防渐杜微之戒耳。按霍光忠正勤劳,拥昭立宣(昭、宣二帝皆贤君),前后秉政二十年,匡正国家,安定社稷,其功不在萧、张、韩三杰之下,其艰难甚于伊尹、周公。孝宣即位,即欲归政,帝谦让不准,凡有要政,先行禀白,不独重之,且亦敬之。故孝宣并无含恨杀光之心,光之灭族皆由妻女子弟造成,惟孝宣帝平日不能抑制霍氏善保功勋。光死才三年,乃使灭族,后世莫不惜光之功,责宣之少恩。汉承秦之弊政,法重深刻,萧何被狱,淮阴被诛,彭越、黥布皆族,功臣除留侯外无一善终。谚曰:"狡兔死,走狗烹;高鸟飞,良弓藏。"信然,岂一霍光哉!

6月13日

全国不景气迭记于前,且又旱潦疾疫,天灾人祸,盗匪横行,武力侵略,政治不良,贪官污吏,苛税暴敛,民穷财尽,国不成国矣!此乃今日实在情形,并非好作危言以乐祸也。我国向以丝茶米棉为出口大宗,十年以来,逐渐减少。姑以米而言,昔为出口货,今则反为进口货之大宗,据海关报告册载,每年米之进口值为三四万万元之巨,岂不骇然惊人。当欧战议和后,苏俄政乱如麻,荒年瘟疫,人民病死饿死者数十万计,因缺乏粮食,政府计口授粮,民有饥色,一面包之宝贵,等于金银。十年以来,修治政治,施行五年计划,百废俱兴,生产特增,国富民裕,不独无饥荒,且农产工业皆有过剩趋势。又日本食米素来仰给于我,今不独自给,且有盈余输出,以彼比我,事在人为。政府务以民食之农业,与民生之工商,切实讲求,提倡而奖励之。今政府提倡新生活,余谓新生活固当讲求,惟旧有之民生农产,国本之工商,尤不可不尽先讲求。古人云:"衣食足而礼义备。"为国当以民生为急务。

6 月 15 日

余历记上海社会之不景气，失业破产、逃避、自杀，时有所闻，昨日报载仁济医院之报告曰："凡自杀而送院救治者，五个月中，计有六百数十人。与去年同时五个月比较，多至五倍，其中有因一二元或四五元之价值而自杀者……"人命之贱，社会之穷困，可见一斑矣。今上海社会局因不景气情形之严重，为防止自杀起见，曾一再发表意见，以期救济，然而徒言无益。在此经济破产，公私交困，安得大厦千万，庇此百万穷黎？至于高谈宏论，虽娓娓动听，此犹画饼不能充饥者也。

6 月 19 日

昨日系旧历五月十八日，为余七二生辰。夕阳崦嵫，风中摇烛，精力已非昔比，耳目亦不及前之聪明，牙虽可用，但一年之中伤失两大牙，又觉行走时，足重体笨，且懒于行动，此衰颓之现象也。年来因时局不靖，商业衰落，对于经济，无论直接间接，如担保也，借贷也，收入也，日见不稳，此使余忧郁不乐者也。此一年中家务如常，上帝之福庇如恒，是当感恩铭谢者也。

6 月 25 日

余家在闸北柏树桥水电路之坟园管理人王莲生来言，前夜有五盗破门而入，欲行抢劫，该盗手无凶器，王之家中亦无长物，且王有胆力与盗格斗，盗有受伤而逃者。

王之头部亦受一伤,流血甚多,当夜报告巡警局,送入医院云云。按此乃逃荒流民为饥寒所迫,并非越货之盗也。可知全国不景气,农村破产,商业衰落,失业之多,无法生活,不得已流为窃盗,殊可哀也。

《书》曰:"人心惟危,道心惟微。"人心至灵,人心至动,防御之难,甚于水之溃决,火之燎原。老子曰:"不见可欲,使心不乱。"有所感触,即滋扰外弛,不易摄服。清朝桐城张文端公曰:"余四十五六以来,讲求安心之法,凡喜怒、哀乐、劳苦、恐惧之来,只以五官四肢应之。中间方寸之地常令空洞,不使憧扰,如置有重门禁闭防守,惟恐此数者阑入。有时来势甚锐,门禁稍疏,彼即乘隙而入,待至得察,驱逐颇费心力,于是严加防御,如备劲敌,行之十年,此数者阑入之时渐少,驱逐之力较易。"

7月7日

今日系七月七日,以全年计之,过去之日子已有一八八天,未来之日子尚有一七七天。酷暑将去,秋凉欲来,光阴迅速,犹如白驹过隙。按人世最宝贵者,无过于光阴,每日自晨至午,自午至夜,此十余小时,用于正途者若干时,荒于虚耗者又若干时,且此一日之中,废弃应作之事,而未作者又若干时。临睡时,学习曾子之三省,岂不愧且惧耶? 又每日晨兴将案头日历随手扯去一纸,掷之字篓,天天如此,习以为常,毫不顾惜。要知此小小一纸之投去,即代表最宝贵之一昼一夜,虚耗掷去,不能再

1935 年 | 117

回者也。人当少壮,年富力强时,既不知光阴之宝贵,亦无暇加以爱惜,以为光阴者多如海水日光,用之不尽,取之不竭,其实大错特错。要知吾人之寿命极短,光阴甚少,应当如何撙惜善用耶? 人当弥留气绝时,虽用千金,欲迎一寸光阴,亦不可得,可不慎哉! 可不慎哉!

7 月 9 日

司马温公平日居家,唯一仆相从。每至一更三点,着仆先睡,独自看书,至夜分灭烛而睡,至五更即起身,其勤劳不怠如此。

人将大病临危,或风烛垂老之时,然后知光阴之宝贵,寸阴如金,此时奄奄一息,将兴追悔之念。若天假我岁月,立志补过为善,完成未了心愿,因某事之未成,我一世虚生,又某事之未弥补,将遗羞一世。余作此日记时,坐对我母遗像,追思我母三十年,手胼足胝,日夜纺织,一生辛苦劬劳,未尝享得子媳孝养,思念及此,不觉抱"子欲养而亲不待"之遗恨,悲夫,痛哉!

7 月 13 日

连日天气炎热,室中热度高至九十七八,外面高至百另二三,今市政府在吴淞口高桥镇之海滨建筑一海水浴场,场之左右建造洋房凉亭,植以树木花草,又备以中西菜馆,各项冰冷饮料,食品应有尽有,井井有条。有渡轮六七艘往来如织,专备游客乘凉、海浴之用。今日下午,与三小子乘轮同游海滨,一旷眼界,但见海天一色,光碧无际,三小子第一次见海之渺茫浩荡,骇奇不已。

意大利与东菲之阿比西尼亚交涉日见恶化,意首相墨索里尼气焰汹汹,备战日亟。阿王亦有恃无恐,不肯示弱,双方秣马厉兵,非一战不可。今英法等国竭力调处,穷于奔命,一旦开战,牵连滋多。

7月15日

余作日记,六年于兹,曾经一二友人阅看,谬加赞许,嘱谓当珍藏之,而恒久不辍。近日欲将前所记者,加以润色,乃检出阅之,词句脱落错误,涂鸦不妥之处甚多,最好重行修饰誊写,然而需日甚久,工程浩大,不易成功。

7月17日

天气仍炎热,本埠有霍乱时疫之发现,惟并不严重。五洲药房对项松茂先生待遇之条约中,有每年拨银洋二千八百元,又房屋一所,开设一小学校,名曰松茂学校,以作纪念。此校开办三年,未曾立案,昨日在该校成立董事会,订立校章,以便进行立案手续,以卢志学、萧子明、项绳武、吴冠民、张辅忠、谢卓生与余七人为校董。

7月21日

昨日下午三时,旧友沈铭三君寿终,行丧葬礼于万国殡仪馆。素车白马,挽联花圈,来宾众多,由朱宝元牧师主礼,俞止斋牧师略述沈君生平事实,仪式哀肃,事实悚听。按沈君慷慨豪爽,廉洁忠诚,热心宗教。近年以来,捐弃俗务,专诚个人传道,不避寒暑,风尘仆仆。历向亲友与上等社会、官商学界,苦口婆心,恳挚劝导,其讲道之恳切,犹保罗之在雅典与以弗所,殊可钦佩。沈君体气壮健,精神矍铄。此次在南京传道,计一月之久,冒暑工作,老迈之人,未免过劳,因之骤构急病而逝,闻者哀之。余既钦其人品,且自愧不已。年来历承其到舍论道,其恭谨道貌,宛在目前。

谢立民君入五洲作事,已及半载,两月之前,因病回皖,乃于前日销假返申。余因其扶病从公,住于潺隘之宿舍,太不相宜,故留其居于宅中。

7月25日

世无事业,事业乃由于人才。世之伟大事业,乃前人之脑力汗血所造成,本可传至永久,以垂不朽;乃为后之不肖庸才任意摧毁,故事之成败存亡,全在人耳。汉高祖起自丰沛,用三杰以定天下;项王挟五国之诸侯,三年而灭秦,裂天下以封王侯,政由己出,然而猜忌,有一亚(夫)〔父〕而不能用,卒至困于垓下,刎于乌江,为千古成败用人之垂戒。盖为人上者,全在知人善任,姑以商业而言,余厕身商界五十年,耳闻目睹,经验所及,凡公司或事业由小而大,由盛而衰,其成功、失败,理由虽殊,然而用人得失,十居其六七。二十年来,全国银行事业,操诸外人之手，广发钞票，收罗存款，及操纵汇兑，我国金融仰彼鼻息，利权外溢，每年何止万千！有某君自美游学回来，目睹情形，纠资创办某银行，资本不足二十万，用其所学，恳恳挚挚，由小而大，日就月将，今则已成全国极大银行，执金融界之牛耳。政府亦仰其调济，以前所失权利，陆续挽回。夫以一人之力，二十年中成功之大，无论国计民生，都有荣焉。

7月27日

事业成败，全系人才，已如上言，故事业需才，犹鱼之需水。凡事得其人未有不成，失其人未有不败，此先哲先贤所垂训也。然而"知人善任"四字岂易言哉？在自己要有卓识之目光、宽大之胸襟，对他人既知其长，亦当知其所短。凡夸者未必有真才，貌亲者每怀诡诈。故曰：才不如德，巧不如诚，勇敢不如有恒，口辩不如沉朴。陆宣公曰："听其言未保其行，求其行或遗其才。校劳（者）〔考〕则巧伪繁生，而贞方之人罕进；徇声华则趋竞弥长，而沉退之士莫升。自非素与交亲，备详本末，探其志行，阅其器能，然后守道藏用者可得而知，沽名饰貌者不（售真）〔容其〕伪。"孔子曰："视其所以，观其所由，察其所安，人焉廋哉！"

余与某公共事多年，钦佩其才略智能，因其爱护公司之切，望治之殷，慕才若渴，有饥不择食之概，加以性之卞急，一般巧佞急进、持有片长者，乃效毛遂自荐，争露头角,伪媚饰非,初则如鱼得水,相见恨晚。惟某公系饬躬励行,亢直端严,若辈又轻率浮躁,骄矜好名,大似齐王好竽,客乃善瑟,格格不相入,枘凿日甚,求时相见恨晚,拒时惟恐去之不速。观人之难,用人不易,犹如此哉!

8月5日

近日台湾南海,时有飓风影响至沪,故本埠气候恶劣,阴凉多雨,在此盛夏棉稻发长之时,此种气候与农事不宜。谢立民君身体向本羸弱,加以水土不服,失于调养,精神日见疲乏,因家累之重,不得不作事,故每日仍抱病从公,见之殊觉不忍,深为怜惜。乃叹人生甘苦劳逸之不同,相差悬殊,乃感上帝爱我独厚。

五洲药房新屋建造在即,故忙于迁移,内部存货甚多,凡贵重轻脆器械药品,移动不易,装卸慎重。又对于大马路所租进房屋之装修,鸠工庀材,日夜赶工,以免迟误。

8月7日

狡兔三窟,未雨绸缪,乃言作事先机有备无患也。然而事体有大小,存心有公私,姑录数事以觇人之智愚巧拙。一,孟尝君使门客冯煖收债于薛邑。冯煖矫命焚其券,民称万岁,孟尝君就国于薛,未至百里,民扶老携幼,迎君道中。二,汉大将军霍光,当炙手炎炎之时,欲妻二女于刘德与不疑,彼时二公亦位高权重,乃巧饰规避,甘心摈弃离国适野,效范大夫之游五湖,故霍氏被三族,惟二公不波及。三,汉王莽居摄,有巴郡任文公者知大乱将起,乃课上下家人负重百斤,日行数十次,人莫明其故。后四方兵起,惟任公合家负重脱逃。四,唐末世乱有东院君者,每日以粟菽作粉,又集木薪分储一屋,一院都笑之。后乱作,民都绝粮尽薪,饿死甚多,惟院君独免。五,民国以来民穷财尽,祸患日甚,一般有权伟人,为狡兔三窟计,尽量收括民脂民膏,储之外国银行或辇至海外,一旦金融破产及亡国之后,妻妾儿孙避至国外,可以逍遥挥霍,其设计筹划,可谓智巧远大矣。

8月19日

《旧约·列王纪上》三章载"所罗门王智断二妇争孩"一事,喧传邻邦,以为神奇,其实中国稗史,官吏断狱,类此者甚多,并不为奇,姑录二则如下。有陈祥者作惠州牧,境内有甲乙二女乃同族姐妹,嫁为比邻。甲素不孕,一日,乙生一子甚美,同时甲之妾亦坐蓐。甲诡饰产子,夜烧乙之屋,趁乱窃乙子而归。后被乙发见往索,不认,虽经亲邻排解皆无效。于是讼于府,亦无确证。陈祥佯扬言曰:"非杀此儿,事不能了!"于是着役置缸水堂前,引二妇立左右曰:"我将溺死此儿以解尔二人纷争。"着役举儿作掷溺状。乙妇见之,失声争救,且惊仆堂下;甲妇则稍有惊状,并不急迫。陈祥即断儿归乙妇,群称其智。又寿春人苟泰者,有子已三岁,遇贼失亡,如此数年不知下落。后忽见其子在同邑赵寿伯家,向之索取,不认,于是讼于郡县。虽各有邻证,不能决。后经县令李崇者,将二父与儿分禁三处,延滞不理。约一月之后,着役分报二父曰:"尔子昨夜暴病死矣。"荀泰闻之即号诸,悲不自胜,寿伯咨嗟而已。李崇得报,乃判儿归荀泰。

8 月 21 日

北平通信谓:有英国新闻记者琼斯与德国记者穆勒,于七月下旬由多伦赴张垣,行至宝昌东北五十里官马沟地方被匪所掳。但匪狡猾异常,时时反覆,所要索者系枪弹和利器,数目甚巨,官方势难允许。后将穆勒放回,将琼斯架至沽源境内深山之中,此乃官方力之所不能及到者。英国使馆当时亦派武官米勒沙克追踪营救,亦属徒然。乃于前日在宝昌某村发现琼斯尸体,有枪伤两处。又伦敦电曰:琼斯尚有父母家族,彼性勇敢好冒险,为方言学专家。在五六年前,曾任首相乔治之秘书,为首相所器重。曾广游世界各地,好探险,关心国家秘事。此次乃应《孟却德指导报》之聘,赴远东办事,忽遭匪害,闻者莫不惋惜。

8 月 25 日

租界减租声浪喧腾已久,近因市面不景气,百业凋零,住屋为生活中重大部份,关系尤切,一般发起者,奔走号呼,情形剧烈。传闻业主有自动减租者,亦有强迫而减者,余之房租极廉,较之已减者尚低廉,故房客并无烦言,余犹豫未定。

8月27日

今日系孔子诞辰,在首都中央大礼堂举行盛大典礼,凡中央委员、党部领袖,莫不列席。同时在曲阜孔林亦行祀孔大礼,由省主席韩氏及孔、颜、曾、孟四奉祀官,民教二长,各机关代表,与孔氏后人等千余人。祭奠之后,再行谒陵礼,仪式严重,穆穆皇皇,除遵旧礼外,加唱国歌、献花圈等新仪。

9月1日

即旧历八月初四日,天晴温和,雨霁风息,有暑退凉生、水长气爽之概。

生长二十世纪,寄居物质繁华之海上,耳濡目染,客感滋长,虽不致熏沾尘秽,然而难免渣滓腥膻,集撷前人格言与平日个人之经验,聊作惕励:醇酒不如清茗;鲜鱼肥肉不如蔬菜淡饭;游山玩水不如静坐清谈;屋宽不如心宽;富而衰弱,不如贫而健康;耀目美衣不如称心布服;拶足革履不如舒畅芒鞋;汽车疾驰不如稳步缓行;跳舞观戏不如看书灌花。

9月7日

犹太国行拂去足尘,表示绝交不悦之意。《新约》"马太"十章十四节、"马可"六章十一节、"路加"九章五节、"行传"十四章五十一节,当耶稣命门徒出外宣教之训辞中都有"凡不礼待而慢尔者,临行时拂去足尘"之语,按犹太系沙土热地,男女行走,大抵赤足不履。按拂去足尘,有高洁不被染污之意。我国自古有拂衣挂冠,表示谢隐,辞荣避祸,不悦与绝交之意。后汉,曹操欲杀杨彪,孔融曰:"我乃鲁国男子,明日当拂衣避去。"《南史·王僧虔传》曰:"我立身有素,岂能曲意此辈者?若彼见恶,拂衣去耳。"唐《天宝遗事》:张彖为华阴簿守令所轻,拂衣而去。康乐诗:"拂衣五湖里。"释尘务供奉诗:"明朝拂衣去,永与海鸥群。"杜工部诗曰:"吏情更觉沧洲懒,老大徒伤未拂衣。"《圣经》中亦以拂衣表示绝交责怒之意。保罗热心传道于哥林多,犹太人反对之,且亵渎侮慢。保罗拂衣曰:"尔血归尔,我则洁焉。"(《徒》十六章六节)又尼希米警教民众曰:"若悖汝誓,上帝弃汝如拂衣。"(《尼》五章十三节)

9月11日

昨日本埠发生空前大劫案,即邮政总局被剧盗劫去银洋九万一千九百三十元,并枪杀店司一名、卫士一名,又重伤一名。按该局每日于规定时,间将上日所收各项银洋,用铁甲卡车,由店司、卫士解至福州路邮政汇业储金局。讵于昨日九时将装在缝布邮袋内之银洋运上铁甲卡车时,为预伏之伙盗如数劫去。该盗事前布置周详,组织完备,故行劫时有秩序而毫不恐慌,使卫士等失其防御能力。光天化日，万目睽睽之下，盗匪如此横行，捕房失其责，亦政乱民穷，匪徒猖獗之征也。

9月15日

即旧历八月十八日，星期日，天晴温和。余于民国十九年一月三十日，即旧历庚午元旦重作日记，距今已五年八阅月，第七册开始矣。按各家日记之多，汗牛充栋，惟近世常熟翁文恭公日记推为圭臬，因公之文章、经济与书法，为当代所钦佩，且为师傅之尊，执政多年，宠幸逾恒，故公之日记脍炙人口，商务书馆不惜巨资觅稿影印。出版之日，海内人士以先睹为快。余尝过目，书法如生龙活虎，确是可爱。所记多官事，如政府宫门抄、某官升迁、某大员会话、某属禀到辞行。又奏稿谢恩、奉差考试、出行查办之日程，此外如亲友宴会、婚丧庆吊、本日写字若干开、寒暑时雨之类。若遇无事可记，只写月日而已，甚有四五日不记事而只写月日者，惟无论病健旅行，数十年如一日，从未间断，是为难能而可贵。按公之日记似乎平淡，不若湘乡曾文正公之多经纶文藻。

9月17日

昨日往城内西门文庙路会故友沈漫云君之哲嗣焕堂。余与沈漫云君为同学老友，约三十年时，二人创办孤儿院，颇为契合，今沈君物化多年。兹将今日与焕堂世兄谈话经过，酌录如下。一，传闻沈宅有坐落龙华之地约四五十亩(此地属六合公司产),交于王一亭先生助入孤儿院,有此事乎? 据焕堂言,因王老伯迭次来提此事,故于去冬将此项地产之方单契约,如数交给王老伯。二,孤儿院于明年欲开三十年纪念大会。政府本有为漫云立纪念碑之命令。今院中房屋不敷,尊府可否为先大人建筑一纪念堂? 答曰:亲朋中亦有提议此事者。兹当与家母熟商,再行回覆云云。按沈君故世时,负债累累,所有产业大半被人营业,十余年彼母子克勤克俭,苦心孤诣,清理债务,恢复旧业,且近年地价大涨,故一跃而已成富庶之家矣。

9 月 29 日

陈金镛牧师来谈话,留之午膳。陈君年逾古稀,曾任南京神学院副院长、广学会编辑主任,精谙《圣经》,守道严明,道德学问为侪辈中杰出。陈君言其原籍上虞,教会成立以来,已逾七十余年。虽不发达,人才辈出,今美国差会因经济竭蹶,乃将上虞教会停办,此不独贻笑外人,且群羊无牧,前功尽弃,殊为可惜! 今陈君为此不辞劳瘁,向各方呼号奔走,筹款维持教会,敦请牧师。此犹尼希米之痛哭号召,重建已圮之耶路撒冷圣城,余嘉其志,愿为棉薄之助。

10 月 1 日

即旧历九月初四日。学问乃从攻苦勤劳、不耻下问得来，如"挂角""负薪"之类；家贫无力读书者，佣工偷暇，如"囊萤""映雪"之类；何其勤且苦耶？一般富家子弟，虽经父兄师傅训诫，还是自暴自弃，殊为可惜！我家子弟半犯此弊。明初宋景濂先生幼时，家贫好学，每走数十里借书抄阅，天寒砚冰，手僵不能握笔，勿顾也。抄毕送还，不敢逾限。尚走百里向乡先达执经问道，乡先达德隆望重，弟子盈门，俟立傍听，或遇叱责，色愈恭。当其负笈曳履山林，严冬烈风，雪深数尺，足肤开裂，返家，四肢冻僵，家人持汤沃灌，以衾覆之，久乃苏暖。其攻苦如此。后官至翰林学士，一代礼乐制作，多所裁定，著作等身，尊为有明大宗，人以"宋先生"称之。

五洲在建筑新屋上，如绘图估价、拆卸旧屋，一二月中积极进行。凡投标之营造家，共计十四五户，最高价格为三十四万元，最低者为新金记康号计廿五万五千元。按新金记历承巨大工程，名誉尚佳，约计明年八月杪，可以竣工。以上所说之廿五万五千，系指土木工程而言，此外欲加水汀、电梯、卫生种种设备，约需银洋八万元，两项共需洋卅三四万元。此时物价低廉，建筑最是相宜。

报载有苏州人李金生者，以摸窃著名，其技甚高，可在十分钟间，摸窃八人之皮手包，裕裕如也，不被觉察，故同道中奉为泰斗。因犯案曾经七次入狱，最后于本年三月出狱，仍不悛悔，旬日之前又施故技，即被弋获，解送法院。因其怙恶不悛，判处徒刑一年。按李金生本有相当职业，其妻曾受普通教育，现在某影片公司服务。此次其夫出狱之后,由妻介绍入该公司共事。按李之作窃贼,未必全为生活,如出天性所好,或由好奇心所致,余谓:"李某若用其聪明机警于正途,其成功或有可观,亦未可知。"

10 月 7 日

昨日系旧历重九日,柑黄蟹肥,枫锦菊绽,天高气爽,风和日丽。下午二时往浦东张家楼镇看妹婿陆若云。浦江中潮高浪平,大小舟船星罗棋布,往来如织。上岸之后,见农人三五为群,种蔬采棉,担粪负薪,手足胼胝,勤劳不辍。按我同胞共三人,余居长,年七十二;妹次之,年七十,健康如恒;弟凤冈,又次之,已于七年前去世。

崔通约君开七二寿筵于太和园,车水马龙,佳宾盈座,名人撰寿联甚多。崔君系广东肇庆府高明县人,中西学问谙博,曾留美多年,历任岭南、暨南各大学教授。近著有《沧海生平》一书,历述其致力革命,屡遭危险,避难海外,年逾古稀,精神兴趣不减壮年。

10 月 11 日

昨日系"双十节"国庆,上海全市凡政、商、工、学各界照例停业休假,悬旗志庆,南京首都与各省会有盛大之庆祝。自辛亥革命成功至今,二十四年,推翻一姓之统治,铲除专制之桎梏,原期政明国泰,可享民治之自由。惟二十多年来,内乱日甚,土地日促,吏秽税烦,以暴易暴,民不聊生,怨咒嗟叹,何庆祝之可言哉。

10月13日

人生如幻梦，又如旅客行舟，有时波平如镜，一帆顺风，有时荆天棘地，险阻横生。综余一生，顺境多而逆境少，且交往之朋友，与供职之同事，彼此能接以义，而施以诚，绝少遭金壬小人之欺弄。但数年以来，国乱政敝，农村破产，工商凋零，经济崩溃，尤其是上海，最重大之地产，一落千丈。此余受经济影响者一也。国内天灾人祸，洪水横流，□□猖獗。意、阿之战，构成英、意交恶。德、法暗斗，或者酿成世界第二次大战，时局将大变，此余忧思者二也。世风日下，年来被欺受愚吃亏甚巨。彼正在水深火热，岌岌可危，窘状不堪，时来求援助，不忍坐视，事解之后，避不见面，置之不理。使余受累，气闷不乐者三也。各方担保之款，日见紧逼，尤其是浦东银行之款为数巨而急。又十余年前因建筑之用，曾向高易公馆做押款陆续拨付，向不催及，今亦来催问。际此金融停滞，无法转移，遭此环境，使余痛苦四也。无亲友可谈，家中人膜视无睹，今我惟一之靠山，即毕生信仰之恩慈上主，凡我遭遇困苦艰难，恳切求之，彼如城堡，犹若慈父，七十年如一日。大卫之诗曰："上帝是我之避难所，乃我之力量，乃我平日之帮助，故地虽改变，山虽动摇，我仍不惧。"（《诗》四六篇一至三节）

10月19日

张孝若氏昨日在寓所被一老仆用盒子炮击杀，闻者

莫不惋惜。氏为南通张季直先生嗣子,现年卅八岁。当
民十一年由政府特派为欧美考察实业专使,显赫尊荣,各
国君相争为延请,待以上宾。十三年任智利国公使。氏
父逝世,继承先业,致力实业、教育、慈善各业。今任南通
学院院长、大达轮船公司总理、淮南盐垦公司常务董事、
《大陆报》等董事。缙绅书香,承先人之业,为后起之秀。
闻凶手系父多年护兵,向在南通看守宅第。在二三天前
到申,留其住在上房之隔壁。其行凶杀机,传为其子欲求
一优胜位子,屡请未遂,故怀恨出此,当场畏罪自杀。

10 月 26 日

系旧历九月二十九日,为先母八周忌辰,备菜数席,
邀集亲友一叙,以作纪念。秋高气爽,风景如画,杯酒聚
欢,桑麻话旧,客散已在八时矣。今日为浦东银行控案执
行庭第二次堂期,此方拟先缴五千元,其余展期续交。彼
方严厉反对,非全数交足不可,并限期封闭余之住屋。闻
讯之下,不胜愤恨,且甚焦急,此种窘状,为余生平第一
遭,此亦为人担保所累。

10 月 28 日

日坐愁城,恶耗频传,只有早夕恳祷上主,又读经以
自慰。兹酌录心得《圣经》章节如下。那赐诸般恩惠的
上帝,待你们暂受苦难之后,必要亲自成全你们,坚固你
们,重赐力量给你们(《彼得前书》五章十节)。耶和华是

信实的上帝，向爱祂守祂诫命的人，永远不遗忘（《申命记》七章九节）。我常与你同在，扶养你。虽偶然失足，不致全身仆倒，因耶和华常搀扶你（《诗篇》三十七章三十三至卅四节）。世人行动，实系幻影，他们忙乱，真是枉然，积蓄财宝，不知将来谁人收取（《诗篇》三十九章六节）。我必不忘记你，我涂抹了你的罪孽，如薄云灭没（《以赛亚书》四十四章廿一节至二十二节）。应当一无挂虑，凡事藉着祷告上帝。祂所赐出人意外的平安，必在耶稣基督里面（《腓立比》四章六至七节）。

凡身历沙漠，感受口渴之苦者，即知水之宝贵。凡遭蹇运，环境艰难，四面楚歌，困苦忧伤，一旦得亲友援助，出之水火，登之衽席，重见天日，其快乐为何如耶！凡遭疾病，呻吟病榻，有赠以鲜花，用温良慰语，为之解闷，安慰病者，心神欢悦，病势为减。凡前线冲锋肉搏之战士，得后方温良慈祥看护之慰藉，可忘其危而增其勇气。温语安慰犹良药，可疗百病，有时较珠玉尤宝贵。在此寡恩流泪之社会，需要慰藉温语。我之对人，每多疾言暴厉，绝少和颜悦色。按慰藉温语，和颜悦色，犹江上之清风、山间之明月，得之甚易，用之甚薄，我何乐而不为耶？

11月3日

昨日在南京开六中大会。清晨八时各中委先行谒陵。九时在大礼堂开会，仪式隆重，到中委百余人，由汪精卫院长主席。中委中有冯玉祥、阎锡山二氏由北南下赴会。正在开会摄影时,突有凶手闯入会场狙击,汪院长身受三伤。会场大乱,人心恐慌。十一时将汪送入中央医院,凶手何人指使,今尚不知,传闻其目的不止在汪一人,论者此案关系政局甚大。

11 月 5 日

政府欲改革币制,酝酿已久,喧传社会已经半载。财政部突于日前,霹雳一声,宣布办法六条,中外震动。兹录布告如下。一,自本年十一月四日起以中央、中国、交通三银行所发行之钞票定为法币。所有完粮、纳税及一切公私款项之收付,概以法币为限,不得行使现金,违者全数没收,以防白银之偷漏。如有故存隐匿,意图偷漏者,应照危害民国紧急治罪法处治。二,中央、中国、交通三银行以外,曾经财政部核准发行之银行钞票现在流行者,准其照常使行,其发行数额,即以截止十一月三日流通之总额为限,不得增发,由财政部酌定限期,逐渐以中央银行钞票换回,并将流通总额之法定准备金连同已印及印而未发之新钞票,及已发收回之旧钞票,悉数交由发行准备管理委员会保管,其核准印制中之新钞票,并俟印就时,一并交出保管。三,法币准备金之保管及其发行收换事宜,设发行准备委员会办理,以昭切实而固信用,其委员会章程另行公布。四,凡银钱行号、商店及其他公私机关或个人持有银本位币或其银币、生银等类,限于十一月四日起,交由发行准备管理委员会或其指定之银行兑挽法币外,其余银类各依其实合钝银数量兑换。五,旧有以银币单位订定契约,应各照原订数额,于到期日,概以照法币结算收付之。六,为使法币对外兑价按照目前价格稳定起见,应由中央、中国、交通三银行无限制买卖兑汇。

今政府将实质金银收为国有,代为纸币,此乃不兑现政策,近世各国,确有先例。政府若守信义,有充分之准备,不将现银妄用或外漏者,此政策似无窒碍;非然者,不独有害,且可亡国。

(书至此,今日英镑六便士半,当时约一先令三四便士。国币百元,可兑美金二十八元,今只兑十三元,四年之中,国币已跌落半数。以国际金融观之,跌势未已,舶来品已增至加倍,准备金之外漏日甚,故政府已废除无限制外汇,工商受困,市面危殆。廿八年七月十五日重抄日记时附志。)

11月11日

昨日清心男女学校开七十五周纪念会。先由卜舫济老教士演讲,以"事业之发展应当将基础建于基督磐石"为题。礼拜后,参观学生成绩与女校新落成之礼堂,宏大富丽,凡图书馆、体育房、课堂、餐室、会客室、卧房,莫不精美俱备,规模之大,沪上女校之冠。按此地在五十年前为余读书时学生之园艺菜圃,今成为巍巍富丽之大厦,沧海桑田,变迁之速,有如此者。

11 月 15 日

今日为菲列宾自治独立,正副总统就职之期,举行隆重典礼,美国副总统与议员长前往参加。同时发行特制金币与新邮票,以志纪念。按菲列宾向美国请求自治已逾十年,今始如愿。说者谓属地向上国要求脱离压制,得有自治,得有要准而免战祸流血者,以菲列宾为第一遭,乃见美国之仁慈宽大。

11 月 19 日

自意大利一意侵略阿国,英法与国联竭力调解终属无效,于是欲减少战祸,抑制强暴,国联议决对意经济制裁,凡一切贸易货物断绝往来,此乃釜底抽薪,使意在物质上感有重大困难。昨夜午夜日内瓦(驚)〔警〕钟大鸣,表示世界中五十二国实施对意经济绝交,此乃开历史上未有之创举。闻意国十分愤恨,以为此乃大不公道,亦不光荣之举动,故全国升丧旗以志哀。有学生二百万罢课,举行盛大之示威运动。一方面因物质缺乏,全国一致克苦俭省:工厂商店为节省煤汽,均于下午四时半休业;人民往来,少坐公共汽车,代以步行,衣食消耗各物,竭力节制。

11 月 21 日

前日报载抢亲酿祸一则:谓浦东某乡有木工之子幼时定某姓女为妻,今男女皆成年,屡托媒与亲友催娶;女方因嫌男方貌陋家贫,故索重聘以难之。男方不得已即纠集亲友强行抢亲之举。惟女方早有所备，因之双方冲突，酿成恶斗，破面折足，流血狼藉，扭赴公安局。按抢亲乃下级贫民不得已之陋俗，由来已古，当野蛮部落时代，此族之人纠众持械抢掠他族女子为妻妾。今迎娶结婚礼，尚有习用野蛮部落时遗风：一，旧俗迎亲终在夜间；二，用篾竹火把；三，上轿时用人背负；四，新娘上轿必号哭；五，面蒙红巾，手束丝带。此皆被抢时之状况也。

11 月 27 日

下午三时，携花数盆，往闸北宋公园路黄氏公墓看陈君之墓。余每年春秋两季瞻省其墓，今已一年多未去，心中耿耿不安。但见墓石苔生，铁栏剥蚀，徘徊不忍去，乃请公墓主人黄君将铁栏加以油漆，随时修葺而回。

12 月 3 日

有朔风，天气骤寒而见冰。录明朝刘宗周先生讼过法如下：一炷香，一盂水，置之净几，布一蒲团座子于下方，会平旦以后，肃恭就坐，齐手辑足，屏息正容，戒慎勿睹，恐惧勿闻，祗祗栗栗，如对上帝，如临师保，呈我宿疾，炳如也。因而内自讼曰："尔固俨然人耳。一朝跌足，堕落千仞，乃兽乃禽，嗟何及矣。"应曰："唯唯。"复出十目十手，共指共视，皆作是言。应曰："唯唯。"于是方寸兀兀，痛汗微（呈）〔星〕，赤光发颊，若身亲三木者然。已而跃然自起曰："是余之罪也乎？"则又内自

讼曰："莫得姑且认过。"又应曰："否否。"复出十目十
手证佐，皆作如此言。又应曰："否否。"于是清明之气
徐徐来，复觉此心浩然，与天地同流，乃知从前都是妄
缘，妄则非真。一真，自若湛湛澄澄，迎之无来，随之无
去，都是本来真面目也。此时真好兴之保任，忽有一
尘起，辄吹落，又保任一回，忽有一尘起，辄吹落，如此
数番，勿忘勿助，勿问效验如何，一霍间，整身起，闭阁
终日。

12 月 15 日

宋建炎时，亳州朝奉大夫王所著《道山清话》一篇，
乃搜集时贤与名流之笃行、令德、善政、文章，可以书绅铭
座，服膺终身，使奸者读之而惧，鄙者读之而宽，贪者读之
而廉，浊者读之而清。酌录数则如下。司马君实洛中新
第落成，一日步行，见墙隅幽处，埋以铁刺数十，问之家
人，对曰："欲防盗贼之越入。"公曰："我箧中所藏几何？
且若辈亦人也，岂可以此待之？"亟命撤去。此与王子敬
谓盗留青毡故事相似。温公一日行国忌香，有某客白事，
误触烛台，倾倒烛油沾公身，既不责问，面色如常。温公
旷达澹逸，亦无嗜好，与人少忤。尝致友人书曰："草防
步，则薙之；木碍冠，则芟之；其他，任其自然，相与同生天
地间，亦各遂其生耳。"刘贡父平生不尝议人长短，人有不
韪，必当面斥之，虽介甫同事诸公承顺不及，惟贡父当面
攻之。然退与人言，未尝出一语。人皆服其长者。虽介

甫亦敬而重之。黄庭坚一日遇范景仁，终日相对，正身端坐，未尝起一思虑。二三年来，不甚观书。若无宾客，则终日独坐，夜分方睡，虽儿曹嚷呼，皆不闻不问。

12 月 19 日

兹由德国柏林来函，谓有中国留德学生广东开平人黄弁慧者，年二十九岁，系清华官费生。在民十六年到德美等国研究电机之学，历年以来，得有学士硕士学位，今在进行博士论文。因念我国公路发达，缺乏油料，乃专心研究木炭汽车，预计明年夏季可告成功，得博士学位，回国效力。今闻华北时局惨酷，悲愤刺激，遂于某日在寓所自杀，如此坚毅卓绝有志好学之士，骤然丧失，闻者莫不悲悼痛切。

12 月 23 日

《道山清话》载，范尧夫一日在陕府入寺少憩，见一僧房颇雅洁，阒无人声，案有酒一瓢。此时有县令戏书一联于窗纸云："尔非慧远我非陶，何事窗间酒一瓢？俗野避人聊自醉，卧看风竹影萧萧。"此乃僧之俗家某人，昨日携酒至此，值僧不在，县令至，俗家走避，酒为县令所饮。明日僧诣府，粘贴县令之诗，告曰："有银杯数事与酒，昨日安之房中，不知下落，今俗家追甚，乞大人究之！"范知僧奸，谓僧曰："尔出家人可饮酒乎？"杖而逐之，不问其他，乃对僚属曰："观此，守官安得不自重。"后县令作书致谢,范公曰:"我不记有此事,自无可谢。"并还其书。

12月25日

无线电收音机,制造日精,价格日廉,中户人家,亦家置一架,用以消遣娱乐。且播音翻新,赏心悦耳。时届藏冰,梅信传春,昨日播音弹词开篇《梅雪》一篇,新颖文雅,酌录如下:"昨夜风吹梅花开,今朝雪映树边台。雪花迎梅梅迎雪,淡淡相映雪与梅。梅花枝上雪作伴,雪花影中梅奉陪。梅爱雪,雪亲梅,梅花如火雪如灰。雪才停舞梅相唤,梅正含苞来相催。君家好像梅上雪,奴奴婉如雪中梅。思君须发如雪白,夹道梅香梦往回。从前君子爱雪梅,林和靖孤山观雪梅,孟浩然蹈雪去寻梅。腊鼓一声梅舞雪,回春梅放占花魁。请君切莫等闲着,酒席排在香雪海。阵阵梅香入酒杯,与君共赏雪与梅。"今日系耶稣圣诞,普天同庆,各教堂庆钟狮吼,教中男女欢欣雀跃。天处阴寒,朔风甚烈。

1936 年

1月1日

即旧历十二月初七日。终日阴寒微雨。凡政府机关与学校、商界、工厂,均照例休假。

上午九时,五洲同人在徐家汇松茂小学校举行团拜礼,余用公私二字作题,彼此相勉,大意谓:公私即诚伪、君子小人之别。大凡国家、社会、公司,而至家庭与个人行止,莫不兴于公而败于私,发端虽微,结果甚大,有失之毫厘,差之千里之可惧。力劝在上者无论行政用人,一秉至公,不可藉权徇私,逞快一时;为职员者应当公私分明,先公后私,勿因公济私,亟宜为公忘私。引大禹治水,三过里门而不入,又范文正公"先天下之忧而忧,后天下之乐而乐"为结语。

午刻在陆桢祥家午膳,是日为陆君长女文定,出字于方姓,亲友众多,聘礼灿曜。

1月3日

处世应事,最忌造次急迫,虽至微至易之事,当慎重熟思,以免陨越。凡当大事者,虽泰山崩于前,猛虎吼于左,处之怡如也。后汉费祎当魏军次兴平,祎督师往御,时光禄大夫来敏至,就求围棋。此时羽檄交驰,车驾已待,祎从容对弈,无傲促厌倦意。敏延拜曰:"以弈试君,信是可人,必能胜敌,其气魄何其冲和!"余晚年以来,性暴气盛,极少忍耐,偶遭拂逆,即愤恨怨怼,怒气不能平,尤其对家人佣仆稍不遂意,即疾言厉色,使彼难堪。此少涵养静默功夫所致也,凡处事言语,每多舛误者,职是之故。

1 月 5 日

人每忘自己之明珠,而羡慕他人之碔砆。昔孟子向齐宣王论王道,柄凿不入,迨言及衅钟觳觫之牛,称王有不忍之心,宣王辗然自得。按处战国时谈王道,虽曰圣贤正义,然而太觉高远难能,此犹人之碔砆也。称宣王有不忍之仁心,此自然天良,即自有之明珠也。人每舍近图远,去易就难,因之营营逐逐,劳心疲神,所耗多而成功少。推而言之,羡人之功名权位,毋宁安我固有之微贱职业;羡人之丰衣美食,毋宁甘我固有之布衣菜饭;羡人之势焰炙手,毋宁处我固有之澹泊生活。

5 月 17 日

上午十时半,在鸿德堂礼拜,遇老友张葆初先生。久不相见,不意其老态龙钟,扶杖而行,大有"乡音无改鬓毛衰"之慨。按张任本公会牧师约三十年,我二人相遇在北京路思娄堂时,都是青春少壮。彼任牧师,余任长老,同心一德，情好如手足。曾几何时，彼此衰老，都逾古稀，奄奄待毙。光阴流水，岁月催人，相对浩叹。张君和气温良，从无疾言厉色，乃一品学兼长之良牧师也。

5月19日

大凡多疑之人，不易与之共事。我虽披心见胆，为其劳苦，彼终是犹疑不信。多疑者，识浅寡断，以自己之外无好人。昔项羽有一范增不能用，汉高惧楚，又知霸王之多疑，于是用陈平之计离间楚之君臣。俟范增去，羽孤立无助，已得之天下，随手而失，自刎乌江，贻笑后世。《易》曰："满招损，谦受益。"大凡恃才傲物者，最足害事，无论处事用人，终当谦逊卑下，浑厚宽大。周公之贤圣，一沐三握发，一饭三停箸，古圣垂戒，大矣哉。恃才傲物之人，犹高筑墙垣以自圊，墙外之人，固然不得而入，即自己亦被墙垣所障，一无所见。因之耳目日蔽，心胸日隘，直躬之君子日远，佞谀之小人日近。故虽有过，无从而改；虽有失，无从而知。岂不殆哉，可不惧哉。

附　录

能兼中西学问方为成材说 [①]

　　昨与学友纵谈今古，偶语至成材一说。友曰："古今之称材不同，何也？"予曰："为世道之盛衰耳。盖古者，惟以礼乐为主，仁义为依，不称其材，而独究其德。逮自三代以降，世道寖衰，不能尽丽于德，故能学圣人之学，诵圣人之书，彻其源流，摘其要领，析义理于精微之内，通蕴奥于淹博之中。或善读古今之史，能贯古今得失，翀然以鸣于一时者，如唐之韩愈、宋之司马温公辈，其亦可以为成材欤？乃自百年来，世道犹不如古。盖以边疆不靖，泰西诸国，将次入华。于是舍虚文而尚实学，舍弓矢而尚火器。举凡一切言语、文字、天文、地舆、格致、礼乐、刑政之学，多出意外，而与华异。微特华人目所未睹，亦耳所未闻者也。然既与之通商互市，即不能无强宾压主之虑，故国家亦亟亟设为军装、制造、水师、机器、电报等局。即设是局，则不能无人以资助助，于是习西学者，遂见重于一时云。"友曰："子所言西学如是之好，几于华人，欲尽去中学，而就西学。然习西学者，虽不乏其人，而无如习

<hr>

[①] 载于《画图新报》1881年第1期，署名"清心书院学生高凤池"。

气太重，每有未得西人之实学、仅习西人之行派者，辄诩然自命以为精通洋务之人。欲求一老成持重之材，亦绝无而仅有。子言习西学者，见重于时，独不知士大夫多为之齿冷欤？"予曰："是盖偏习西学之害也。曩者朝廷虑就地之习西学者，苦于见闻之不广，于是特选幼童出洋肄业，以为观摩较切，他年为国家收指臂之助。乃阅历十余年，费帑数百万，一旦召之回国，叩之以实学，则仍茫然漠然。转即本国之礼仪制度，而一并忘之。而所得者，语言文字之末，仅足膺抄胥象译之任焉耳。使若而人者，能读书明理，上而知忠群爱国之忱，下而思显身立名之计，能自为发愤，既跻于西学之堂奥，复益以经济之材能，则折冲樽俎，为国之光，其人不亦大可用哉？使士大夫中，皆有此中西相兼之实学，则国之富强，直易如反掌耳。予故曰：偏习西学，则不如仅习中学；偏习中学，不如兼中西学问之为成材也。"友乃唯然而退。予思刍荛之或有可采也，爰泚笔而记其说。

言　觚 ①

　　客有喜漫散笔者，一日见其案头有木一方，上书曰："自立于不朽，则神之完者气亦充；自甘于速朽，则质虽存而精已散。朽不朽，视其自为云。"达哉斯言。慨世风日漓，守道靡坚，虽身居教职，几自堕其隆重，而甘惑于嗜欲，良可悲也。风闻某教牧、某讲席之事，不禁为圣道而三叹。其欲援鲁大夫之"尔为尔，我为我"，奈旁人何。愚谓自立于不朽，则名日崇而毁自销，非然者，人岂肯为其三缄口者。质诸某等，以为何如？

　　信天翁，水鸟也，产滇南，食鱼而不能捕。每当日夕，立于水滨，俟鱼鹰所得，偶堕者拾而食之。蓝廷瑞诗曰："波上鱼鹰食未饱，何曾饿死信天翁。"耶稣曰：视彼飞鸟，不稼不穑，无积于仓，天父且养之。田野之草，今日尚存，明日投炉，神犹修饰之。则人之营营逐逐者，亦惟自苦尔。

　　物虽无情，亦有理焉。如舟只可行于水，车只可驰于陆。慨世人强其心志，既志于道，有恋乎世。吾主曰：手执犁而后顾者，此辈是也。

---

① 载于《月报》1892 年第 10 期、第 11 期。

汉疏广告归，将朝廷所赐黄金以自娱，或周给故旧。有劝为子孙立产者，答曰：贤而多财，则损其志；愚而多财，则益其过。且富者，怨之聚也。吾既不能教子孙，亦不欲增其过而敛怨。所罗门曰：人一生劳瘁，无所为悦，盖其经营，必遗于后起之人。子孙智愚，难以逆料，何苦自竭心思。彼安然得之，岂不尽属虚哉（《传道》二章十八九节）。达人之心，胞同怀，于此堪见，为子孙计者，宜取法乎此。

芦苇水草之长者，屡见于《圣经》，种类不一，或则性柔而韧，可以编绳为篮，或则高逾寻丈，取以盖屋作篱，有则坚硬而直，可用之为竿杖。凡《圣经》所言量度之器，皆指此而言。尚有一种，其花蒙茸，洁白可爱，人取以供之客室，有时喻被罪而伤心之人（《赛》四十二章三节），有时喻反覆无常之人（《太》十一章七节）。犹太人藐视而用之击吾主之首，摩西父母有信而用之以救其子。芦苇虽微，足观其得失矣。

昔有西士游亚非利加，有酋长遇之甚厚，故临别赠以官衣靴帽。后有他人遇此酋长，头戴官帽，足穿官靴，身则裸体也。盖彼都人士，用帽以蔽日，用鞋以御棘，衣则无所用焉。夫衣岂无所用哉，亦不得其地耳。夫得其地，秦王易之以十五城，不得其地，楚王弃之如碔砆。耶稣曰：尔珠勿委于豕，恐彼践以足，转而噬之也。

范忠宣戒子弟曰：人虽至愚，责人则明；人虽至智，恕己则昏。苟能以责人之心责己，恕己之心恕人，则不患不圣贤矣。耶稣曰：胡为见芒刺于兄弟目中，不觉己目之有梁木乎？宜先去己目之梁木，然后明视而见兄弟目中之芒刺矣。

　　有妇谓吾主曰：怀汝胎喂汝乳者，福矣。主曰：不若守父诫之为善。乃今人每喜人之媚己，犹恐不及，岂肯从而拒之。然骄卑之心，于此判矣。

闲　评 ①

　　报章为国民之粮饭、现时之镜鉴、将来之灯光。故欲占国民程度之高下，当以此为阶级。查世界报章之发达，莫如美国。美国现有报章一万一千五百余种，中国民数五倍于美，然全国之报章，不足百种。以此例彼，相去天壤。蒙不暇责之教外，试问教友之阅教会报者有几份人？一人而阅数种报者又有几份人？进而言之，凡任传道之阅教会报者更有几份人？此中国教会所以仍属幼稚而为半立之原因乎？愚谓作牧师者，不独自宜购阅，且宜勉其属下、教友共阅之。凡妇孺或贫而无力者，牧师应按月选定一日，将报中要意宣读与人听。此不独增彼识见，且有时此中感触尤较胜听经也。谓予不信，请君试办一载，自知予言之不谬矣。

　　人身一体，或有缺憾，则其他体必然更优于常人。《旧约》士师时之以笏，其右手虽痿而不灵，然其左手则较常人更为便捷有力（《士师记》三章十五节）。予之近邻有作小贩之某瞀，其二手无异权衡，明目人不能欺其毫厘，

---

①载于《通问报·耶稣教家庭新闻》1906 年第 222 期。

予见之惊叹不已。近有人查考，凡擅超群之才者，其肢体
每有缺憾。若瑟·爱德华，英之著名美术家也，然自幼因
患痘截去右足。又白尔·希望为外科之名家，曾演无数
奇巧手术，然十指特短，持箸尚不自由。此外，若拿布伦
之矮小、俾士麦之口呐，与我国古时师旷之聪、无盐之德，
皆类此也。

　　昔雅各携杖，孑然一身离别是巴而往哈兰寓舅氏拉
班之家，勤劳二十年。及其返也，儿女绕膝，牛羊成群。
此教人奋勉有为，不可徒恃先业也。曾文正曰：自古帝王
将相，无不由自立自强做出。即为圣贤者，亦各有自立自
强之道云云。泰西学士瑙尔德曰：居学生于高等学校，不
若置之绝岛之为愈。因居于高等学校，衣食既备，易至游
惰。若置之绝岛，必将劳苦度存，故为益较多多云。愚意
不独为人为然，即在教会亦何莫不同。然从可知欲今日
中国教会之兴，亦非置之绝岛不为功。

致张元济的三封信（1910 年）

一、7 月 25 日

菊生仁翁先生台电：

谨启者，近日沪上钱市震动，及本公司所受之影响，谅梦翁已详函左右。兹略述颠末如下：

一、正元之倒闭　该庄历年以来凡滥放之账及卖空等，约积亏二三百万。其中股东陈翼卿（译音）一人挪用一百〇五万之多。西六月底为橡皮股票大结账之期，华人因此丧失者有六百〔万〕之巨。何兆珍所占之数亦不小。该庄平日久已左支右绌。至此沪上银根奇紧，一时转移不灵，遂于十五日倒闭，同时波及者有谦余、兆康二庄。至十六七日又接倒数家。人心皇惧。现江督、沪道出五百万金，欲维持市面。日后究竟如何，尚难悬揣。

二、本公司被倒之数　正元十一万五千余两，谦余八千两，兆康四千五百两，德大一万五千余两，合共被倒十四万二千余两。

按，正元自正月以来，常存三四万两，至本月初五日，瑞翁代其调票一万二千五百两，十五日，又代其调票六万两。此二次调票皆未到期，正元已倒，由本公司吃亏。德大于去年底已停止交易，虽非倒闭之比，然亦难以如数收到矣！

三、六万被倒缘由　先时印锡翁处有押款五万两，归下瑞翁，拟凑足十万，归三德堂之押款。事为何兆珍所知，即与瑞翁商借。虽一时未允，后被逼不过，只允其调去。此十五日下午三点之事。至晚七时，正元倒矣。计四时之久，被骗六万金。殊为可惜。

四、瑞翁与各庄交涉　正元、德大、谦余、兆康四庄声名极平常，凡沪上殷实钱庄皆不与往来。菊翁在申时亦屡告不与往来。即弟与账房，亦屡劝不听。盖瑞翁有明知其险而不得不存之势。就正元而言，瑞翁代宝兴公司或自己名下挪欠何至二三十万。今我公司既有余银存他庄，岂能不存于彼。故何某屡次强瑞翁调票，不能峻拒者，职此之故，他如谦余、德源二庄亦有类此交涉。总之，凡遇此种有关系事，既不照章报告董事会，亦不询商他人，一己独断独行，以致酿成此局。

五、沈季芳　查宝兴公司，原本不足三万金。今合大马路、宝兴路及他种产业，总计之，何至五六十万。闻之岂不骇人，此皆由季芳一人胡作妄为所致。今查，其除将产业实抵外，拖欠正元有二十九万之巨。今由其一人担任倒账，俗谓听吃官司。昨日瑞翁告弟，任其告假一二月，以备倒账交涉。愚意此等胆大妄为之人，平日又不照章办公，亟宜开除、质诘，高明然否？

六、请菊翁速回 悬揣公司之困难将接踵而至：1，瑞翁与公司之交涉；2，股东与公司之交涉；3，一二年来分馆时有用空、卷逃、溺职等情。此番风声远播，恐分馆各事更难驾驭。阁下德隆望重，素为全公司钦仰。时局如此，不得不请早日返旗，维持危局。弟深知阁下远涉重洋，行装甫停，适值调查一切，为公司远大计，一旦半途折回，殊为可惜。然事出仓率，定邀洞鉴。

正元七万二千五百之调票，据瑞翁说，现托洋商向商会索取，或能如数收到，亦未可知。此事办到，其余之款虽打折扣，不甚吃亏矣。兆康、谦余之款，瑞翁亦有可抵。回美前能将前函托办之机器三种及探问新式铸字机办妥更好。三所诸事如常，各友尚能守职。西人避暑处之运动，北带河请张廷贵兄去，牯岭请张桂华兄去，莫干山本拟瑞翁自去，今尚未定。中国连史纸奇绌，价飞涨。然于印会典、文钞二事，无甚阻碍。余不及此，顺请

公安！

六月十九日　弟高凤池顿首

二、7月29日

菊生仁翁先生台电：

谨启者，十九日曾奉一函，计邀台览。此二三日市面稍觉宁静，然钱庄号铺仍有倒闭者。若川帮之盘记号，为沪上远年老店，日前骤然闻倒闭，亏空八十万之巨。店

主投水自寻，殊可惜也。此外裕宁、裕苏二官钱局亦被波及。虽经沪道出示担保，然持票兑钱者络绎不绝。今各大商帮，大半暂止贸易，坐观动静，再作进退。总之沪市恐慌为历来所无。

正元股东陈翼卿为沪上赫赫巨商，银行钱庄平日仰之如泰山北斗。此次亏空二三百万，为西商控告，十九日起押于新署。虽经虞洽卿、朱宝三等力保，亦不见允。愚意此种人寔不足惜，虽置之典刑，尚有余辜。盖上海市面悉被此辈毁坏。此番凡间接、直接受其害而丧生者不知凡几，言之实堪痛恨。

倒闭各庄尚未提讯。盖中西官员皆注意维持市面及清理银行拆票二事。今日政府有银三百五十万两交沪道。如何用使尚无办法。据谙商情者言，虽有此款，亦难下手。盖不独此款放出杳杳无收回之期，且杯水车薪，仍无济大局云。兹附上新闻一则，以见其概。

三德堂之押款，在未出事前已允归还，今不便失信，故日前先送去五万，其余一半可以缓交。维押据不能收回，但注明已付五万等语。公司除归三德堂押款之外，所余无多，只有二万金之谱。至月杪，可得账款及分庄解款合二三万金，所幸各存户皆无提动情形。今虽难决如何，然大势无甚关碍。一面仍催收账款，一面节制付款营造。发行所亦拟暂缓数月开工。

正元七万二千五之调票，瑞翁认为普通倒账，不认为个人失误。今董事会暂不开议。唯请瑞翁竭力收取，日后再作计议。因防一时徒增恶感，反失收款寔济也。默计困难问题日至，仍请早日回华为幸。由陆路或水路回，一二日前发一电为荷。余容续呈，敬请

旅安！

六月廿三日　弟高凤池顿首

三、8月20日

菊生仁翁先生台电：

谨启者，月上杪曾奉一函，谅邀台览。近日连接未便速回三电，已洽同人，所以屡请回华，要情谅已详梦翁之信。兹略述弟一方面近情如左：

一、宝兴所欠正元二十九万两，由季芳一人认倒，不欲累及他人等语，已详弟第一函中。今彼反悔，言前大有借倒账一事，作为谋利机缘。彼要求瑞翁将此次橡皮股票余利分拨一半（大约二十万两），再付现银数万两。如此要求，寔使瑞翁力所不逮，亦被逼倒。一面又嗾使瑞翁向公司要求银十余万两偿补之，以为彼之破产由宝兴，宝兴之创设为利便公司。且彼与瑞翁均有大功于公司（指三德堂借款），曾屡要公司购买宝兴产业不允，以致今日使其一人受破产之羞云云。事经瑞翁一再劝解，挽人情商，皆不见允。今宝兴欠款已由瑞翁出为了理，与彼无涉，彼尚不满意。今竟将宝兴合同图章怀藏避面，数日不见。其无理取闹、存心不良如此。按，季芳为瑞翁第一心

腹，素来较自己亲戚尤厚。今如此相报，可见世道险恶。

二、自季芳与瑞翁及公司反对后，声言尽力破坏公司，在外播散种种谣言。凡彼经手之存款，如数取去。目下最为难一事，莫如存款有震动，因公司现银无多（约有四万两），向所往来钱庄，因市面凋谢，皆不能借用。今已告各分馆，量力汇解若干，以备不虞。一波未平又起一波，办事甚形棘手。

三、季芳于西八月一号离馆，所存契据等已交出。今由鲍咸亨兄接办其事。所虑者本公司之西字图章及重要文件、紧要关节，向由其经理，未知日后能免（不）出事否。

四、此番变局，东友颇有烦言。闻山本、原亮已备长函致董事会。因一时董事人数未全，故未交出。今将目下至要数问题待决于阁下者列后：

甲，瑞翁与公司交涉：一、被倒之巨款，二、告辞之准否。

乙，东友对于公司或有改变方针之处。

丙，学部初高小学书日扩，中学书又被他家占去，本公司不能利益均沾，不免前途贸易有碍。如何善其后。

丁，郑苏翁已往东三省。瑞翁有时照例回避。梦翁因兼顾二所，不免过劳，身体时有欠安。故董事会有不能办事之势。际此极困难时，适阁下远离，诚公司之大不幸也。弟本庸才，断难维此危局，日夜恐惧。盼望台驾早回，以慰众望。

沈幼珊君月初病故，身后萧条。结欠《外交报》洋六百余元。

奉天分馆账房徐静甫办事甫三月，亏空一千三百元之多，私逃被获，今押在上海捕房。又有湖州账房周朝舜亦已拿获，亦押在新署。

馆内办事人尚能守职，生意如常，诸事尚镇静。存款除季芳经手取去外，余皆无动情。奚伯寿兄今日离沪，往美洲。余不及此，顺颂

公安。

七月十六日　弟高凤池顿首

中国书报事业之概况 ①

一国之书报,可为一国文明之代表。盖书报以文字发挥文明,而灌输之于一般社会,又应乎社会文明之程度而相与发达者也。然推求文明发达之由,则以教育为基础,书报即为教育输入之要具。故教育事业之盛衰,与书报事业之消长,相为因果,而社会文明程度之高下,亦于是判焉。观夫欧美诸文明国,教育普及,国民知读书阅报之益,故书报风行,每年出版之数,且有统计,以征文明之进步。今中国教育,尚在幼稚时代,国民读书阅报之能力,既不能如欧美之普及,则书报事业,当然难与欧美并衡,况出报界无完全之统计,以资比较,而见事业之消长。然就现状观察之,觉虽不如欧美之发达,而视往昔,则颇有进步矣。

中国书籍发达最早,而报纸则发生最后,其间相去,年代久远。盖自昔不与海外交通,又当专制之朝,文网稍密,虽有流传之著作,大概偏于稽古,不敢昌言时事,故旧籍虽富,而报纸则缺如也。迨海通以后,输入欧美之文明,而文化一变,印刷术亦初改良,由剞劂而用机械,于是

———————

① 载于 1917 年《第四期中华基督教会年鉴》。

新书新报,应时而生,遂为一种文明之新事业,然犹未甚
发达也。自民国成立,有言论出版之自由,书报事业之基
础,乃臻稳固,又因各地风气渐开,晓然于书报之效用,而
书报乃为社会所注重,故言书报事业之发展,盖自近年始
也。试就所知者,分述其概况如下:

(壹)近年书业之概况。 中国新书事业,从前经始
于上海,至近年渐推及于各省,惟仍以上海为中枢。其组
织都系公司,在上海者为总店,在各省者为支店,机关虽
分,而事业统一,其支店之多寡,则以营业之大小为差。
现在新书业中之大者,不过左列数家,其次则为旧书业中
之较大者,亦并及之。

(甲)新书业

(一)商务印书馆	总店在上海福州路棋盘街	各省分店四十六处
(二)中华书局	总店在上海福州路棋盘街口	各省分店四十四处
(三)中国图书公司	总店在上海福州路中市	各省分店二十八处
(四)文明书局	总店在上海福州路棋盘街	各省分店二十二处

(乙)旧书业

(一)广益书局	总店在上海福州路棋盘街	外埠分店六处
(二)会文堂	总店在上海棋盘街	外埠分店五处
(三)扫叶山房	总店在上海棋盘街	外埠分店四处
(四)著易堂	总店在上海棋盘街	外埠分店一处

（贰）近年流行之新书。　新书业中发行各级学校用书及一般通俗用书者,向推上列之商务印书馆等数家,故社会流行之各新书,亦以此数家为主。兹就近年之出版物,举其重要之种目如下,其非学校及通俗用者则从略。

（甲）学校教科书

（一）国民学校	商务印书馆 出版种数	中华书局 出版种数	中国图书公 司出版种数	文明书局 出版种数
（1）修身教科书	一〇	六	四	四
（2）国文教科书	九	六	四	四
（3）算术教科书	一六	六	四	二
（4）手工教科书	五	四	一	一
（5）图画教科书	八	四	二	一
（6）唱歌集	一〇	四		
（7）体操教科书	四	四	一	
（8）缝纫教科书	一	一	〇	〇
（二）高等小学校				
（1）修身教科书	五	五	二	二
（2）国文教科书	一二	五	三	三
（3）英文读本 / 　　文法	八	三 / 二		一
（4）算术教科书	一〇	五	三 / 二	二
（5）历史教科书	九	四	二	三 / 一
（6）地理教科书	九	四	二	三 / 一
（7）理科教科书	九	四	二	二

（8）手工教科书	四	一	○	一
（9）图画范本	七	一	一	三
（10）唱歌集	三	○	○	○
（11）体操教科书	三	二	一	一
（12）农业教科书	六	二	○	一
（13）商业教科书	二	二	○	○
（14）缝纫教科书	一	一	○	○
（15）家事教科书	一	一	一	○
（三）补习学校				
（1）修身教科书	二	○	○	○
（2）国文教科书	二	○	○	○
（3）算术教科书	二	○	○	○
（四）半日学校				
（1）修身教科书	一	○	○	○
（2）国文教科书	一	○	○	○
（3）算术教科书	一	○	○	○
（五）中学师范				
（1）修身伦理	一一	四	二	三
（2）国文读本／文法	七／九	三	五	二
（3）英文读本／文法	五一／二四	九／四	○	○
（4）法文读本／文法	四／一	○	○	○
（5）德文读本／文法	四／一	○	○	○

（6）日文读本 / 文法	三 / 二	○	○	○
（7）中国历史	一六	四	五	二
（8）外国历史	一三	二	五	二
（9）中国地理	二二	一	六	一
（10）外国地理	一五	一	一	
（11）算术	一五	二	四	二
（12）代数	一九	三	二	一
（13）几何	二九	二	二	
（14）三角	一八	二	○	二
（15）微积学	五	一	○	○
（16）动物学	一一	二	一	一
（17）植物学	一六	二	一	三
（18）矿物学	一○	一	一	一
（19）生理卫生学	一四	二	二	二
（20）物理学	一四	二	二	四
（21）化学	一八	一	三	四
（22）图画	一五	二	二	二
（23）手工	五	○	○	○
（24）乐典	五	一	一	
（25）体操	一三	三	三	三
（26）法制经济	三	二	三	○
（27）农业	一	○	○	○
（28）商业	一	○	○	○

（29）簿记	二	○	○	○
（30）园艺	二	○	○	○

（六）师范学校

（1）哲学	七	二	○	○
（2）论理学	一二	二	二	二
（3）心理学	八	三	一	一
（4）教育学	八	三	四	二
（5）教育史	九	一	一	○
（6）学校管理法	七	三	一	一
（7）各科教授法	一五	三	一	一
（8）单级教授法	七	一	三	○

（七）实业学校

（1）商业教科书	九	二	五	○
（2）农业教科书	一○	○	○	○
（3）蚕业教科书	六	○	○	○

以上各级学校教科用书，大概依科目编纂，应有尽有，惟各书局出版之数，多寡不一，其多者同一科目之书，有至数十种者，不便列举其书名，故只详其种数，以便省览。

（乙）学校参考用图书

（一）普通词书

（1）词源（陆尔奎等编）	商务印书馆出版
（2）新字典（同）	同
（3）实用学生字典（方毅等编）	同

（4）中华大字典（欧阳溥石等编）　　　　中华书局出版

（5）实用大字典（同）　　　　　　　　　同

（6）中华学生字典（吴研因等编）　　　　同

（7）国文成语词典（庄适编）　　　　　　中国图书公司出版

（二）专门词书

（1）博物学大词典（杜亚泉等编）　　　　商务印书馆出版

（2）汉英大辞典　　　　　　　　　　　　同

（3）英华合解辞汇（翁良编）　　　　　　同

（4）英汉双解英文成语辞典（伍光建编）　同

（5）英汉合解袖珍新字典（郁德基编）　　同

（6）英华日用字典（张世鎏编）　　　　　同

（7）英汉新字汇（李文彬编）　　　　　　同

（8）法华新字典（陆伯鸿编）　　　　　　同

（9）袖珍英华双解字典（关应麒等编）　　中华书局出版

（三）舆图类

（1）世界新舆图（奚若编）　　　　　　　商务印书馆出版

（2）中国新舆图　　　　　　　　　　　　同

（3）中华民国新区域图（童世亨编）　　　同

（4）中华民国分道新图（同）　　　　　　同

（5）各省全图　　　　　　　　　　　　　同

（6）七省沿海形胜全图（童世亨编）　　　同

（7）东三省详细全图（童世亨编）　　　　同

（8）今世世界大地图（杨匡编）　　　　　中国图书公司出版

（9）创制大地球图（同）　　　　　　　同

（10）中华民国大地图（同）　　　　　　同

以上各种参考必要之图书，非各家俱备，故特举其重要者列之，并详其书名及出版之处。

（丙）通俗用书

（1）通俗教育画（经教育部审定）	四十余种	商务印书馆出版
（2）通俗教育讲演书（同）	三十余种	同
（3）通俗教育丛书（同）	十种	中华书局出版
（4）通俗教育小说（同）	十种	商务印书馆出版
（5）新智识丛书	六种	同
（6）教育丛书	三十余种	同
（7）体育丛书	十余种	同
（8）说部丛书	二百数十种	同
（9）英文学丛刊	二十四种	同
（10）少年丛书	十四种	同
（11）妇女丛书	六种	同
（12）女学丛书	七种	中华书局出版
（13）学生丛书	十一种	同

以上各种通俗用书，就其最著名者列之。

新书业出版之新书，列有统计者，惟商务印书馆于出版之《图书汇报》内载之。自清光绪二十一年至民国六年四月止，该馆出版之图书，有二千二百三十八种，共八千零三十九册，各种应用之书，最为完备。兹录其图书之统计于左。

商务印书馆图书统计表

总类	分类	种数	册数	总类	分类	种数	册数	总类	分类	种数	册数
经类	一	三三	一〇〇	法政	一四	一一二	一一三四	校外用书	三	一〇〇	一二二
哲学	五	三三	三七	经济	五	二七	二九	杂类	七	一二一	四一九
教育	一一	一三三	一八二	理化	八	一一〇	一八九	小说	八	三四一	八六三
修身伦理	二	六四	三二一	生理医药	三	三三	一二三	英文	一八	一二三	三四〇
文学	一三	一二三	一四七七	实业艺术	五	六四	一〇四	德文	一	一一	一二
子类	一	六	七	数学	七	一五七	四二二	法文	四	五	七
历史	一一	一二三	九六八	美术	七	一三六	七一七	日文	二	五	一五
地理	三	五一	一六〇	体育	五	四二	四六	世界语类	一	一	一
舆图	七	七六	一二五	妇女用书	七	三〇	九〇	统计	一五九	二二三八	八〇三九

（叁）近年报馆之概况。 报馆之发生，近在三十年间。其初仅有上海一埠，至近年渐推及于各省。惟与书业之组织不同，上海与各省之报馆，各为独立之组织，不相统属。而著名之报馆，亦所多有。惟论报纸之行销，则以上海诸报馆为最广，其次为北京。此外各省之报纸，则行销于本地者为多，推行于外省者绝少，此殆地方区域限之也。兹举各处著名之报馆如左。

上海	申报　新闻报　时报　时时新报　神州日报 民国日报　中华新报　新申报　亚洲日报
北京	北京时报　京津时报　北京日报　公言报 国是报　甲寅日刊　陆海军日报　亚东新闻 大中华日报
天津	顺天时报　大公报　日日新闻报
奉天	东三省公报
吉林	新共和报　吉长日报
黑龙江	黑龙江报　启民报
山东	山东日报　大东日报　山东公言报
山西	晋阳日报　并州新报　新社会报　晋铎报
河南	河声日报　新中州报　嵩岳日报
陕西	公意报
南京	南方日报　新中华报　金陵话报
杭州	之江日报　全浙公报　浙江民报
绍兴	越铎报
安庆	民岩报

芜湖　皖江日报

江西　江西新报　江西民报　大江报　民铎报

汉口　新闻报　国民新报　震上报

湖南　湖南公报　长沙日报　大同日报　大公报
　　　湖南新报　国民日报

常德　沅湘日报

重庆　重庆商报　民苏日报　商务日报

四川　四川群报　国民公报　警华报

福州　民生报　健报　福建新报　全闽日报

厦门　闽南报

广州　采风报　大公报　中华新报　国是报　民意报

汕头　公言报　大风报　大东日报

广西　良知报　民报

云南　国是报　中华民报　滇声报　共和滇报

贵州　贵州公报˙瓯括日报

（肆）近年杂志之概况。　杂志之组织，又与日报不同，非有独立之报馆，常为他机关附属之组织。故近年来发行之种类虽多，往往不能依定期发行之例，且时有停刊者。其能依期发行，而流传最广者，约如左列之各种：

司法公报　　　　　　司法部发行

教育公报　　　　　　教育部发行

农商公报　　　　　　农商部发行

财政月刊　　　　　　财政部发行

税务月报　　　　　　财政部发行

观象丛报	观象台发行
地学杂志	北京地学会发行
科学	上海中国(料)〔科〕学社发行
青年进步	上海青年协会发行
银行周报	上海银行周报社发行
丙辰杂志	上海丙辰杂志社发行
博物学杂志	上海中华博物研究会发行
东方杂志	上海商务印书馆发行
农学杂志	上海商务印书馆发行
教育杂志	上海商务印书馆发行
学生杂志	上海商务印书馆发行
少年杂志	上海商务印书馆发行
儿童教育画	上海商务印书馆发行
英文杂志	上海商务印书馆发行
英语周刊	上海商务印书馆发行
小说月报	上海商务印书馆发行
小说时报	上海时报馆发行
妇女时报	上海时报馆发行
小说海	上海中国图书公司发行
小说画报	上海文明书局发行
春声	上海文明书局发行
中华教育界	上海中华书局发行
中华新小说界	上海中华书局发行

中华童子界	上海中华书局发行
中华儿童画报	上海中华书局发行
中华医学报	上海中华医药学会发行
铁路协会会报	北京铁路协会发行
宗圣月报	山西宗圣会发行
矿学杂志	长沙矿学社发行
农林月报	广东农事试验场发行
留美学生季报	上海商务印书馆代发行

（伍）近年函授学校之概况。 函授学校，以上海之万国函授学校为嚆矢。此亦不外一种之补习学校，惟教授以通信行之，在使身有职业而无就学时间者，得藉自修与通问，以通一种科学，法至善也。近年各种函授学校，发起于上海者，有国文，有商业，有医学，有农产制造。而求其有实际者，则以商务印书馆所办之师范讲习社及英文函授学社为最。师范讲习社，为造就小学师资而设，特编新体师范讲义一种，各科均备，修业期一年。经通信试验及第者，给予毕业证书，可应小学教员检定试验，为教育部所允准。其获高第者，又有优等之奖励，可备游学之资。英文函授学社，为有志学习英文者而设，分初级、中级、高级三班，各随学者之程度及志愿，进入何级，予以相当之教材。自切音起，以及读本、文法、会话、尺牍、作文，均别编最新之讲义，使可自修。遇有疑义，可以通问。课作则由教员认真批改，与面授者无异。凡修毕一级者进

级，至高级毕业，则应用绰绰有余矣。此种函授事业，为出版界中之最有实效者。

总以上五项观之，书报事业，均发源于上海，至今仍以上海为集中之地。而其间规模宏大、声誉卓著者，则推商务印书馆，所发行之新书，以该馆最为完全，其他若杂志有十种之多，风行最广，函授有师范英文两科，成效最著。是以一家而兼营书报两业并及其他事业，故推为近今出版界之第一。

谁应负慈幼的责任 ①

　　国也者,聚合人民而成者也;人也者,培养幼童而长者也。无人民不能成国,无幼童何以成人,是民为邦本,幼是民基,爱国者必先保民,保民者必先慈幼,势必至,理固然也。

　　然而幼童时代,天真烂漫,太璞浑成,自初生至于成人,其间所经过之哺乳、教育,以及其他一切之生命、权利等等,皆操于成人之手,须成人为之保护维持,始能成立。若听其自生自灭,姑无论其难以生存,即幸而苟活,一无自立之可能,仍为社会之蟊贼。所以慈幼事工,与国家精神建设之关系,密且重也。

　　关系既大,事业亦宏,责任亦随之而加重,若无负责之人,必至互相推诿,成功殊难,然而负责之人安在乎?

　　泰西各国人民与国家有直接之关系,负此慈幼之责者,厥为国家。我国政体不同,情形亦异,国无公民,家有公子,《诗》云"父兮生我,母兮鞠我",又曰"无父何怙,无母何恃",是人民与家庭有直接之关系,负慈幼之责者,则

①载于《慈幼月刊》1930年第5期。

在家庭。

虽然,方今之时,天灾流行,水旱刀兵,父子不相见,兄弟妻子离散,颠沛流离,家庭离析,有家庭者固责有专归,无家庭者其责究将谁负乎?或曰各处之育婴堂、孤儿院、普济堂,皆经营慈幼之事工,不应负慈幼之责任乎?曰不然,灾区日广,灾童日多,各慈幼机关,每感于经费之支绌,以致力不从心,徒增浩叹,间有一二有力者亦无千万间之广厦,以欢天下孤儿贫女之颜,觅一负慈幼之责者,不亦戛戛乎其难哉?

考查英、美、德、法、加拿大、纽西兰诸国政府,皆资助慈幼协会,且在事工及各方面与以便利及赞助,而实行合作,所以慈幼事业日见发达,凡儿童法律、儿童医院、儿童监狱、儿童事务局种种设备,异常完全。我国自革命成功,国为民国,民为国民,人民与国家既发生直接之关系,则中央政府自当负慈幼之专责。《书》曰"上行下效",又曰"上好之,下尤甚焉",若得登高一呼,自收万山同应之效也。

然而本会对于慈幼之责任,已自认为责无旁贷矣。所以希望政府负责者,非敢诿卸与放弃其责任也,不过求其与以便利及赞助,实行合作耳。况天下之大,匹夫有责,人人系国民份子,人人皆当爱国,爱国即须保民,保民即须慈幼。《书》曰"不独子其子",又曰"幼吾幼以及人之幼",然后知慈幼之责任,是社会上人人所应负者也。深望全国人士,体先总理博爱大同之义,本范文正公以天下为任之心,群起互助,努力匡襄,使全国儿童得保其生,得遂其养,增健廉之幸福,有自立之技能,将来进而为健全之国民,积〔而〕为(的)强有力之民族,聚而为强有力之国家,皆自慈幼事业中,端其始也。幸勿以其事体小而忽之,亦勿因其责任重而诿之,是则敝会与全国儿童所引领而切盼者也!

慈幼会附设儿童浴室感言 [①]

　　孔祥熙博士提倡中国慈幼会，三年于兹，其宗旨为谋儿童之幸福。此二年之中，造福儿童工作，不胜枚举。该会在闸北虬江路设一保卫所，每日除施医药种牛痘外，所中看护员往邻近贫户，探望有病儿童，或有何受虐等事。所中设有浴室，每星期二次，招寻贫孩，到所代为沐浴。该会保卫儿童，无微不至，可谓贫孩第二家庭矣。惟一般无知父母，以为慈幼会别有用意，将不利于闾阎，且此种工作，大有侵犯父母权限，故有奔至所门叫号喧闹，将沐浴未竟之儿童，挈之以去，且行且詈曰："我之孩子，从未沐浴，亦不识沐浴为何事，何劳汝等越俎耶？"今日政府欲取缔外人所办之学校，以为此乃一种无形侵略，较一切其他侵略为害尤甚，故三令五申，不惮严厉取缔。仆寓海上五十余年，目(赌)〔睹〕社会之改良、教育之昌明，皆发轫于教会，即今日商界伟人、政府大员，泰半自教会学校出身，其办事之才干、治国之忠诚，彰彰可考，不能诬也。今党国肇初，百废待兴，若能用外资以兴实业，

----

① 载于《慈幼月刊》1930年第7期。

借外才以扩充教育，未始非目下扶助政治进行之一法。四十年前，日本有此先例，收效甚巨，愿执政者不以留椟遗珠为幸。或问闸北慈幼会之浴室，何日停止？答曰：一俟垢面泥足儿童之父母，自知为儿童沐浴，即行停止云云。

请大家来合作 ①

本会创办以来,几及三载,提倡儿童种种幸福与权利,进行儿童教养、儿童卫生、儿童保障、儿童研究诸事宜,大声疾呼,不辞劳瘁,为社会倡。兹姑就所办之慈幼教养院一部,略抒个人所见如下,请阅者诸君同来合作,以利进行为盼。

按教养院之工作,系收养战地灾区及普通无告之儿童,抚育而教养之,以三年为期,希望在此期间,有良善之家庭领去抚作义子女,或工厂商店领作学徒,如是一方荐出,一方收入,推陈进新,循环而行,使千百饥寒垂毙之儿童,得社会之合作救济,可以饱食暖衣,登诸衽席,此本会教养院之所由昉也。

鄙谓领养此种儿童,颇饶趣味,犹宅边辟一小圃,朝夕加以树艺,即青苍蓬勃,绿意横生。盖此种儿童素困饥寒,一旦饱暖,即生气活泼,若加以相当训导,犹良工雕琢璞玉,宝光四射,所谓事半功倍,用力少而收获多,良有以也。作者在过去三十年内,曾一试再试,所得反哺之报,

---

① 载于《慈幼月刊》1930年第7期。

屡出意料之外，于以见领养之举，非徒然也。

前某夫人自教养院领去一女，教之养之，未及一载，即面容丰腴，举止文雅，昔日寒蠢之气尽消，居然有大家风范。某夫人无论谦会，看望亲朋，皆携之同行，且乐称此孩之可爱，心中极为愉悦云。

余闻南洋华侨，多闽广之泉漳潮惠产，性都耐劳冒险，故能创大业，拥巨（買）〔資〕，与世界商人周旋，为祖国争光荣。此辈人士，泰半系人家义子出身，自幼受抚养，并非宗祧嫡子，是可异也。按植物界现象，有若干果树，务须经过移接之手续，然后其果实始甘美而硕大，此与余所述抚养义子女，殆有同理焉。

今本会已在闸北虬江路长安里设立一慈幼教养院，收容儿童约四十名之多，将来更拟在南京设立一模范教养院，以为全国倡。深望各界人士锡以同情与以合作，然后前途之成功乃可期，岂独本会之幸，抑亦儿童界之幸也。

本会印有领养儿童规则，凡欲知其详者，来函向本会索阅可也。

儿童教养部事工之梗概 ①

本会创办以来,已及三载。对于贫儿教养之事工,略述于下。

(一)对于远处之灾童,本会募款汇济之。西北及豫鲁等省受灾甚重,曾代募现金二千元汇于甘肃,托内地会传教师代放,又以一千元汇于河南郑州,托博爱救济团代放,均为极可靠极经济之灾账,其余慈幼或慈善团体,受本会之协助者,计有十五处,如河南柏桐县之护生孤儿院、郑州博爱救济团、山东之泰安孤儿院、黄县孤儿院、滕县孤儿院、仓河善生孤儿院、北平香山慈幼院、首都冬赈会、镇江孤儿院、豫陕甘灾赈会、伯特利医院、抚育工儿院、中国红十字会。

(二)对于有家庭之灾童,本会负担经费,托其他孤儿院寄养之。年来救济河南、山东之灾童三四千人,分别寄养于河南、山东、北平、河北、江苏、浙江等地之孤儿院,除秋收小丰陆(继)〔续〕送回原籍者不计外,其无家可归仍由本会负教养之责者,尚有龙华上海孤儿院十八人、泰安

①载于《慈幼月刊》1931年第8期。

孤儿院十三人、滕县孤儿院廿五人、上海育童学校六人、北平香山慈幼院十人、杭州孤儿院十九人、郑州孤儿院六十人，计共一百卅一人[①]。

（三）对于无家庭之灾童，本会设教养院教养之。本会设教养院于上海之闸北区西虬江路长安里，专收养无父母无依靠之贫苦儿童，加以相当之教育。惟其办法，与其他孤儿院之办法不同。不拘男女，额定四十名，收容时年龄以五岁至十二岁为限，意在为居间人之试验，使无儿女之家庭与无家庭之儿女，发生关系，所以先从详检查儿童，促进健康，后请慈善家庭领为义子女，或正当工厂商店领作练习生，一面领去，一面收来，推陈进新，循环而进，使无数饥寒垂毙之孤苦儿女，各得其所，是本会虽定额四十名，实际之成全者，将不可数计。然被人领养者，本会仍负遥护之责，未经领养者，教养至十八岁或能自立时，由本会负介绍职业之责，此本会教养院办理之大纲也。

教养院地址幽静，空气充足，请主任一人（潘石麟前充上海孤儿院教员），管理全院事务。请教员一人（褚徐筠如前充海盐怀德小学校长），专司教育，课程为半日读书，半日手工（先学缝纫一科）。请保姆一人（张桂宝前充上海孤儿院教员），专司衣食。保健医病所即在隔壁，并可指导卫生常识。其余设备，每小儿各设小铁床一具，帐

---

① 此项统计数据有误，原文如此。

被清洁,授课与会食之桌椅,均照小儿之身量大小而定制,所以前经比国公使华洛思夫人参观,极口称道,又经仁济医院包夫人参观,赠送风琴,其他国内各名人夫人参观者,皆赞不绝口,非敝会之自为炫夸也。

本会儿童,有从西北灾区、东北战区收来,亦有在上海被虐之婢仆养媳,经本会调查救济而来者,计本院共收五十六名,现被人陆续领去廿二人,送入工厂营艺者二人。

(凡慈善家庭与正当工厂,具有慈幼热心,欲领养子女或练习生者,可致函本会索阅章程,或至闸北西虬江路本会所设之慈幼教养院参观,均所欢迎之至。)

本馆创业史：在发行所学生训练班的演讲 ①

本馆是怎样创办的

刘、孔二所长要我来说几句本馆最初开办的情形，因为年纪老了，身体又衰弱，记忆力很差，以前的事情忘记的很多；但二位先生的诚意，不能推却，姑且把还能够记得的一部分，随便说说。关于本公司的历史，在本馆出版的《三十五年来之中国教育》一书内记载得很详确，今天我所讲的是一些微细的节目。

商务印书馆是于公历 1897 年（清光绪二十三年）正月开办的，到今天已有三十八年了。创办的原由，晓得的人不多。当时的动机，又好像细微勿足谈。真正的发起人是夏瑞芳先生同鲍咸恩先生二人。夏、鲍二位先生原先都在捷报馆里做西文排字，《捷报》是当时一种颇有名气的英文报纸，英文名字叫做 *China Gazette*，报馆开设在松江路一号，松江路就是现在的爱多亚路。其时尚有一条河，称为洋泾浜。《捷报》总经理兼编辑是英人

---

① 载于《商务印书馆九十五年》，商务印书馆 1992 年版，第 1—13 页。

Mr. O'Shea,脾气极坏,对于工友非常看轻;待慢之事,又是常有。三四十年前,西人那种不可一世、轻视华人的心理,是很显著的。夏、鲍二先生在捷报馆里,极为痛苦。我与夏、鲍二先生是幼小时候的同学,又以宗教信仰相同,星期日做礼拜,常常在教堂里会面;午后又常常在城隍庙湖心亭吃茶,有时上小饭馆吃饭,真是少年知己,无话不谈。他们所感到的痛苦,常常告诉我,同我商量,想谋一条出路。这样谈谈,后来谈到创办印书房上面。当时我就问他们"有没有计划及依靠的基础?"照夏、鲍二先生的计划,每月如果有六七百元的生意,足敷开支,——当时的生活低,开销省。——至于生意的来历,因为多年在报馆做事,行家小生意如传单之类,每月可以接到数笔;还有圣书会、圣经会、广学会的几处印刷品,是有把握的。大家盘算盘算,觉得可以做得,我也很赞成。

最初的资本额

公司最初开办时的资本,说数不一,有的说不到 4000 元,有的说 4000 余元,实在的数目是 3750 元。大股东是一位天主教教徒沈伯芬先生,共认两股,计洋 1000 元,是由蟾芬先生介绍得来,(蟾芬先生当时在电报总局学堂担任电报兼英文教习,沈伯芬先生是电报局里的同事。沈伯芬先生的父亲,当时在苏松太道署做法文翻译。)其余的股份支配如次:

鲍咸恩君　一股　计洋 500 元

夏瑞芳君　一股　计洋 500 元

鲍咸昌君　一股　计洋 500 元

徐桂生君　一股　计洋 500 元

高翰卿君　半股　计洋 250 元

张蟾芬君　半股　计洋 250 元

郁厚坤君　半股　计洋 250 元

总共是 3750 元。数目虽然很小，但筹集这点数目已经好不容易。据我所知夏瑞芳先生的一股 500 元，由夏太太向一个女同学借来的。咸昌先生的半数是由我借出的。发起本公司议约是于清光绪二十二年阴历三月初三日订定。是在三洋泾桥的小茶馆楼上。

初创时的概况

资本凑齐后，即着手开办，但这一点数目那里够用。当时仅置备三号摇架三部，脚踏架三部，自来墨手扳架三部，手揿架一部，其余略办中西文铅字器具，所有 3750 元的资本几乎完全用完了。当时夏、鲍二君都抱着一种破釜沉舟的决心，实在太冒险了。最初的地址是在江西路北京路南首德昌里末弄三号——就是现在中国垦业银行南段的原址，——租的是三幢两厢房连庇屋，中西排字就设在这后庇屋内。在里面办事的，发起人中有鲍咸恩、夏瑞芳、郁厚坤三位先生，——现在只有厚坤先生还健在，想起来很可感伤。——那时鲍咸昌先生和我，都尚在美华书馆办事。

起初一二年中接到生意，最感困难的事，是临时添办材料。那时我在美华书馆已任华经理，经手进货的事务，情形较为熟悉。关于商务方面添办材料的事，常常帮一点小忙，稍为可以便宜些，有时代他们办一二条青铅，有时配数件连史纸，数量总是很微小的。没有现钱由余担保。如此恳恳孜孜，协力同心，生意日见起色。又得各方之信用，经济逐渐宽裕。约一年之后，适有日本人所开印书馆，名修文书馆者，因营业不佳，难于维持，决将全盘生财出售，以办结束，乃由印锡璋先生介绍，归商务收买，价钱极廉，凡大小印机、铜模、铅字切刀、材料，莫不完备，于是大加扩充，宛然成一有规模之印书房，除自用之外，随时零售，赚钱不少。商务之基础稳固乃发轫于此。这是商务与日人第一期关系。

迁移到北京路

旧有房屋既然不敷所用，亦有坍圮者，于是于光绪二十四年夏迁至北京路美华书馆西首，庆顺里口，就是现在煤业银行的原址。计共有屋十二幢，屋后是排字房和印书房，由鲍咸恩、鲍咸昌两位先生主持，总经理是夏瑞芳先生，他所做的事情，上自总经理下至出店，都由一身兼办，月薪24元。那时生活程度虽较低，但仍不够用。

瑞芳先生因为出去兜揽印刷生意之便，曾兼为一家保险公司担任掮客，以此收入稍为贴补。

发展初步

在北京路的几年，本公司各样机器，都有备置，中西文书籍，全都能印，而且自己有浇字机，可以卖铅字。因为时当甲午失败之后，痛定思痛，变法自强，废科举，兴学校，差不多是朝野一致的主张，正是维新时代。书坊极多，小印书房设得也很多，机会极好，所以说商务之成功半由人事半由机会。

商务印书馆于此时已经出版好几种书籍，销路好的如：《华英字典》，《华英初阶》，《华英进阶》一二三四五集，《国学文编》，《亚洲读本》，《初学阶梯》（？），《通鉴辑览》，《纲鉴易知录》等。我记得《通鉴辑览》初版印 1000本，立刻销完，再版共销至万余部，当时《通鉴辑览》只有木版，价钱很贵，每部要售十余千文。该时老书坊发售书籍，都论钱码，洋价银圆一元尚换不到钱一千文，——约八百余文。一部《通鉴辑览》非银圆一二十元不能买到。我们所出的是铅印本，用有光纸印，售价不过二元几角，便宜得多，所以畅销一时。我国用有光纸印书，也是夏瑞芳先生想出来的。原先所用的都是中国纸，出数既少，价钱又贵，通常用的大概有三种。一种叫毛边，一种叫毛太，一种叫连史。有光纸一面是毛糙的，一面是极光滑洁白，其性质一半像毛边，一半像连史，比起价钱来，要便宜到三分之二，后来各书坊多有改用有光纸的，但不晓得向哪里去买，均托瑞芳先生代为定购，赚的钱也是不少。

迁北京路后二年，曾在交通路对马路现久成，曹素功的原址，开设沧海山房，同时聘用富有推销能力的人才，俞志贤君，吕子泉君，沈知方君，都于此时进馆。俞君已在十年前故世。吕子泉君现任大东书局经理，沈知方君现任世界书局经理。三君都是在老书坊里杰出人才，赶考场的，能力很好，也替公司赶过考场。于此时期发行所的业务也渐渐发达起来。当时同业彼此有兑换书籍之习惯，商务出版之时务书，及《华英字典》等，为同业所争取，故营业之发达，有驾同业而过之势。

（蟾芬先生补充谓：尔时发行所印刷所适缺银钱账房，因大股东沈伯芬君和夏、鲍二君向不认识，为免除沈君隔膜起见，就由蟾芬商请鲍、夏二君该缺最好由沈伯芬君介绍一人担任。当蒙鲍、夏二君同意，沈君即介绍其教友艾墨樵君充任。艾君诚实可靠，管理公司银钱有二十年之久。）

设立编译所

本馆在最初创立的几年中，发起人都不分官余利；所有盈余尽作营业资本，直到张菊生先生、印锡璋先生等投资加入时，重为估值升股。那时张菊生先生在南洋公学任译书院院长，因为印书，常有接洽，见夏、鲍诸君办事异常认真；而夏先生正想扩充本馆，预备设立编译所，想聘请张先生主持编译事务。双方意见相投，一谈之后张先生等愿意投资参加。同时印锡璋先生亦有意参加，就由原发起人，邀请张、印诸先生在四马路昼锦里口，聚丰园会议合资办法，并进行成立有限公司，议定原发起人每股照原数升为七倍。共计资本 5 万元。这是清光绪二十七年的事。

张菊生先生加入本馆后，先在长康里设立编译所，起初请了几位先生翻译东西各国科学书籍。庄伯俞先生即于此时入馆，不久高梦旦先生亦由张先生约来帮忙，同时又将编译所搬移至唐家弄。

不久新教育发动，清光绪二十八年七月颁布学堂章程，各处开办学堂，而没有相当的教材，本馆编译所首先按照学期制度编辑最新教科书，这是吾国第一套初等小学教科书。所谓教科书，以前从未有过，毫无成例可以依据。编辑的时候着实费了许多心力，出版以后销路非常好，第一版没有几天就销完。从此公司的名望信誉一天天的增高，范围一天天的大起来。公司能够发展得如此快，上面所谈的二件事，接盘修文和开始编辑教科书，都是重要的关键。

建造印刷厂和发行所

迁到北京路约有五年，在光绪二十八年的七月，忽遭

火焚,所有机器工具尽毁于火,幸新定的机器已到而事前
保有火险,领到赔款。就在福建路海宁路购地建造印刷
厂(即是现在大东书局的印刷所)。发行所迁到河南路,
地址为现在冠生园北隔壁之 171、173 号门牌。旋以营业
发达不敷用,就在此时购进现在发行所的地产,迁入营
业。进行的时候颇为秘密。(蟾芬先生补充谓:那时棋盘
街一带是广东人的势力。发行所的原址是一家广东字号
的打包房。一天走过看见打了篱笆,正在装修,外面贴的
是大成布号。进去一看却见俞志贤君在里面,我很奇怪。
就问"俞先生改行开布庄吗",他连忙告诉我说是商务就
要搬过来。怕别家同行来挖,所以用的大成牌号。现在
的发行所房屋,是于清宣统三年春间动工,即是辛亥革命
的那一年。在建造的时期,发行所暂借在四马路,当时最
著名之聚丰园菜馆旧址,现在杏花楼的对面,西至昼锦里
东至现四如春为止,业主是冯慎仁堂。到民国元年发行
所新屋完竣,乃迁入营业。)

利用外资　收回外股

我现在再来讲一段和日本人的关系。当清光绪二十九
年,正是公司规模粗具之时,听说日本金港堂要到中国来
开办印刷所,——金港堂是日本极大的印刷公司,资本
极为雄厚。当时金港堂托上海三井洋行经理山本君调查
并计划,山本的夫人是金港堂主的女儿,所以也是金港堂

的股东，在金港堂方面是有点势力，并且极为信任的，山本同夏瑞芳、印锡璋二先生都很熟，谈起之后，山本倒有意同本馆合办。当时本馆鉴于中国的印刷技术，非常幼稚。本馆虽说是粗具规模，但是所有印刷工具能力，只有凸版，相差很远，万难与日人对敌竞争。权宜轻重只有暂时利用合作的方法，慢慢的再求本身发展，可以独立。遂由山本介绍议定，由日方出资10万，本馆方面除原有生财资产，另加凑现款亦并足10万。这是商务与日人第二期关系，并聘请日本技师襄助印务。但所订的条件并不是事事很平等的，我们方面有二个主要条件：一是经理及董事都是中国人，只举日人一人为监察人；二是聘用的日人随时可以辞退。（蟾芬先生补充谓：当时当选董事当然都是华人，惟监察人二人中，有一日人。合股后第一次所举的监察人，日人是田边辉浪，我国方面便是蟾芬。）

自从与日人合股后，于印刷技术方面，确得到不少的帮助，关于照相落石，图版雕刻——铜版雕刻，黄杨木雕刻等——五色彩印，日本都有技师派来传授。从此凡以前本馆所没有的，现在都有了。而且五彩石印，还是当时国内所无，诸位现在常常看见的月份牌，印得非常鲜艳精美，就是五彩石印，在中国要推我们公司是第一家制印。还有三色版是可以省功夫，在国内也可算是本馆的贡献。我已说过本馆和日人合资，原是一种权宜之计，一方面想利用外人学术传授印刷技艺，一方面藉外股以充实资本,为独立经营的基础。几年之中,果然印刷技术进步得很多,事业发达极速。到民国元年间,乃提议收回外股,向日本股东磋商,其间颇为费事,经过数十次的会议,并由夏瑞芳先生亲到日本与金港堂附股诸君面商,方始得以全数收回,本馆遂成纯粹本国资本之机关。利用外资而不为外资所束缚,本馆这点精神也值得一谈的。从商议退股到接洽成功,为期约有二年余,退股议约,是于民国三年一月六日签定。想不到不及一礼拜,瑞芳先生于一月十日,惨遭暴徒狙击,即在总发行所门前,负伤极重,不能说话,异到仁济医院,医救无效,遂被难,极其惨痛,其因公事而遭私忌,是显然可以想见的。益足见瑞芳先生爱护公司虽死不辞的精神。(蟾芬先生补充谓:退还日人股本的办法,是将全公司的财产,照当时实值重为估算,每股百元记得约照升 47 元,当时日人的股份,已仅占总数四分之一,照数发还现款。华股每股应加升之 47元,一部分发给现款,一部分作为升股。又谓当日股退出时,适张季直先生长农工商部,颁布公司条例,本馆即在此时向农工商部注册。又谓:夏瑞芳先生的特性,对于本公司的发起人一定要放弃了固有的职务,为本公司尽力。我原在邮传部驻沪电报总局电报学校当教习,电报学校开设在法租界郑家木桥南塊,进益尚好。但每遇到瑞芳先生,总劝我到公司来办事。其时高翰卿先生也已经牺牲了美华书馆的地位在公司办事。于是我于宣统元年八月一日,毅然辞去要比本馆薪水多三倍的邮传部

职务，到本公司来开办西书部，向英美法德各国书局商订
寄售折扣及付款办法，——如三个月后付款、六个月后
付款等。）

事业兴旺

光绪三十年夏在宝山路购地数十亩自建印刷
所，——自此以后，每年都有新建筑，宝山路的地产约有
百亩，印刷所有五处，各种机器增加到一千三五百部，最
大最新式的有滚筒机，每天可印出十余万帖。出版方面，
介绍西洋文化，翻译各种科学书籍，保存国粹，影印古书，
很名贵的古藏本，普通人也可看到。书价便宜，使教育普
及，都可以归功于商务印书馆。如此发达，不仅在中国为
第一大出版家，就是在东亚也要推商务为第一。

但是世事不能常美满，极盛之时，往往遭遇坎坷。本
馆正于事业兴旺之时，民国十四年有工会的组织，五六年
中，为了劳资纠纷，所费金钱总数要数百万。办事人精
神极其痛苦。遇事掣肘。公司日见废堕。更想不到在
"一·二八"之役，日本人恨中国，恨上海，恨商务印书馆。
日本人的观念，仿佛反日是发源于商务印书馆，不惜给
予极大之摧残。三十余年几千人心思才力所寄的公司，
竟毁于一旦，损失之大，不可计算，世界惨苦之事，无逾于
此。日人之残酷摧残文化可谓极矣。这是日人与商务第
三期关系。

复兴时代

我们于极失望之中，竟然复业了。现在可说是一个复兴时代，非但教科书是"复兴"，一切都是复兴。比诸"一·二八"以前大不相同。我今朝一进发行所门，就见到布置整齐，办事人有精有神。门市极其热闹，招待殷勤，全然是一种新气象，过去的成败，一扫而清。我于上面说了三次和日本人的关系，并非推重日本人，归功于日本人。私人的感想，仿佛事情是很奇巧，又好像冥冥中有预定的。"一·二八"以来，谈到日本侵略军听到日本侵略军，就使我心痛。日本侵略军的暴虐是古今所未有，日本侵略军是我们的国仇，我们应该永远毋忘。

个人感想

辰光恐怕已经很长，现在想再谈一些个人感想，做个结束。我觉得社会中有三种事业，非常重要：一种是银行，一种是报馆，一种是书业。这三种事业与国家社会民族极有关系，力足以移转国家社会的成败、兴衰，或进退。讲到银行，现在有许多银行的做法我是不赞成的。拿了极有用的金钱，投资于政府和买公债。资本是应该用于开展实业——农工商业。现今的银行界并不如此做，以致中国穷到这样地步。

书业呢？过去的成绩还不错。以前中国教育极不发达，民智鄙塞，100人中读书识字的不到三五个。一二十年新教育的推行，一般人的知识见解，渐次增高，和从前大两样。本公司三十八年的工作，——直接间接辅助教育推行，——做得极好。对于国家社会民族方面的贡献，远胜于其他工厂。目前是一个复兴时期，应该放开眼光，继续努力做去。中国所缺乏者尚多，这一个时期，或者更为重要。发行所刘、孔二位先生极有学识，希望诸位于刘、孔二先生指导之下，一心一意为社会服务。

最后我想说的商务印书馆从3750元的资本，到2000余万元的资产，最初仅有一二人到3000余的职工，固然是机会好，适合社会的需要，时势所造成。但人事的努力，不可抹杀。毕竟是一分精神，一分事业，所以我再谈一些创办人的长处。

创办人的长处

夏瑞芳、鲍咸恩、鲍咸昌三位先生，都可以说是为公司尽瘁而死。咸昌先生好像暗藏些，没有咸恩先生、瑞芳先生那样明显。咸昌先生担任总经理的几年，正是我前面所说，办事人精神上非常痛苦之时。据我晓得咸昌先生自从遇到绑匪后，身体上精神上一直感到勿安宁，咸昌先生是咸恩先生的昆仲。两兄弟性格不同，而各有长处。咸昌先生的性格是活泼爽快。咸恩先生的性格是慎重谨细。咸恩先生是终身当心印刷厂的事务,因为积劳过度,身体渐弱,患肺病,病已经很深,——虽然我们力劝其休息,——咸恩先生仍勉强支持,天天到馆,后来到馆的几天,竟然连路也跑勿动了。

瑞芳先生的长处,是善于识人,善于用人,胆魄眼光远大。瑞芳先生做总经理时,一身兼几个职务,从总经理、校对、式老夫、买办、出店为止,一个人都得做。如何说做式老夫呢?那时到了月底需要开支,就由瑞芳先生亲自一家家去收帐款。如何说做出店呢?那时要用纸张,须到浦东栈房去出,从黄浦滩乘舢板打浦东来回,约一角钱。有一次黄浦江发大风,非常危险,瑞芳先生回到公司时,所有衣服被风浪打得湿完湿完。从这许多事看来,商务印书馆的发达,并非容易。饮水思源,我们对于三位先生应如何致其崇敬。前人已经为我们奠定了基础,只要我们继承做去。我们应当时时努力,不堕前人的功业好了。(冰严笔记)

范公约翰事略 ①

　　按范公约在一八六七年到南门管理清心男女学校，彼时为南北花旗黑奴战争之后，差会捐款竭蹶，将各方工作收缩或停止，于是范公向本埠、洋行、城内商店劝捐银钱衣食用件，如此，清心可以照常开学，维持数年之久。此时太平天国军有一部份自西北来，欲扰上海，人心皇皇。时范公奔走于英国驻防军与民团间，自西门至南门，运筑数里长坭城，保卫上海城，保全地方甚大。

　　范公管理清心学校，因经济为难，发起半工半读制，创设印刷，不料小小工艺，造成日后全国印刷人才。约三十年前，所有我国大规模印刷局之经理，皆出自清心学校，即创办商务印书馆者，亦该校学生也。彼时有"科学教员出自登州同文馆，印刷人才出自南门清心学校"之称。

　　范公在距今六十年时，创设《小孩月报》及《画图新报》两月刊，开图印与杂志之先声，彼时上海只有《申报》一纸。范公在一八八五年管理美华书馆，该馆名为教会

---

①载于《明灯道声非常时期合刊》1938 年第 7 期。

印刷所,其实全馆大权皆操教外人手,弊窦百出,数百工人中只有教友五六人。范公大加整理,兴利除弊,工业大振,凡馆中部长重要职员,逐渐换以自己学生及教会中人,一方聘请牧师,选立长老,俨然成一教会印刷机关,上海长老会第二支会(即今之鸿德堂)由此发轫。

范公离去美华书馆,即发展其圣教书会事业,一方在虹口设立教会,宣传圣道。彼时虹口一隅,沿浦江之工商区域,阴翳黑暗,人民均未闻圣道,范公乃租屋设堂,请人日夜宣讲,有吴子翔、王显理、俞国桢诸君,前后传道。教员有翁克照、朱石亭、陈芷谷诸君,皆当时之长老,第三支会(即今之闸北支会)由此发轫,故又称虹口支会,职是故也。

浙江武康县属之莫干山,三十年前,虽有避暑之人,然而崎岖茅塞,榛莽荒秽。范公筚路蓝缕,薙草辟径,千载秘密,一旦轩豁,请求当道,设临时警察、邮政、电报等,又组织自治会,集资建造礼拜堂、打球场、游泳池,俨然成一泉石竹篁幽逸静雅之避暑地,与庐山之牯岭对峙。

范公毕生最大事业,即创办中国圣教书会,以文字宣扬圣道,每年印发书籍不下数百万册,穷山、僻乡、边陲、海岛,无远不届,上自牧师、士人,降至儿童、佣仆,莫不手执该会书卷,藉沾圣教恩益,潜移默化,阐明天道,梯航圣教,功业伟大。

范公有发展宏才、远大眼光,有坚忍之毅力,与诚挚之爱心。

夏瑞芳夫人行述 ①

　　本篇系高凤池先生在夏瑞芳夫人追悼会（廿七年六月十四日，在慕尔堂举行）演讲。高先生与夏先生系清心学校同学及商务印书馆同事，相交四十年，相知最深，所以追悼会中特请高先生报告夫人行述。兹就记忆所及，摘录如下。

　　夏夫人生长牧师家中。夫人尊翁生前为上海南门清心堂牧师，所入甚微，清贫自守，生三子三女，教育有方，所以都卓然有成，其中一位就是商务印书馆经理鲍咸昌先生。夫人既归夏先生后，其弟兄辈遂与夏先生创办商务印书馆，惨淡经营，蒸蒸日上。而其事业发达之原因，则与小时所受良好家教极有关系。

　　关于夏夫人的懿行，有三点应当特别提出：

　　（一）夫人从小敬畏上帝，热心宗教，可比之于《旧约》中撒母耳的母亲哈拿。早岁于主持家政外，每逢印书馆同人在北京路思娄堂做礼拜的时候到场奏琴。当时费启鸿夫人对于宗教十分热心，夏夫人和她合作，襄赞甚多。

―――――――――

　　①载于《明灯道声非常时期合刊》1938年第8期。

生子一人及女八人，八女都取《圣经》中的名字。平生常以一件事情引为遗憾，就是家族之中没有一个人做传道的工作，而她曾经说过，如果亲族之中有人做牧师，她愿意拿出一笔费来做津贴，可是夏氏家族中至今尚无做牧师的人，所以认为终身恨事。自从"一·二八"以来，对于宗教更加热心，时常读《圣经》，而对于《诗篇》尤为熟悉，能够背诵，并且常听福音电台播送讲道、唱诗、晨祷等等的节目。

（二）生平乐善好施，可比之于《新约·使徒行传》中的多加。教会里面凡有公益善举，如造礼拜堂，开办孤儿院等，夫人无不慷慨捐助，往往负担全部经费三分之一以上。亲友中受其赒济帮助者尤多。遗嘱中指定一部分财产捐给教会中做公益善举。弥留时叮嘱子女，对于丧仪力戒铺张，辞谢亲友致送花圈，而将所收赙仪悉数捐赠上海基督教联合会，充办理救济难民工作之用。夫人虽久享富贵，可是始终不忘贫寒之时，所以对于贫苦的人非常关心，赒济施舍，毫无吝色。

（三）持家有方。夏先生于民国三年遇害，当时子女都在髫龄，夫人一身兼为慈母严父，抚养鞠育，一一成人，英俊有为，令人钦羡。夏先生遇难的时候，有许多遗债，夫人在十年之中一一清偿。当时有许多人劝夫人把所有股票出售，可是夫人知道那些股票是日后生计所系，所以不允出售，而仅将其抵押，以偿债务，情愿付人利息，而不愿贪图近利；这种识见在一个女子是不可多得的，而同时也是表示她对于丈夫所做的事情具有坚深的信仰。还有闸北房产，也有人劝她出售，可是夫人因为那是她丈夫的遗物，不愿把它卖去，后来那房屋做医院院址和礼拜堂，可见上帝在冥冥中指示方针，故无错着。

除了上面所提出的三点以外，夫人更有宽大的胸襟，并且富于涵养功夫，的确是教会中不可多得的奇女子。

（附注：夏夫人于本年六月七日上午四时三刻蒙召归天，享寿六十有五。）

费启鸿教士(Rev．G．F．Fitch，D.D.) 小传 [①]

　　作教士列传，不外撷拾其创设学校医院，著书立说，蛮荒布道，甚而为主殉身，丰功伟烈，可以勒石铸金，垂之不朽。余之为费教士传，则迥异不同。余与费公，交好有二十年之久，早夕晤对，一室办事，知之较详，故将其平日之细行琐事，拉杂一二，用作我人处世守道之模范：

　　一、品性。费公恂恂恭谨，和蔼谦逊，如冬日之可爱，终日危坐，不迫不遽，与人周旋，温文尔雅，从无疾言厉色，诚有道君子也。

　　二、勤敏。费公早年在苏州、宁波等处传道，因其有理烦治剧长才，约在公历一九〇八年，总差会调其主任美华书馆。该馆因地理关系，交通便利，故除本身营业之外，兼理江、浙、皖、沪等省教务，如各该省教士往来之招待、代办货物、汇划银钱、邮便转运等事。此时美华书馆有职工四五百人，全年营业数百万元，主任之烦剧，不言可知。虽有佐理者，凡重要事，莫不一手躬亲，终日埋首案上，或奔走街市，常见夜以继日，务使事无积压，不辞劳

①载于《明灯道声非常时期合刊》1939 年第 5 期。

瘁。公之晚年，早衰与体弱，职是故也。

三、传道。费公除六日勤劳，每逢星期，不失其个人传道之职。其工作场地，在浦东之周浦、高桥、杜家巷等处。尤其是工部局所管理之中西两牢狱，每逢星期日上午，入狱讲道，分送小册子，偶得管狱之许可，略与犯人谈话，询其疾苦。狱中法律严酷，虐待犯人，有惨不忍闻者。冬季仅有绒单一条，卧于地板，因有受寒致病而死者，费公请求主管，添加绒单一条。又食料劣薄，缺乏滋养，不敷饱腹，因之患脚气病死者甚多，费公又请求改良加增食料。又狱中有十一二岁之童犯杂处其中，其痛苦恶化尤甚，费公请求另辟童牢，使之读书学艺。故狱犯视公犹慈父，有见之而现笑颜者，有见之而流泪者，记者有二三年与公同作此工，故知之甚详。费公星期日下午主理圣日学，或则往候职工之有疾病者，公常以不能专心传道为憾。

四、教会。美华书馆原系差会传道机关之一，故其设施，采用教会规则，一方称为营业工厂，一方附有小型之礼拜堂、牧师、长老。工人每日上工之前，先行礼拜，然而数十年虚行故事，婴而不孩，苗而不实。自费公夫妇之来也，热心虔诚，以身作法，不数年，教友大增，教会兴旺。今人才荟萃、名誉翕然之鸿德堂教会，即缔造于此。

五、工作。费公管理美华书馆，公事之勤恳劳瘁略述如前。按公主任该馆，垂二十余年之久，直至归天之日而止，其毕生事迹，多半致力于此。该馆虽有八十年之历史,亦以此二十年为最盛,灿烂可观。鄙谓:无论馆务、教会,在美华书馆历史中,此二十年可称为黄金时代。兹述费公主任该馆事迹之著者一二,以概其余:(一)以后馆务膨胀,北京路之旧址不足发展,费公在北四川路市梢购地十二亩,建筑新式厂屋,将旧时工厂尽行迁至新厂,北京路旧址专作发行所与办公之用。彼时北四川路马路未成,乃一荒僻之区,自美华书馆迁至该地,逐渐热闹,不十年市面繁荣,地价飞涨。"一·二八"之前,欲在北四川路租一廛,买片地,皆不可得。人称南京路为东西之大马路,称四川路为南北之大马路,按此路之繁荣,乃美华造其端也。当费公购地时,每亩只规元四百两,至出售时,每亩增至五万元。(二)以后又将北京路旧址售去,乃在圆明园路购地,建筑钢铁水泥伟大之五层大厦 Missionary Building,以废圮不适用旧屋,改换新式大厦。此虽差会主持,乃由费公建议也,苦筹硕画,其功不能没也。

六、克俭。费公自持淡泊,家庭中无论衣服、饮食、器用,莫不朴素省俭;但夫妇二人,对于赒济慈善,急人之难,种种捐输,毫不吝惜,彼之收入虽较普通教士为丰,然而财不留手。公有米色夹大衣一袭,全年除夏季外,凡聚会谦客,十年之中未尝去体。又有脚踏车一辆,凡每日出外办公,往银行及新厂,或会友,以此车为代步,照公之收入,与为公家劳瘁,可以自备,或由公家供给马车汽车,然而公勿为也。古之晏子之裘、子产之车,不能专美于前也。又公办公写字台,有特别二抽屉,其一专储外来包札信件拆下之麻线、未污之纸片，为不时之用，其惜物犹晋之陶侃。又一抽屉专储自用之信纸、信封、邮票、铜圆、银角之类，其公私分明，廉介不苟如此。

按费公有镇定含藏理烦治剧之大才，同时亦有恭谨温良不苟不挠之细行，大可作我人处世作事之模楷。鄙人所述，不免有挂一漏万，留椟遗珠之憾，读者谅之。

公之家庭，融融穆穆，父慈子孝，夫唱妇随，完全基督化成。公有二子二女，长子名佩德，任杭州之江大学校长、南京神学院及其他教会要职。次子名吴生，为万国青年会总干事。长女归都格医士，次女生于苏州，归高伯兰。费师母之热心传道，服务社会，舍己爱人，中外所钦仰，上海之济良所由其创办，救拔火坑女子，登诸衽席，多至数千人；同人与公之家庭念公之德，彼此醵金建一礼拜堂，颜曰鸿德堂，用志纪念云。

圣经丧葬考（附我国丧葬礼节）①

犹太《旧约》时代，人重丧葬，此东方民族之习尚也。凡死后能归葬祖茔以正首邱者，即为有福而称善终，故凡善良之列王逝世丧葬，均有"与列祖同寝"一语。反而言之，凡叛违横暴之君王，死后不得附葬祖茔，亦无人为之哀哭（《王上》十四章九至十三节）。

《圣经》言坟墓丧葬，乃始于亚伯拉罕，其前未之有闻。亚伯拉罕用重价向赫人以弗伦购买其高田，以葬其妻撒拉。此田高爽扩大，中有山穴，四围环以树木，乃一有形势之佳地。按：亚伯拉罕乃聪明有心人也，其相地已久，勘地甚多，其相地之能，不亚今之堪舆家。又恐地主后悔，邀有城门出入之人为证，其对于坟茔之周密慎重如此。以后以撒、雅各、约瑟及其他子孙皆葬于此（《创》廿三章全）。

《圣经》有墓碑，以拉结氏始，以撒为其爱妻，拉结氏造一华丽美观之坟墓，四围立以石柱，刻有墓碑（《创》卅五章十六至二十节）。当四十年前时，圣教书会出版之

①载于《明灯道声非常时期合刊》1939年第6期。

《画图新报》，载有拉结氏坟图，约计八公尺之正方，四围之石柱，约高四公尺，古色朴素，惟不见墓碑耳。据说：此图由游圣地之某教士所摄。

按《圣经》载丧葬礼节之盛况，要以约瑟葬其父雅各为最。此时约瑟为埃及宰相，且为埃及极盛时代。按照该国葬礼，用香料由医生熏尸四十天，朝野之人哀哭七十天，然后由埃及运柩至迦南，葬于祖茔。凡国之大臣、祭司、长老与以色列全族大队兵士，素车白马，沿途护送，仪仗之盛，执绋之众，为《圣经》空前绝后之举（《创》五十章一至十节）。

《旧约》时代，盛行人死焚烧物件，且因其人之贫富善恶以别焚烧之多寡。犹大王亚撒死后，百姓为其用香料安葬，又焚烧许多物件。犹大王亚兰因无善政，死时无人纪念，亦无人为其焚烧物件。按所焚烧者，虽未指明何物，照东方遗俗，不外衣服用器，及死者生前心爱之物（《历下》十六章末）。犹太风俗，凡人死时，家族亲友之哀号、痛哭、擗踊、扰攘、送殡、慰问，与我国现行风俗无异，参看《新约》拉撒路之丧，拿因城寡妇子之丧，与睚鲁女儿之丧。（《路》七章十二三四节，又十一章卅一节；《可》五章卅七八节。）

以色列人寄居埃及四百年，耳濡目染，彼时系埃及极盛时代，物用奢侈，俗尚好胜，故建筑坟墓，保存尸体，争奇斗胜，不惜金钱。尼罗河滨，巍然屹立世界闻名之金字塔，即当时之王陵也。至耶稣时，此风未衰。富人约瑟所筑之墓,凿以山石,华丽伟大,可容数人安葬,耶稣尸体裹扎,及用香料,犹习用埃及遗风云。

附录　我国丧葬礼节

我国丧葬礼节,自古隆重,载之通礼会典,细琐繁缛,不胜枚述,兹举其重大普通者,酌录如下:

斩衰,即三年之丧,子为父母,妻为丈夫,臣为君王,为丧之至重者,用粗麻衣,不缝其下,号哭擗踊,披发跣徒,不处内室,不预宴会,不行婚嫁,不入公门,官者解任,丧士子辍考,不食酒肉,百日薙发。

齐衰,丧之次者,即大功九月之丧。用麻衣,缝其下,孙为祖父母,夫为妻,子为众庶母之类。

缌麻,乃丧之轻者,即小功五月之丧,孙为高祖父母,婿为外祖父母,甥为舅氏,及一切表亲之类。

小敛者,举尸易床,沐浴,含口,更以内衣。(含口,古时用米、菽、使君子,后易以金银珠宝。)

大敛者,死后三日,衣取单数,如三、五、七。

棺木,清制:六品以上,油杉朱漆;六品以下,及庶民,柏杉黑漆。择日启土,开圹,安柩,坟之高六尺。四围广二十步。

重丧七七四十九日内,朝夕哀哭,每日三次奉祭食。

每年逢寒食霜降,家主率子弟,素服至坟祠登拜,芟除荆草,修葺圮损,荐奉酒食,焚烧纸帛。(以上《留

青集》）

按葬亲尚风水，由来久矣。或曰：创自东晋郭璞，郭著《葬书》二十篇，历代重之，得一吉穴，立可富贵旺丁，以人力可以回天命，而夺神功，故一穴之争，不惜千金，有缠讼经年，累世不解，械斗仇杀，破家荡产，搁棺不葬，均所不惜。今虽科学昌明，此种迷信仍不能尽废，流毒之深如此。

《礼经》曰："古之葬者，卜吉高壤，以安窀穸，不封不树，于万斯年。"此古人葬亲之词也。后世凉德，不重孝道，欲以父母枯骨，卜子孙富贵，舛谬极矣。隋文帝曰："我家坟地，若言不吉，我不当作天子；若谓吉者，我弟不当战死。"宋蔡京迷信风水，葬其父于杭之临平，以钱塘江为水，以越之秦望山为案，势之雄壮，择壤之美，蔑以加矣。然而不久身死族灭，遭遇惨酷。又唐高祖起义时，在长安之祖茔被掘殆尽，竟得天下，李唐垂二百八十年，武德、贞观、永徽之政，千载一时。又唐郭子仪祖茔，被鱼朝恩所发，郭氏世代贵显，子孙蕃滋，世称其福，可知风水诞妄，不足凭如此。况世多父母寿富，子孙贫夭，比比而是，在生之根本，尚不能有补于枝叶，而况死后之枯骨也耶？（以上集《随园笔记》《两般秋雨盦随笔》《枣林杂俎》）

中国帝王陵墓，要以汉代最为注重，今在陕西渭水北岸之高原，迤逦绵长百里，东由惠帝安陵起，西至武帝茂陵止，伟大高峻，遥望如山，二千年尚未毁坼。按经营陵墓，如汉制极大典礼，由天子登基之翌年，即开始筑陵，名曰"寿陵",规定以天下赋税三分之一充作寿陵之费。按筑陵大小,用财多寡,虽视帝之治绩与在位之久暂为差,然大致则同也。每陵用地七顷(每顷百亩),方中用地一顷,深十三丈,堂坛高三丈,坟高十二丈。明中高一丈七尺,四围二丈。四通羡门,用大车六马,皆藏之。内方外陟,先闭剑门,户设夜龙、莫邪剑,伏弩,设伏火。余地葬后妃婕妤,或赐亲族近臣。○汉制,葬方中百步,穿筑为方城,其中开四门,四通,足放六马,然后错浑杂物,杆漆、缯绮、金宝、米谷,及埋车马、虎豹、禽兽,及心爱之物。○又发近郡卒徒,置将众尉侯,以及宫贵宠幸者,皆守园陵。○明中,即玄宫(事见商务印书馆出版之《长安史迹考》)。

逊清慈禧皇太后,最重万年吉地,前后经营二三十年之久,先由其亲信之宗室大臣荣禄主理,荣禄死后,由庆亲王继其事,共费库银八百万两,合今国币一千二百万元。陵在北平之东九十英里,山势雄壮,松柏苍郁,建筑精美,宫殿重重,规模宏大,尤胜大内。殿之第四重,后有伟大峻严之丘陵,名月"宝域",其下即大陵宫也。大陵宫内宝物充牣,凡慈禧生前所爱之古玩宝玉,皆移置于此,宝光四射,胜于金殿璇宫。传闻大敛时,金棺内殉以珍珠数斗,与希世之大翡翠球三枚,暴珍天物,莫此为甚!然而慢藏诲盗,历代陵寝,少有不被盗掘者。数年之前,奉军某师长,以驻防看护清陵为名,大肆盗掘,将清之后妃东陵,毁掘殆尽。最惨酷者,莫如慈禧之墓,因建筑巩固,不易入手,用炸药将历道铁门轰毁,又将慈禧金棺毁开,

尸体抛露，狼藉不堪，后经重敛，所有珍宝，盗括殆尽。（事见中华书局出版之《慈禧外纪》）

我国古时，有以生人从葬恶俗，名曰"殉葬"，初则用刍草，或明器（明或冥之谐音）。继则用木偶，即俑是也。孟子曰："始作俑者，其无后乎？为其像人而用之也。"以后变本加厉，由俑而代之以生人，此风盛于战国，尤以秦为甚。秦宣太后爱魏余，后病且死，令曰："我死，以魏子为殉。"又秦武公死，殉者六十六人。又秦穆公死，殉者七十七人，中有子车氏三子，皆国之贤良，国人哀之，为之赋《黄鸟之诗》，有"如可赎兮，人百其身"之句。秦始皇葬时，凡后宫之无子者，皆驱之从葬，死者千计。又吴王阖闾，有爱女自杀，吴王痛之，葬于阊门外，凿地为池，积山为山，将宫中金鼎玉杯，凡女所爱之珍宝，莫不殉之，又行葬之日，舞白鹤于市，诱万人随观，引之入羡门，堵闭墓陵，杀生殉死，残忍极矣。

《圣经》曰："属地之帐幔易毁，惟在天之房屋乃永久，今我居此帐幔而叹息，乃欲舍此而得彼。"又曰："不必为（以）〔已〕死之人忧伤，如外人之无希望者。"此以证基督教对于丧葬与已死之人，并不重视。

凡厚葬奢丧，虚耗金钱，无益有害。今明哲之士，节省虚耗，移作实惠，如开设学校医院，与举办其他慈善公益之类，籍以纪念死者，则人智日进，迷信日衰，诚一举而数善备焉。

梦　话 [①]

德国名士艾约瑟所著《性学觕述》曰："日有昼夜,人有寤寐,人在白昼寤时,行动劳力,精疲神乏,必有黑夜,寐以休息,以养精力,故一寤一寐,一动一静,调剂人之生活。按寐时,四支五官,虽敛束如僵,而气血神经,犹动作如常,此寐时有梦之所由来也。"

明嘉靖时,有陈士元者,纂有《梦占逸旨》一书,搜罗渊博,叙述离奇,诓言书由神授。其《昼夜篇》曰："人为形役,兴寝有常。觉而兴,形之动也;寝而寐,形之静也。而神气游衍,造化同流,归乎至虚,蕴乎至灵:荧魂不枯,精荂不沉,岂与寝兴觉寐,为动静哉? 故形虽寐,而神不寐,或敛于寂,或通于触,神有触敛,则寐有梦否。神之所触,晴晦异象,跻堕异态,荣辱异境,胜负异持,凡祯祥妖孽之类,纷沓而莫之综核,虽曩所未睹闻者,亦皆凝会于梦。"

愚按:梦乃空幻、拘墟、渺茫、虚浮,故佛经有"梦幻泡影",庄子有"梦是幻境",谚曰"所遇非梦,所梦非真"

[①]载于《明灯》1941 年第 289 期。

是也，凡耳目所感触，心神所意想，凝印脑海，夜可成梦。昔刘子亨日见童子钓于河滨，夜梦得有二鲤。沈庆子见邻妇织锦，夜梦人赠以二绢。孔子曰："甚矣吾衰也，久矣吾不复梦见周公。"程子曰："孔子盛时，有志行周公之道，故梦寐之间，常见周公。及其老而衰也，明知不能行其道，既无此心，亦无此梦矣。"

陈子《梦占逸旨》曰："众占非一，惟梦为大；梦与兆易准，故三代尚焉。洛出丹书，乃设九畴，兆法著矣。河出绿图，乃列八卦，占梦之秘，固性命之理，而兆易之揆也。三兆之体，其经皆百有二十，其颂皆千有二百。三易之体，其经皆八，其别皆六十有四。三梦之辉，其经皆十，其别皆九十。梦与兆易，岂有隆降乎？武王伐纣，梦协朕卜，卫史朝曰：筮袭梦，武王所用兆，达观阴阳之故，深究人天之际，其孰能与此。故人之科举穷达，莫不前定，可于梦兆占之。林荣祖梦中改名温，而乡闱荐第一；孙贯梦中改名汴，而春榜列居第三；宋颖梦亡妇来辞；李妻梦夫有泣别；娄公梦禄命之籍；吕谨梦地府之官；柏誓梦太守相迎；王瞻梦吏人奉召。此皆天命不移，人生前定者也。"黄粱梦、南柯梦、扬州梦等，系文人警世自拟之大文章，三读不厌，千古可传者也。

奇矣哉，全部《圣经》，几以梦成，开卷以梦，终卷亦结束以梦，凡《圣经》中之大人物，如亚伯拉罕、以撒、雅各、约瑟、撒母耳、大卫、所罗门、但以理、以赛亚、保罗、使徒约翰等等皆从"南柯"中过来。尤其是约瑟之一生，所谓都是梦境,因梦得祸,因梦获福。又但以理之尊荣事业,亦系于梦,与约瑟前后媲美,事同一辙。《但以理》一书,半占梦事,尤可奇者。《圣经》中之大事业与大问题,都成于梦,与梦攸关。甚而耶稣之降生,亦梦证明之。(《马太》一章十八至廿五节)

或曰:以上所述,非梦也,乃上帝之启示。余曰:非启示,实是梦也。《创世记》十五章一至三节:耶和华在异象中,向亚伯拉罕谈话,应许其生子,且子孙多如天星。又《撒母耳上》三章一至十四节,耶和华论以利二子之恶行,与日后合家之遭遇。又使徒约翰,在拔摩海岛狱中,所见所闻。此三者,确是启示,非梦也;故梦与启示,泾渭分明,不能混也。

太古之时,上帝对亚当、夏娃、该隐、挪亚等都是晤对讲话。最显著者,上帝对摩西,无异世人之朋友,彼此晤对讲话。《创》卅三章十一节又对亚伯拉罕,有时晤对,有时启示,有时以梦。由此观之,古时上帝对人,或用晤对,或用启示与梦,有时藉天使以传达之。

梦既空浮虚幻,而《圣经》独重视梦,贻好辨者以口实,何以解之? 我道中不乏明智淹博君子,不吝教益,各抒所见,公诸报端,折服蠡测为幸。

医药与摄生：读报载吴稚老谈话有感[①]

　　读贵报吴稚老谈医药与长寿，不觉有所感触，吴公坚持不信医药，"勿要理他"。曾忆英国有一故事，述某年伦敦发生一种流行病，几于十人九病，医生大忙碌。有人提议，将医生放之空中。彼时无飞机，只有汽球，将所有医生如数放之空中，流行病霍然消灭，此固未必为事实，要系对于医师一种讽刺耳。吴公之不信医药，不能全认为空谈，要亦出于其本人之实地体验。予今八十有四，生于清同治三年之仲夏，耳目聪明，体力强健，每天徒步三四里，以为练身运动之助。每日清晨六七时起身，晚七八时就寝，不呷酒，不及烟，恪守宗教。晨起读《圣经》一篇，寒暑无间，数十年如一日。约四十年前与沈缦云、李平书、王一亭诸公，合办上海孤儿院。商务印书馆系原发起人，自愧得上帝恩赐独厚，无丝毫之报答，"如何空手见主面"。（此为信徒弥留时忏悔语）

---

①载于《新闻报》1947 年 5 月 21 日。

高凤池 ①

鲁 庄

高君凤池，字翰卿，江苏上海人。幼年以世乱及家贫故，及学年尚未就学，而为人殊敦厚，族叔某君颇爱惜之。维时上海南门外有基督教长老会设立之清心书院，儿童入校修业，无须(贤)〔资〕斧，伊叔为之绍介，始得就学。君久处困境，得此机会，不肯错过，于是发奋自励，学业大进，拾级而登，未几担任该堂教授职务，如是者数年。海上美华书馆，美教士范约翰、费启鸿诸先生慕君诚笃，聘襄馆务，多资赞画。继又任会计之职，任事多年，累黍不爽。嗣夏君粹芳、鲍君咸恩等创设商务印书馆，慕君才能，诸事就商，君亦倾诚相告，深得赞助。嗣夏君等以馆务日繁，坚请襄理，君始辞美华书馆职务，而就任于商务书馆焉。去之日，美华书馆同事醵资购金时计一枚相赠，可想见平素感情之深矣。君自任事商务书馆，时当科举将终，学校开始，乃应时势需要，延聘海内名宿，编辑各种书籍，为中国出版界放一异彩，并画分发行、印刷为两大

①载于鲁云奇汇辑：《古今名人家庭小史》，中华图书集成公司1918年版，第72—73页。

部,营业发达,为全国书业冠。君办事忠实,立身勤俭,一身劳苦,积产万金,不染一点骄奢之习。待人以诚,人亦不忍以伪相欺。秉性纯孝,上有慈亲,侍膳问安,迄今不改。此尤足为近今社会所矜式者也。

高翰卿先生访问记 [①]

虎　赞

世间有受用不尽的两件事，一为前进的思想，一为丰富的经验，前进的思想之后面是高深的学问，而丰富经验之结果乃镇定的功夫，办事业的人，要他的事业发扬光大，这两点是并行不悖的。有了前进的思想，事业才有进步，事业愈发达，困难愈多，需要镇定的功夫亦就愈大。普通年青人虽有前进的思想，但临事惊惶失措，缺乏镇定功夫，就是经验火候未到之故；年老的人遇大事常能处以镇静，所谓泰山崩于前而色不变，麋鹿兴于左而目不瞬，是他的可贵处，所可惜的是常有顽固的毛病。本公司常务董事高翰卿先生，今年七十三岁，可以尊一声老年人了，他却兼有老年人丰富的经验，与少年人前进的思想。

我们恒以刻苦奋斗养成积极精神与诸同人勉，在说了理论大道理之后，很想拿些证据出来，于是记者就在本月十五日的下午去访问高先生。

高先生说话缓而有节，条理分明，予记者以莫大便利，现为记述顺序起见，先介绍他三年前七十岁诞辰那天

---

① 载于《小五洲》1937 年第 8 期。

日记的一段……（整理者略）

在上面简短的日记里，我们已可概略知道先生的生平，同时使我们晓得，成功人并不一定出身富豪，穷达之间，全视自己努力程度如何以为断，否则纵有充分教育机会，然自暴自弃，结果还是一个纨绔子弟。先生日记里"余家寒素，早年失怙，全赖我母纺织存活"几句，含有多少辛酸泪，然在发奋"半工半读"之后，成功人还是一个成功人。

先生的早年，固极寒苦，即后来入社会办事，亦甚多磨折。他廿一岁辍学，在美华书馆任事，每月所入，不过六元，区区之数，仰事俯蓄，全家赖以为生，捉襟见肘之状，不待明言已可想象得之。顾先生境况虽困，其办事态度之认真，初不因境况之困而生怠，事无巨细，劳苦勿辞，这样终可算是一个勤奋的办事员了。如此者六年，终于靠了他的坚忍，在职位上逐渐升迁，廿年之后，为该馆独当一面的人了。在那时一切不发达的中国，美华书馆在印刷方面是有独霸一方之势，现在印刷界的许多人才，差不多都是美华所造成出来的。

先生是商务印书馆创办人之一，在清光绪二十三年的时候，与夏瑞芳、鲍咸恩、鲍咸昌诸先生集资三千七百五十元，创办了商务印书馆，到现在恰恰四十年，该馆的资本已经五百万，资产在千万元以上，但他的开始不过三千七百五十元啊！我们不要看轻星星之火，他可以燎原，同样的，我们不要看轻小事业，大事业是由小事业大

起来的,只要我们付以相等代价的努力。据庄俞先生说该馆由小而大,由简而繁,在精神方面有三点可注意:

一、冒险进取 世人对于办事,往往以不可冒险为劝,殊不知冒险为办事精神之一种要素,不能冒险,即将坐失相当之机会。创办本馆者均非资本家,挟其敏锐之眼力识力而冒险经营,以至成功,其才自不可及。但冒险有成与不成之两途,冒险之初,何能操必成之券;幸而成也,尤必具进取之志,日进无已,庶其冒险所成之功,得永永维持。

二、独立自营 社会进化,日新月异,大小事业,必顺此潮流以求进步,人进而我不进,其不落伍者几希?近百年中,欧美各国以及日本,无不突飞猛进,本馆深知之而深虑之,故三十五年中,无事不逐渐求进,或借材于异国,或购机于新邦,或研究于各名厂;但借材必派员学习,购机必设法仿造,研究必运用其优异之点,务使达吾可以独立可以自营之目的,决不以因袭毕吾能事。

三、团结一致 众擎易举,独木难支,古人之言,不我欺也。本馆规模如此宏大,业务如此复杂,职工如此众多,苟能一致以发展事业为主旨,姑在同一战线以进攻,何事不成。若终日孜孜,仅求一些盈利以维持公司资本、个人生计,则滔滔皆是,将(与)有不能与人(兢)〔竞〕争之一日。故为远大计,必冶全公司于一炉,整齐阵线,磨厉以须,使既往之声名,不致减色,而后而此之成绩,益见光荣。

　　商务的发展很快，上面是三十五周纪念时该馆庄俞先生说的话，当然，这是不错的。但开始的时候，据高先生说，有二个因子，一为人力，许多人都不避劳苦，夙兴夜眠，譬如夏瑞芳先生就一身兼经理、跑街、职员、栈司之职，如此上下一气，欲不发达又乌可得？一为机会，时值甲午败绩之后，国势飘零，朝野力图自强，提倡教育风靡一时，出版界之商务书馆欣逢其会，于是日见蓬勃。可知既有人力，再有机会，乃相得益彰，倘虽有机会而无人去做，亦是徒然的，所谓天助自助者，就是这个道理。

　　先生一生做事的地方，就是美华、商务、五洲三处，而每一处当他进去时都是极盛时期。他生平做事既多，代人受过的事亦很多，遭人诬陷、遭人嫉妒的事亦复不少，但都用了他诚恳和忍耐，分明了公与私的界限，破除了一切障碍。

　　先生年逾古稀，精神矍铄，在新厦上楼下楼，健步犹少年人，但他自称不讲求卫生，亦从来不吃什么补药，最近不过吃一点本公司的麦精鱼肝油，然而他有他的延年良方，就是不嗜烟酒，早睡早起，现在初冬的时季，他下午七点钟就睡觉，翌晨七点钟起来，倘在夏天，五点半模样已经起来了。他不惯交际，虽然因人事的接触仍有一些不可免的应酬。他每天读《圣经》一篇，默坐若干时，这于他心灵的寄托方面有很大的帮助。这些都是他的长生秘诀。先生现在虽那么健康，可是小时候却是一个"灾难频仍"的人：幼时他曾落水两次，都有过性命的危险；

三十岁那年,他的自备包车与他人的马车互撞,车轮在他的肩背上横滚而过,他晕厥了,右臂受了重伤,五六年后才恢复原状。又有好几次大病,既往而复,都经过危险时期,死里逃生。现在年愈老精神愈好,他终是自己客气说:"庸碌弃材,惟得天独厚耳。"

那天承他以历年经验所得,为记者告办事应注意者:作一事要用全副精神贯彻之,勿始勤终怠,勿见异思迁,要临事而惧,要好谋而成。

先生对于待人处世的意见,以为应有:谦和的态度,正直的人格,宽大的怀抱,诚恳的心地。他认为天下最大的力量是至诚,机巧权术不过心劳日绌,徒快一时,最后必归失败,他认为孔老夫子说的"举直措诸枉,能使枉者直"一语,是千古不磨的真理。

高先生自认为得天独厚,我们亦觉得他得天独厚,我们为了社会,为了人才,敬祝他老人家福寿无疆!

廿五,十二,十五

商务印书馆的创办人高翰卿先生家庭访问记 ①

俞洽成

　　一位七十七岁的老先生,他仍旧在事业方面奋斗,精神和身体仍旧是非常健旺,没有什么嗜好,不抽烟,不喝酒,据他自己说,早起是他长寿的唯一秘诀。在这人欲横流的上海,能够有这样的老先生,我们如果只从衣饰方面来估计,他好像一个乡下人,足见陶渊明的话不错,真所谓心远地自偏了。

　　我和高翰卿老先生谈话的时候,他正是公务忙碌的辰光,我们很匆促的在谈着,可是他仍旧是声音很低的沉着的答复我所提出的各种问题。

　　最近我和几位老先生时常接触,从他们的谈吐以及接触之中,时常会感到一种和蔼可亲的气氛,尤其是这一次和高老先生谈话,他率直天真的态度,尤其是值得留恋!

　　因为他是一个虔信的基督教徒,关于家庭问题的见解,他颂赞基督教义的伟大,据他自己表示,有许多同教的朋友中,实在足够称为模范家庭,因为在积极方面有了

――――――――――――

①载于《健康家庭》1940 年第 11 期。

同一的信仰,在消极方面又有了宗教的薰陶,所以家人父子之间,所获的益处,当非一般人所能企求。

结婚迄今五十六载

"我今年七十七岁,内人七十三岁,我在二十一岁的时候结婚,现在已经有五十六年了。我们结婚以后,她所给予我的帮助很大,尤其是省吃俭用的主持家务,使我没有后顾之忧!"

我们谈到高先生的家庭生活的时候,他比较兴奋的赞美他的太太,现在他们白首伉俪,生活的美满当然可以看出。只是高先生是一个不尚铺张的人,七十岁以上都没有做过寿,所以五十多年的金婚纪念,当然也没有举行过任何纪念的仪式。

他的公子和女公子都已经成家立业,他们另外分居在别处,外孙和孙子一共有三人,都在课余休沐的时候,到祖父祖母的住处来陪伴老人。

有一件事可以证明高老先生的毅力的,他十年以来每天要记日记,从来没有间断。只有看电影是他调剂生活的消遣,有的时候和儿孙辈一淘去到电影院中去坐一两个钟头。

每天,他睡得很早,也起身得很早,上午在写字间办事,专门在事业方面来应付各种事件,下午自己回到家里,有的时候看看书,或者对戚友间的往来信札,都在这时期中自己去办理。

谈及旧居不忘园庭

本来,高先生自己有一所住宅在东有恒路,那里面有空地和他自己所手植的花木。在战事发生以前,高先生当休息的时候,自己一个人或是领导了自己的孙子和外孙,在自己的园庭中消磨,对花看云,享受都市中的乡村生活。可是战事发生以后,他的住宅陷入战区,现在,却不得不在租界中暂寻临时住所,然而当他和我谈到这所旧居时,他对于自己日夕盘旋的园庭,有不忘的留恋。

他是看好自然的,不独在自己的园庭中享受自然的风光。战前,每逢春秋佳日,他是时常要到杭州去,在那里看山看水,沉醉在湖山景色之中。

我们从他的生活实况之中,可以看出,他是一个决不浪费自己生命力的人,但他也决不是一个不会享受的人,只有正当的享受,才使他的人生格外光辉,所以他不独在事业方面获得成功,而且能够享到高龄,目前更老当益壮仍在事业方面努力。

虔信基督苦学出身

"我自己以至我的全家,能够有这一点成就,获取教会方面所给予的帮助很多。"

　　高老先生是虔诚的基督教徒,而且他的全家也都是奉教的,可是他不是那所谓"吃教"的人,中国有自己中国人主持的基督教会,却由于他和一般同志的发起和培植。他是中国基督教徒自立自养的发动者,一直到现在,在上海的中国牧师已经完全不必受外国人的津贴,并且有很多由中国人自建的礼拜堂,这便是由于这种运动的成就。

　　他和教会的渊源,由于幼年时的读书和就业的关系。他的幼年,在清寒家境的环境之下,加上早年丧父,一切生活只由老太太纺织所得来维持。可是,十一岁的时候,却考入了美国教会所办的清心义塾,在半工半读的环境中完成了学业。

　　美华书馆是中国最早的印书馆,这本是印刷《圣经》和宗教书籍而设的,当高老先生廿一岁的时候,便由教会的介绍前往服务。最初的薪金每月只有六元,他却用来维持一家的生活。他在美华书馆二十年,从最低级的职员升迁到全馆主持的人,完全由克勤克俭和办事认真的勤奋精神造成的;而这月薪六元的待遇却继续有六年之久,六年以后,才开始升迁,这种乐业的精神,也足以使我们后辈景仰不已了!

商务印书馆的创办人

　　中国现在最大的出版机关商务印书馆是孕育于美华

书馆的,在光绪二十三年,高老先生和夏粹芳、鲍咸恩几位集资创办商务印书馆,当时的资本只有三千七百五十元,这中国人自己创办的出版事业,才在那时奠定基础。现在商务印书馆资财已经超过千万,资本也超过五百万,虽然是有许多人努力的成就,但事实上他们创办人的擘划经营的苦心,也是不可忽略的。高先生就是一位出力最多的创办人。

高先生常说,一个人只要规规矩矩、勤勤恳恳的从事工作,始终从本位上去努力,不会达不到成功的目的的。

他六十四岁以后,向商务印书馆方面告老归家。"一·二八"以后,五洲药房的项松茂先生失踪,他又被请到五洲去担任计划和顾问的事,所以七十七岁的老先生,现在还把他的精神尽瘁于事业上(尽瘁)。

因为他是一个虔信基督教的教徒,自从十六岁受洗一直到现在,七十年来,他却养成了一种每天读《圣经》的习惯,可是从他对一个基督教刊物的记者所谈关于宗教问题的见解中,却有一点意见值得注意。他始终反对功利主义的信教,他认为宗教是有裨益于人生,决不是一般所谓"天堂"的观念,所以他是入世的宗教观,不独对于基督教徒,所以有所指示,对于一般人也足以警惕。

因为他反对功利主义的宗教观,所以他提倡中国基督教的自给自立运动,他不独主张中国的牧师要不受外国教会的哺养,并且主张传道的业余化,不要把信教当作是一种职业,使人看轻教徒,他更主张教徒的出钱和出力,应普遍的推广。

我们从高先生的这种谈吐之中,可以看出他不独待人接物的和蔼可亲,恭谦有礼,并且他对于一切事的观察和批评方面,也是有严正的立场的。

《张元济日记》摘选

一九一六年

四月一日　星期六
用人　翰翁赴湘时交下各人薪水杂记一册,本日交还翰翁。又公司书柬章一个,又英文橡皮公司经理章一个,又翰翁名章一个,均交还翰翁。

四月十五日　星期六
公司　翰翁前有信致鲍、高、李及余,言将辞退总理,改任他职。迭次磋商,万难答应。因约翰及鲍、高、李。陈伯训适自粤来,亦邀之,在余家晚饭。沥陈一切。翰允对外不辞,对内由余出名。众不允。梦、叔二人言,余改任经理,翰仍不允。余云,此却可行。

四月廿七日　星期四
杂记　翰翁言,粹方夫人欲取回所押馥生名下股分四十五股,并另借二千元与馥生了结讼事。翰翁意甚为难。余意股票允其取回,款则不借。并告梦、拔,均同意。

五月十六日　星期二

分馆　嘱钱志青将图书公司每周造收付表翰翁与闻。与翰、咸二公力言,图书公司不可自己买货,更不宜做贩卖之事。照相部既已裁撤,铸字部亦宜停止,专做印刷之事。不能因吴君不愿,遽为迁就。龚伯英、李彰生不为前鉴,与其追悔于后,毋宁决裂于先。翰默然。

五月十七日　星期三

分馆　与培初谈,拟将东昌、湖州、袁州、九江、韶州、湖州收歇。嘱培初筹议办法。晚告翰翁,亦以为然。昨与叔、拔谈,拟派钱才甫至黑龙江。今晚与翰谈。翰亦同意。

六月十五日　星期四

用人　翰托拔可来信,陆即辞去有为难。因前曾劝伊勿赴中华之故。又俞亦不肯允合同增加一条,声明大局变动不受本合同约束之事。余复翰翁一纸,请公主持。我决不坚持己见。

傍晚翰翁约梦、拔及余商志贤事。言培初又来说合,谓志贤欲加一条,不拘何时可去。翰意游移,谓留则人人均可要求,去则虽其事并非无人接办,而时势多艰,总虑牵动多人。梦谓身处局外,不便主张。如身在局中,宜任其去。余以利弊比较为言,谓去后亦无甚不了之事。留则害深而渐,去则害浅而骤。梦言不与订合同,但一切照旧。翰亦以为然,言已约定志贤晚餐,顺便谈论此事。余言素恶其对于公司不热心,恐措词不免欠妥。遂邀培初、桂华来谈。余言翰素不以粹订此约为然,惟既订未便不续,故加此条,以免难对他同人。现将如何办法方妥。桂言,志方告以行,当分手。其意可不必订约,但待遇一切照约为宜。培初语游移,谓不订亦无不可。翰约二人同到一家春晤志贤。

六月廿一日　星期三

公司　晚间梦旦来。余与言,四年分花红余多于翰卿。已屡与翰说,不允改动。托其转达。梦与翰商,仍不允。余云,今年余建议总务处应另计花红,故由编译所划出,即是此意。且余提议将发行所改动办法,故亦不能不身为之先。翰谓本年并不改动。余谓,今年即不改动,明年余仍是如此主张等语。

七月五日　星期三

用人　周锡三因翰翁于保单不即签字,疑有不信任之意。余意,翰亦过于郑重,且另派其所部张君前往调查,亦似欠妥。翰翁意仍不平,商量无结果。

分馆　京华结账。去岁赢余翰翁必欲令其酌提若干,以备建筑局厂之用。梦、咸二君均以为从宽,可以不必。余亦同意。翰翁不得已,亦允行。

七月八日　星期六

发行　告周锡三,前日翰翁派人复查一事,不必介意。翰翁办事过于谨慎,素性如此也。英文商业书托其代选,觅人翻译。

七月十七日　星期一

用人　翰翁来说,俞志贤告彼,订约之事,闻人言公司甚不谓然。伊意,仍可取消云云。翰已力为剖白。余问,伊闻诸何人。翰云,已问之,伊亦说不出。余云,志贤未免多疑,大约又中旁人之计。

八月十七日　星期四

杂记　小芳将赴美国留学。余与梦旦商,前公司董事会议定酌送学费,不如照官费数目岁给九百廿元美金,限定四年。翰意官费最高,亦有最省者,岁不过五百元。今取中数,岁赠七百五十元,限定四年恐太短,不如六年。余谓,每年七百五十元,以六年计,须约四千五百元。以四年九百廿元,不过三千六百八十元。余谓,川资可以不送。翰有难色。余谓,即加上往来川资,至多不过六百元,每次以三百元计,亦不过四千二百八十元。翰谓如此较妥。

八月廿一日　星期一

分馆　臧博纶来,愿任太原馆。拔翁意,太原尚可勿动,不如将臧调湘。遂与翰商定。翰恐其于营业不甚在行,始有难色。继再三与商,谓全才难得,始允照行。遂与面谈。并请顾赓吾与谈详情。

九月五日　星期二

公司　午饭前,将拔翁所开关于用人各节,逐一附注意见。第一条,即臧博纶事,送交翰翁。饭罢,拔翁屡屡提及,翰无言。久之,拔又催问。余言,博纶如预为宣布,湘馆内部必哄,总以秘密为是。翰亦不定。遂各散。先是,余曾言(礼拜日翰翁来寓所谈推广营业部一事),即以分庄事务处移至三层楼仪器装箱处,装箱处移至二号客室。另以查账处划分为二,以一半与装箱处,以一半充客室。以西账房及查账处并入现在分庄事务处。问翰翁是否可行。翰亦不言。约咸昌、梦旦来,告以一切情形。咸、梦约翰细谈。渠甚有为难情形,以为改用新人,亦未必有效。而旧人多怨望,必起风潮。其胆甚怯。余以为如此办事,于公司前途大有障碍,甚为纳闷。

九月六日　星期三

公司　晚间约咸昌、梦旦、拔可在会议室。余言,博纶调湘一事,余等意见翰翁不能相同,知其中甚有为难。余等亦无非为公司大局,惟彼此见解思想根本不同,故难强合。余等以为本馆营业,非用新人、知识较优者断难与学界、政界接洽。翰意宜用旧人,少更动,自是一种政策。

用新人不免多费薪水,且手笔亦较宽,或者收入未必增,而支出。故我辈以为有益者,未必果利,翰翁所主张者,未必果害。若彼此相持,不能解决,于公司大局有害。博纶已与说定,此时能去固佳,如实有为难,我等尽可舍弃己见,请翰主持。翰默然良久,谓此事两方均有为难。如中止,难对我与拔翁;如实行,不知将来有何风潮。或甚或否,均不可止。故于此事直无从主张。余谓,我等已商量弥久,拔可意见亦同,我等实为大局,并非敷衍。我等实愿捐弃己见相从。梦言翰初意并无不可之意,故允许菊、拔之意。后殆有所感欤,故有为难。翰言,此事并非商之人,只从各事探讨而出,已有影兆。前礼拜日到我寓中,亦拟略谈此事,将来不知作何究竟。余云,在翰,郑重将事,自当如此;但余意以为直须看明事理,此等浮言,殆可不问。翰云,袁世凯专任己意,故尔致败,有时亦不能不采舆论。我云,彼此见解根本不同,但彼此均为公司,此事尽可从翰意。翰云,若改办法,将来令拔与我办事为难。余言,近翰尝言彼此当划分所管事务。以后总馆及分馆用人行政,对内诸事,由翰主政。我等如有所见,随时奉告利弊,无不直陈。至于行否,仍由翰决。若对外诸事,则由我等办理,翰亦可随事指示。如此则政策可以贯彻,比之现在彼此迁就,功用相消,总稍有益。翰言,所言去题愈远,我实毫无争权夺利之心。现在精力已差,前在莫干山时,本有辞退之意。我言,我等所以为此,正非为争夺权利。翰尚有言,现在各处来信,危词恐吓。

苟一设想，即馆中亦不能来。（此语不知对余何语，此时已追忆不及。）余答云，此非指个人危险，实指大局而言。（此语根源何在，亦追忆不得。）梦云，菊于编译所事，亦须多分些时刻招呼。余言，博纶之事，我辈仍可与言，请其回至编译所。梦云，至于湘馆之事，亦不必与之说断。翰意以为可行。梦又言，分任之事不能一时解决，不妨从容细谈。以后彼此闲谈，无非表明各有所见，并非私见之语。

九月七日　星期四

用人　仙华来信，拟调账房臧子彬。言实在太懒，可否仍请吴葆仁，以副经理名义回津司账。余具意见书，言臧只可调，吴以调图书公司为宜。翰云可以照办。其后知吴目力已伤，不能写字。翰意拟调长沙。余云，惟口音稍差，余无不可。全材难得，只可决定。

翰又言，拟调庄筱瀛至陕，已告拔。余云，已问之，自然不行。

十二月三十日　星期六

杂记　将钮惕生收条五千元交与翰翁，并附一纸，声明此中情节。梦旦当已声明。后翰翁拟告支单只开五千元。余谓翰翁经手，由我账上拨付者，系五千元，我经手者，系五千元。翰翁云，不甚记忆。当将彼此支根查对。翰翁却未付出此款。余支根上，五年元月十五日，付出三千元汇丰支票。十七日又二千元。余支单五千元,亦系十七日。翰翁谓归入明年付账何如。余云,此无不可。因翰翁前数日有嘱结清之说。翰翁嘱即转余账。余意未妥。越两日到馆,告翰翁,既系归入六年,似可不必急急。且待余须用时再行拨还。翰翁云,利息总是一样,亦无不可。

一九一七年

元月廿六日　星期五

分馆　翰翁昨日午后三钟到发行所,谈图书公司事。拔可早到,而咸昌赴南京未回。叶润元亦到。翰因咸昌未到,甚有为难。又言吴炳铨已知办法。余谓,终须发表。翰仍不决,言此等事真为难,今年总须告退。吴适来馆,翰遂约伊入座,又令余与说。余言此应汝说。翰仍推余。乃述高、鲍两君与我等议定,今年图书公司印刷所拟改办法,将范围缩小。由叶润元接办,吴君仍回印刷所。吴言究因何过。先言之再三,遂言总馆并不给与生活。余言,公司生活,汝嫌太尠,且新添租房一事,高先生具知其详。吴言,高先生但令从缓,并未阻止。余言,高先生却未允许。高遂言,调动事所常有,不必多言。吴问调印刷所办何事。余言,咸昌适未来,此应归伊主政。吴言,如系宕空,或将来仍旧辞退,此却于名誉有关,难以就事。翰言,咸昌必有位置,可试观如何。

元月廿九日　星期一

公司　翰翁致余及拔翁一信，言拟辞职。余复信如下："诵览手教，惶悚之至。彼此政见不同，弟不能不直贡其愚，冀于大局稍有裨益。我公为全公司所信赖之人，示中云云，断断不敢承认。惟望我公能俯择刍荛，使公司有进步日新之气象，此则弟所祷企不置者耳。"此信送拔翁阅后，拔翁加注同意字，送与翰翁。

二月十日　星期六

杂记　本日致翰翁，言三个月假未能实行，现已满，只可续假，自本月起领半薪。并请加拔可及叔通薪水。十二日翰嘱拔翁来言，劝余不必辞薪。余言，此言已出，断难收回。拔固言，翰意似诚，分办各事不妨暂仍照常，俟五月节将进退人及一切规划提出，看能否实行。余言，半薪必须实行，但将来果能办事，亦未尝不可恢复，姑俟诸一年半年之后，且看五月节时如何。晚来拔可复言已以此意实告翰卿。余嫌其说破。拔谓，不说破翰不能领会也。翰亦有信复余，谓辞半薪事可不必。十四日复去一信，言不能食言，公司事务尽其力之所能为。另致信与王莲溪、钟景莘，告知本月改致半薪。

二月廿六日　星期一

公司　鲍咸昌来发行所，言翰翁有信托彼来与余及拔可说，以后拟退居闲职，馆事由余与拔可办理。余言此断不能承认,但望余等意见翰翁采用。拔翁言翰翁前言将分任各事,将来当再听翰翁之议论。

三月五日

公司 翰翁来信,言数日即返馆。(又言余等已允其退居闲职。八日问鲍君,声明并未允。)并增送拔翁薪水五十元,拔翁自辞。

三月八日　星期四

印刷 与鲍君声明,翰翁来信,言余等已允其退居闲职,当时实无此语。鲍亦言重言申明。又言图书公司为第二工厂,记账不应有买卖性质,即付货须加价、代印我扣成是也。鲍言须四面接洽,再行改动。余云,候翰翁回面商。

三月廿六日　星期一

杂记 张蟾芬来信,述夏粹翁夫人意,筱方在美用度不足,拟请公司添给每岁制衣资用美金六十元。余请翰翁照允,另致筱方,劝其节俭。翰翁不肯,余仍用单名照发。

五月十六日　星期三

用人 与翰翁商谢任发行所,不过五六成,于营业上终欠阅历。如添此席,万一不妥,再换人,甚不宜。此时似不能不慎。翰云本未与说。余又问李伯仁调杭馆如何。翰有为难。余云鲍君总须调动，同事彼此不和，总非正当办法。昨云分手，亦似太过，不妨调至总馆。翰云谦夫如何。余云杭州排外思想甚重，非本地人不宜。翰云然则以切斋以为副，何如。余云与学界不能接洽。翰又举周柳亭，余未答。翰旋言恐亦接洽不上。余因言陈谦夫是否决令赴晋。翰嘱余与言，又问邱培枚如何。余云可决派。翰云当托拔翁转达。

六月十四日　星期四

公司　编译所花红，四年派八三三二元，五年派七六四一元。余告翰翁，印锡翁及日人所得花红必须移归总务处。翰翁游移。余不从，招顾晓舟来，告以即行提出。并声言，非总务处自行分取，实因近来公司之分派花红事太无伸缩，不能不另筹伸缩。余告翰翁，稽查员非得关系甚深、道德甚著、信任甚坚、肯负责任之人不易胜任。照现在办法，实难得人。其事本为众人所不喜，故为造谣。当局者一为所动，此人即不能办事。且在沪稽察，不过呆账。去年如诸少仙、侯慧吾等事，无从稽查。不如请莲溪任总稽查。第一账房出外，别人既不敢撼摇，我辈亦可放心。最好再添觅一二人专任此事。翰谓王未必肯多出外。

六月十九日　星期二

公司　花红账阅过后，余开定三纸，将应加未及数，或所加过多者开出，指明缘由，送交翰翁。其余中并无一照原数核减少者。内中任心白、张景星余意不能少于沈挹清。余谓挹清文笔平庸，办事全不用心。如沈可辞退，则任、张可如尊拟。翰翁复余信，谓沈每日代伊办信有五六封之多，非全不办事。至因其不善逢迎，须辞退，则另为一问题等语。董事会散，余乘鲍、李均在座，与翰翁谈。谓余非欲辞退沈某，以为沈在此，则任、沈数少，不能以平其心。至谓不善逢迎，则余实不能受。翰云沈为总经理书记，自嫌太少，且系旧人。又谓余拟加王亨统与陈培初、钟景莘一律，此实不能，断不能允等语。余谓公司欲求进步，不能专论资格。彼此争辩，辞气甚激。余谓去年余既取消我之意见，不妨再行取消。

礼拜三日，翰托拔翁与余商量，谓并无成见。余与拔商，不必再动，即如翰翁所拟。礼拜四日晨，余告拔翁，谓不再告翰翁，不妨由总务处积存款内提若干，酌给有勤劳者。面给本人，不必经由账房。并声此系特别加给，不能岁以为例等语。

七月九日　星期一

分馆　告翰翁，昨日在拔翁处遇培初，言翰意调杨晓圃为总稽，留在云南，兼管贵州云云。余意两人相倾轧，同在一处，有损无益。如用郭，则去杨，用杨，则去郭。若利其相争，借以牵制，实于公司有损无益。又培初言，翰拟留何嵩生在黔云云。余言我们前已商过，拟令徐孟霖去,现在何以忽改。看来徐当比何稍高,但去否,不可知耳。翰默然。

七月十日 星期二

公司 翰翁告知,巡捕房派包探来问,粹方遇害时马夫何在,欲令到堂与被获之周栖云质证,问余如何。余言千万不可告知,只言现在不知去处。此事于粹无益,于粹夫人有损,于公司亦有损,千万不可游移。翰似不谓然。少顷又告余,谓万一被捕房查出本馆实用此人(现在济馆),可以责本馆为犯法。余云恐无此理,马夫并未犯罪。翰仍默然。后不知如何,余不便再问矣。

七月十三日 星期五

用人 赵蓉生私售美女画一事,翰翁告余,已经查出。有画数十张及账簿一册。账已抄出,又留出画一纸。余谓必须斥退。翰谓不宜过激。余谓只去赵一人,馀人暂不问,俟彼辈自行倾轧,交出凭据,再行辞退。翰又谓已成习惯,若辈视为当然之事。余谓业已告诫,仍敢如此,此等人不可与为善。余又告拔可与翰,重申前说,力言种种流弊。翰谓专就一方面看法。余再三询问。翰言前编译所有私编稿子售与公司,或售与他家者。余不禁动怒,谓此专系与我为难。前陆兰兹私抄名簿与图书公司,我系总角旧交,尚立时斥退。除非我不知,知则决不祖护也。余怒不可遏。复向梦翁申说一遍。翰默然。

八月九日　星期四

公司　余告翰翁,拟另招学生,以中学毕业者为及格。拟往京、津、湘、汴、广东等处分头招考,冀可得各省人材。翰意不谓然,以人太多为言。余谓须旧人之无用者裁去,用推陈出新办法。翰谓除旧恐有流弊,易启人有预知若干年公司薄待之意。余谓得力之人自无裁退之理。其无能者,及不忠于公司者,可以裁撤。而前曾出力者全不能做事之时,公司或予优待,或用其子弟,或给予年金若干年。但不能著为定章。翰以为然,又言前数届规定待遇甚有障碍。余云程度低,故多需教育,因之服务期限长。故彼此束缚。现招中学毕业程度,可将服务期限缩令极短。或将进馆初期所得款,以后量能给与。翰以为然。余云明日将旧章参订。

用人　宋谈借洋百元。未允。又来信告翰翁,允预支花红百元。

周锡三屡请加薪,又辞广告事。与翰商,加薪实难,拟改广告酬报为自五千元以内,连旧有者,一律给与酬劳百分之十。翰意不愿。余谓恐难留,最好有他法。翰谓亦非不可,但恐周办西书,实无余暇。最要为广告,不知周能多办广告,不办西书否。余谓西书实最要,断难改他人。翰无言。余告锡三。锡言西书部须逐一改组,人多而不能做事,故无余暇。余言知人不敷出,而公司又难加薪,故用此策,借以津贴。现在虽少忙,然改组之后,一有轨道,便易遵行。锡谓秋凉之后俟方谷香回,另添一人。

前已告翰。余问须薪几何。锡言四五十元。余云却亦不多。锡云秋凉时可以办理,因有人可以帮办。余云兼理则可,专为广告添人,则恐为难。此时天热出门较不便,但勿令继先行断续。锡允许。余即告翰。

十月十九日　星期五

公司　致翰翁信,为蟾芬账务不甚精明,所有账务仍请翰格外注意。(此意昨日午前十一时翰及咸在会议室商应付中华事后,余即申明。翰言此尚不甚紧要,最可虑者为进货之账。鲍问某两人之账。翰言此系梅生不好云云。)副笺言督收账款事,蟾不能主任。均留稿。

十二月十七日　星期一

用人　仙华与宾来谈,稍有芥蒂。因问翰翁,权限如何,仙颇不悦,谓翰迟疑不决。余告仙,翰性向来迟缓,不必芥蒂。午后约翰、仙、宾三人同至会议室。翰默无一言。余言收发处(后来送信处归收发处管理)、进货处系总务处所辖,借用下层。仙言须遵我规则,如不能吐痰之类。余云然。至工程之事,由仙定夺,可告知庶务处照办。至出店,可划出若干人,归仙节制。翰谓有某,代金法送钱者,有时须归银钱账房。余云,可派定替工,再借至楼上。至于下层工程,须有改动者,应由谢先商仙。后仙又问及名称。余言本系上海分馆,但在总店一处,故不能画出。至发行所,向来为最上机关,现虽有总务处,然仍易混淆,故现不便用。只能称发行部长,与营业部、西书部、仪器部同一位置。仙言最好店长之名,但似不便袭用。

十二月十八日

公司 翰昨日语余,成都、汕头、湖南如此扰攘,大局甚为可忧。须预为筹划。余即言明日董事会散后可以讨论。约翰、拔、梦、咸在会议室谈。余问翰翁有何意见。翰默然。余言今年阴历年内收账必艰。翰约计今年应付出之纸账,约须十二万两。余提出,开源为加折,节流为裁分馆、辞顾问。梦言可否先紧收、严放。余言可分为两节。今年先通告,年底必须清账。如不清,明春减发货。如午节,再停止发货。翰意不决。余云裁顾问可先决。梦谓可酌裁。余告翰,姑以一半为准。至加折、裁分馆两事,乞再筹思。

十二月卅一日 星期一

用人 翰言,西书部挤轧日甚,若不及早整理,于馆章有碍云云。余问究在楼上,抑柜上。翰言柜上,陈、张二人不睦,且有侵吞之事。余言,周到此未久,屡言柜上之人不妥,要求撤换。而渠因无权,屡来商我,我亦无权。且随时派人进去,渠竟无所知。如何能责其办理不善。翰言西书部我都不与闻。我云用人之事均汝主张。翰又横插他事,言周不常在此,且部中人常不做事。余云周来时本约明半日。翰云亦须有人负责。又言补习学校陈庆棠,本不应给与津贴。顾知我不允,串出庄伯俞来信要求。余云,此事系我嘱咐。因顾自来说,余不能信,令其与庄商。余闻陈办事甚好,故亦赞成。翰言,给钱与人,人谁不愿。不过此等学生不给亦可。一到彼处,即须多费钱。余云,我之意见与君不同。遂散。

后临散时,余告翰,陈、张二人是否即斥去,余可告周。周本是盼翰言,一面查货,俟查清再发表。余云当先告周,派蔡到柜上,先行接洽。

一九一八年

一月廿二日　星期二

用人　翰又言,鲁云奇在外私设进出口洋行,亏空至七千余元。自去年七月起,即未交货款。余问桂华查账所司何事。且约一月前因寄售外货事,余约鲁君来,即告翰翁鲁君久不见面。店事,翰言,有桂华常稽查。翰言滚存账却无错误。翰又言,伊家尚有田产,但不能由伊母手取得,仅取到方单五十亩,预备抵押。又伊之进出口洋行尚有样货约二三千元。又私办《中国黑幕大观》,又售出预约三千部。某店为伊经手,有洋三千元,已交二千至图书公司,为伊代印,将来此书亦可有希望可以归还。伊又拟招股,已将所得股款五百元交与公司,如能招得,亦可归还。翰意不欲揭破,俾其自行弥缝。再四嘱余守秘密。余云,自不宣布,但总宜就伊产业设法。时适有聂云台、陆伯鸿等来访翰。余言,且筹思办法,明日再谈。

分馆　翰约拔、叔及余至会议室谈。浔馆决停。厦门拟先派一人前往查账,为收歇之预备。如来不及,俟红账到后,实无可办,即行收歇。汕馆拟仍留,调宋兼办,缩小开支。余谓,仍做门市,开支恐不能省。翰言,或均包与梁海山。余言,潮馆素有盈余,不宜包出。且本馆牌号亦不能假与他人,或仅以汕头与订特约,只要总馆与汕馆两边利益足以相抵,亦无不可。一面先查五、六两年盈亏再定。翰又言,分馆非不可开,只要有人,学生中如施、邱等人,能觅得,亦可令办。

一月廿四日　星期四

用人　晚约翰翁到会议室面谈。余问,鲁君之事何时发觉。翰言,约一月前,伊自来告。余问,发觉之后,款事如何。翰云,不归伊管。余问,前日言粹芳夫人告知鲁君欠钱之事,在何时。翰云,约在数月之前。余又问,鲁君私办洋行,何时知悉。翰云,约在六、七月间。余言,桂华专司出入,何以一无觉察。翰云,桂华对于公司出入之事,不过在浮面上办事,至于底里之事,恐未必在意。余因详述函中所言各节。陈述既毕,翰言代印《黑幕大观》之事。言中华图书集成公司不过托名,并无此店。代售预约者为海左书局,约售出千五百部,每部收足二元。已交二千元与图书印刷公司,由该局女主同来面交。约定将来须取书二千部。再交一千部,但须扣去经手约一成。

又鲁自售约千部,各处同行代售者约有千部。鲁君之书,可以责成交钱取书。余云,将来纠葛甚多。翰又言,认赔一层,将来公司事甚多,如何赔得了。余云,要负责任,不能不如此。翰言,可再待至阴历正月,总有着落。鲁又允年内再交五百元。余云,为公司威信计,无此办法。翰意甚踌躇。余将信面交,请其三思。

一月廿六日　星期六

用人　昨日翰约拔,言鲁事伊甚为难。且言伊可独负责任。我等之意,拟与限一星期。如不能措缴,只可以法律办理。本日当约翰谈,略言所以不能宽宥之故。翰言,原拟消弭,但此时知者已多,未便消弭,可即照余意办理。余言拟一礼拜之期限否。翰唯唯。余又言,汝言独负责,固是自厚薄责人之意。但同办一事,功则同受,过则不任,于良心上说不去。二、同为董事会所委托,而委过于人,于法律上说不过去。三、外来股分,与我等有关系者亦极多,此时亦不能不负责,否则于人情上说不去。但公司赏罚不明,以致事多废弛,人多舞弊,以后幸勿专此仁恕为怀。翰言,此等人,容或亦因不能令其满意,以致不肯出力。余云,容或有此等人,但如此存心,本非好人,理应淘汰。余旋约拔至,告以翰拟照我等之意办理。因又问翰,是否予以一星期之限。翰云,如此则恐必致逃逸。余云,然则可即商律师。因又谈及图书公司应即收束,并须清查。拟派俞志贤前往,并带一账房。翰言,伊于鲁君之事,先令其筹缴千五百元。现又改换办法,似于心上不安。故此事由我与拔翁办理。至于图书公司清查之事,伊可办理。余等请将详细账目开出。翰于午后交出一单,计共七千六百〇二元。又于一月廿一日收洋一千五百元,尚欠六千一百〇二元。

余又告翰,认一层,汝虑以后若常常如此,如何能胜。余意,以后必须大加整顿,不能如从前之含糊。如诸事能整顿,以后此等事当可减少。翰言,代印《中国黑幕大观》既有不当,亦即停止。但来款二千可暂留。

一月三十日　星期三

用人　鲁云奇晨至余寓,恳宽限。余答以甚难。并出欠单一纸。到馆后,即告翰翁所谈大概。访丁榕,告以鲁君交余欠单,可否作准。丁云,如伊不认,汝可否到堂。余云,自可到堂。丁又言,昨日粹方夫人到伊寓,甚不以待鲁如此为然。言接高先生电话。丁又云,我从未告他人。并告粹夫人,我不能自主,须听人委托。

二月二日　星期六

印刷　湘票事,余不主交。拔翁亦同意。剑丞与罗君商,乃与通融,并允为之觅人私运。翰乃访王一亭,王允运至汉口。余急阻。剑辩论许久。剑云不便再往告罗,只可托杨公亮去。到馆后以告翰。翰勃然谓,商业终须冒险。若如此过虑,天亦可坠,何事能办。余言,凡事须审利害。余旋约翰、拔至会议室。翰至，余言，拟将顷所言者详细一说。翰言汝无一事不与余反对，可以不必再说。余云，反对事却不少，因见解太不相同。至谓无一事不反对，未免误。余婉问，是否可许余再说，再可听。翰允余再说。余历述利害，谓南方虽能借以联络，然北方知悉，与我为难，我目前即吃不住。翰谓，此未来之事，如确有把握看得到，我亦可允。但因此致受合同之亏，如何。余与拔翁言，此亦无法。我系按轨道行，即受亏亦对得股东住。翰又言，汝言中华年内必关门，至今何尝关门。余言，此不算什么，究令不关门，亦不能有何为害。翰言，总须有些。翰起欲行，余留之谓，此事并非赌东道，须解决此事之办否。翰无言，拂袖竟出。晚约剑丞、公亮至会议室，拔亦在座，告以罗君处只可婉商，交票目前决不能允。翰又有信至，剑丞谓，人有急难，我不助，将来如何能望人助我云云。余谓只可请系铃解铃。

六月七日　星期五

用人　余告翰，武昌彭梦九必须斥退。拟即收湖馆，以汤继彭。翰谓汤于人地不甚相宜。余言，我意武昌现在对外责任较轻，汤又无位置，故有此拟。另有相宜之人更好。

分馆　汕头账房裁辙回来，昨到家送衣料两件。本日备信璧还。询知翰翁、拔翁两处均有。面告翰翁，宜留意，此风一开，流弊甚大。

前三日与觐侯所谈各事,告翰。翰问,吉、黑拟用何人。余谓,吉馆前君拟派石家庄之车某,黑馆未有人,或即派沈仲芳。翰谓,沈派出外,总不甚宜。又商沈如何位置。翰言,其人英汉文均佳,但看事太易,好用钱、喜好胜,是其所短。余谓,其人确有能力,但其人太浮。余怀疑派在西书柜何如。翰谓不然。余言,恐是地位关系。翰又言广告。余言,此却可。翰言,似尚不足。余言如另设名目,开一部分位置,非所宜。

九月十四日　星期六

用人　翰翁谓,桂华于图章等不甚留意,(闻余所言)不免疏忽,今交伊支付银钱,恐有未妥。余谓,开支单与付款系分两人。翰谓,桂为出纳科长,另设收支处,任钟。余谓,出纳收支意无别,桂可任会计科长驻发行所,许任副科长办事。桂代表总经理签字。且际此改革之时,须明定责任,即银行支票等,亦须由翰签字,方能支付。翰意未能即决也。

九月十六日　星期一

分馆　济馆江伯寅于收款事有弊,将伯恒摘抄乃弟信示翰翁。翰翁批:"发见时可即开除,不必顾及。一切宕款应追,如无力即可不追。"7/9/17 将此意函达伯恒,请其转告乃弟。此信请翰翁阅过。余面询翰翁,谓乾三后进,恐未有此胆力,且亦有为难之处。翰谓,最好在济馆开除。不得已由总馆调回，再行开除。余谓，中秋本节断来不及，只好年终。

一九一九年

八月二日　星期六

公司　约翰卿、咸在会议室，告知梦翁拟辞职，我辈亦不能永远如此办事，宜急觅替人。鲍言，印刷所关系较发行所尤要。王仙华与杨公亮较为相宜。余谓，所见极是。余亦认印刷为本公司根本。仙华未出洋之前，拟令先来厂考校一切，借便考察。余并言，梦翁谓不能在此办事，原因精神不继，减少时间，不能不减薪，减薪又不敷用，故只得另图。余谓，吾辈此时宜节省光阴，少用精神，公司多费几钱，实为值得。

八月十八日　星期一

公司　本日约翰翁在会议室，询以八月二日所谈有何意见。翰言，梦翁回馆，应特别待遇，减少时间。余云，此非根本办法。翰转问余。余答以应另设一机关，我等四人可不管日行事，但管立法或财政之事。或仍用董事名目，能不改用公司章程最妙。但恐不能不改。翰问，是否限制从宽。余云，不能不严定资格。翰云，至多以所长为限。余云，资格总不止一项，必须包括年期、地位、成绩等等。经过何种手续。翰翁又问，此外人如何。余云，此机关尚须办事，与专诚优待不同。至为同人酬恤起见，梦翁曾拟将酬恤花红提出，作为基本金，每年取息备用。翰嘱余拟出办法。余云，须先定宗旨，请与咸翁一商。此固为自己设想，亦为公司设想，虽有权利，亦有义务。翰又言，此意宜推广。余谓，此恐不能，因重要人如有不测，公司亦须付大宗酬恤，如鲍咸恩君前讣万元之例。余意，可不必一定，待诸彼时，不妨于各人已著成绩之时，将此款摊长。

八月廿五日　星期一

用人　叔良为伊堂兄健斋病危，来借三百元，为办丧事。余云，须告翰，即拟稿交翰阅照给。信中问如何认还。廿六日函复称，于明年花红拨还。干臣病体似不支，前日告翰，可令休息，酌加优待。翰今日来言，已告培初，询其近状。培云，略有债务萦怀，尚可支持，不容休息，或办事时略与减少。翰允以一个月为期，另送百元作疗养费。余告翰，可乘机劝勿打牌。骆幼棠病肺疾，翰亦给两月薪，令休息。田慰农前礼拜六染时疫作古。

八月三十日　星期六

公司　函告翰翁进货之事。自九月一日起仍由伊主持。并言进货须访出版部再版办法，凡购货造货，须先有三年销数及现存数表，再定制数购数。又进货科未有专单，除书籍股外，请饬下各主任禀承指示，拟具草案，交文牍科润色。信留稿。并知照陈迪民、谢秉来。翰旋来与余言,仍请再办一二月。并云,销数存数表飑应照办。余始却之。翰谓体力实有未逮,余姑首肯。

九月六日　星期六

公司　翰嘱余函梦翁,劝其留京休养。缮成后约翰、拔到会议室,请翰酌定每月应送津贴。翰云三百何如。拔谓过多。余意亦同。拟改为二百,先嘱伯恒致送四百元,以后按月再送。

九月十一日　星期四

公司　翰翁手记同人特别待遇一册,本日午后就翰翁桌上交还时,杨振初正请翰翁在新股票上盖图章。南京路福建路西北角之地,梅生电告该洋行已有回信,可由上海经理人作主。继约翰翁、拔翁晤谈。翰以为事体过大,担负过重,不如在棋盘街向南向西购买一二亩,即稍费亦易办。所言亦有理。

用人　莲溪将连日所见宾来进货情形告知翰翁。余谓翰,暂勿发表。翰谓,此人前在邮局亦略有毛病,鲍先生亦知之。余谓,鲍拟令办纸厂。余彼时谓纸厂事太大,不如留办内部之事。今既如此,宜如何办理。又言,从前进货本无办法,总须订定章程。存货科如得人,可将权限加重。一面再由科长稽核,方能作准。翰谓,此事不必揭破,此人尚属可用,姑养其廉耻。一面觅一最有靠之人,探听物价,考查报底,将两头之事划出,只令伊专办中间一段,亦无妨碍。余谓用人采翰言已久,但此人必有道德、有才能、对于我等信用极深,无论何人不能摇动。缘此等职任,必为众人所不悦,必设法排挤。余意极为难得其人,不如将此事委托莲溪,就存货科上着手,亦可加许多防闲。翰谓包事固要,谢君之事更宜速定办法。余云,本将拟定章程,因存货科办法未定,故不能着手。今姑将章程拟出再看。

九月十六日　星期二

公司　告拔翁,答复翰翁昨日之语。午前约翰翁、咸翁在会议室讨论仪器部事。余言,宾来既有不妥,应即撤退,令专管制造。已与鲍商,鲍亦谓然。至仪器部进货事务,可并归迪民,以铭勋助之。存货方面,文信不能不换,以莲溪接管,仍兼稽核科事。至文信待遇,仍可保全。余意,初欲调至印刷所。鲍谓无益处。余谓,鲍言无益,亦为公司起见,则留在仪器部,其为无益亦同。为公司计,亦不宜。鲍意欲令专管药品部,惟范围过狭,然亦可以现在扩充制造为词。此时盘货将毕,应即行定局。翰、咸均默然无言。余约莲溪来,令报告盘查情形。莲历存货之不整理、滞货之积压、员生程度之不足。翰多为彼方辩护,意已可见。

九月二十三日　星期二

公司　余在会议席上向翰翁言,公司现在存款将过百万,无所运用,存放银行、钱庄,殊为危险。大马路之地购为产业,利息稍薄,然实至稳,将来必可增价。若以四万两购入,于公司毫无妨碍。翰翁亦谓置产可以讨论云云。廿四日拟函托仙华问价及有无包租年限、现在租金等事。翰翁不允签字。再函,云勉签。廿四日将其勉签之信交还。制笔学生章程请翰拟。

九月廿六日　星期五

公司　本日会议商定,《新闻报》馆前借二千两,仍旧续借。申、新两报各给特别告白一分,约一百八十元之谱。调郑俊卿,余因屡商无相当位置,拟送薪一二年,辞退。与翰意大不相合。余措词甚为激烈,此事根本不相容,决不能让也。

分馆　稽核科拟驳俞凤冈信。余意过激,代为修改,交与翰翁阅看。翰谓分馆于支馆与总馆之于分馆亦同,似当与经理伸缩之地。余谓所见甚允。但稽核科常作恶人,总务处若反为通融,恐以后稽核科更难办事。翰谓公司定章,最好先征取分馆意见。伯恒亦有是言。余谓,此却不妥,不过定章时,可稍留余地。

九月三十日　星期二

公司　本日会议提郑峻卿调职事。余不发言。翰言请仙、拔二人商酌,或如何调动,或是不调。余问翰翁之意,是否郑君可以不调。翰言并非专言不调。余言郑恐不能不调。翰默然良久，又言，请仙、拔二君商定。余问翰翁，尊意请仙、拔二君商议，是否余应回避。翰言并非，不过因余未曾发言。余云，上次业已尽言，且已觉所言太多。翰又默然。是日仍未能议决。

十一月四日　星期二

公司　本日会议，谈及宝兴里押款之事。余以丁榕昨日所言告之高、鲍。本日董事会议决将此事搁缓。后翰翁谓，不如直截回复。恐数目既不能如所望，而时多又多耽搁也。

用人　本日会议席上京华书局派人帮办。拔翁提出郑炎佐，谓渠告奋勇。余言，对内对外须同时有人，因提出丁乃刚。谓丁系日本留学生，京中学生在各方面人极多。丁君前往，可以联络。拔言，惟炎佐略有脾气，恐与廷桂难相容。翰谓，其余均好，只欠此一着；对于丁无所可否。本日未决议。

十一月五日　星期三

分馆　余告翰，郑、丁派至京华可以决定。翰言，并非十分满意，但此外亦无别人。

十二月六日　星期六

用人　函告翰翁，有胡祖同君，在美国商科(伯明罕大学)毕业，有硕士学位，现在杭州教授，月薪得百九十元。拟延办进货科事，为迪民之替人。八日翰翁来言，正有一美国毕业生与商未定。余云，不妨多延一人试办，其人正需谋事也。余云可约来试办。至胡君亦可延请。翰犹迟疑，允一二日再复。

十二月九日　星期二

公司　本日会议席上所谈各事：一、翰、咸均主造黄板纸。余反对。二、余主再问南京路地，可加至十六万镑。翰默然。三、仙华荐杨惠卿，在美使馆，云已得博士学位，并补缺，月薪在美约可得三百元。余闻其人喜做官，恐难久于事。翰谓，英文如何。仙谓英文甚可用。翰云，可位置在英文部。余云亦可，俟果能安心再移他部，否则蒋、郭为前车之鉴。四、余谓印刷所可特添夜班，可收机器房屋两倍之用。鲍谓为难。余云，初办必有为难，然可将建屋添机之用。

十二月十三日　星期六

用人　翰告拔，昨议添设收账科，调笃斋担任，意有不愿。余告翰，应劝再往。翰谓盛最相宜。余谓许于收账较熟，且肯负责任，不必以盛继许。翰意终属盛。余谓仙华即行，拔可代理。许与仙虽有芥蒂，可以毋虑。仍当劝其再往。余询，胡祖同招来办进货文牍事如何。翰谓，为储材计，事可行。请余决定。余谓，进货事归公主政，故须由公决定。翰谓可请。

十二月十七日　星期三

财政　翰借与圣书会柯君千二百元。前日翰告,伊有庐山房租数百两可抵,并道契一纸。翰又言,不便报告董事会。今日余再问翰言。翰言房租作抵,前途又不能行。改用汇丰空支单一千二百元。余告翰翁,董事会即不报告,亦须函达郑苏翁说明原由。

印刷　翰告,通商银行傅筱岩约翰,示以有本馆所印该行票一纸,已打样子作废字样,又未印号码,由跑马总会收进,要求本馆赔偿。系十元票一张。翰已允,但拟去信声明后不为例。余谓,此实不能照赔。但已允给则亦无法。余将此事告拔。请拔再将信稿修改。翰又言,前代该印十元票十七万余张,均不能用,后扣留千七百余元。现查尚存纸可印八万余张,已告以铜版尚存。余谓,前已说明磨板,此层甚有不妥。傅人甚狡,须留意。

一九二〇年

元月初二日　星期五

公司　梦言,昨日翰到伊处,沥言与余意见太深,请其调处。本日会议。余与鲍君谈开夜班之事。鲍谓交班往往不接洽。余谓有管理人,可不至是。鲍谓校对、机匠、浇板、铅版均须有人接洽。余谓,须另为组织。鲍谓夜班工人昼间未必肯睡,至后半夜仍多昏睡。宜给与睡地。梦谓,日工可迟一二点钟,则交割亦易,可不必给与睡地。翰谓，如能举办，则第四工场可以缓造。鲍谓与包文德商，铁工部建筑后，可将机器移至后进。余谓，可即将此作为开办夜班之所。昼夜必须划开地段。

元月十四日　星期三

公司　约仙华来寓便饭。告以翰翁近来办事颇有意见，致将原定规划恐有障碍。将来办事必须展缓或迁道而行。又请其多注意印刷事务，预备后来可以干涉。纸墨等最好能办到直购，勿经他人手。

一月廿三日　旧历十二月初三日　星期四

公司　翰于同人薪水颇有改动。何伯良原拟二十，减为十元。盛安生加五元，谓其事简资浅，不加。余将全案交还，告知未与各部接洽，请其主持。讨论纸厂事，余出示梦旦信，由叔通读一过。拔可谓断不能办。翰、咸均推仙华。余反对，谓公司为根本。仙华出洋，甚望于公司可以改良进步，移办他事，实非计。拔推翰自任。翰循例作谦词。余劝翰，言请勿误会，如公能自任，我自赞成。但此事必须全副精神，专心致志方能办理。公之年纪能否担任，请自斟酌。拔既言此，余若不声明，恐疑我为不赞成。后亦咨嗟不决而散。先是鲍先生谓多数主张仙华。余谓余确不能赞成，既以多数为言，即请仙翁自酌。傍晚又约仙华在会议室，谓我实不愿公办纸厂，如公自愿办，我亦未便相阻。但为公司计，决非所宜耳。

二月三日　旧历十二月十四日　星期二

公司　午前总务处会议。余询翰进货规程是否已经施行。翰答云现已实行。余问施行细则及进货会议如何。翰云会议与原拟不符。翰云有总经协理字样。余谓原拟另定云：本属甚略，拟时照出版会议成例。余谓望礼拜五提出会议。翰云再商。余云我所拟章程不能任人淹没。时拔可、仙华均在座。午后董事会议，公阅今年营业总表，有五百十余万。余云现在各省自编教科书，又新思潮激进，已有《新妇女》《新学生》《新教育》出版。本馆不能一切迎合，故今年书籍不免减退。应当注重印刷，力求进步。现在成绩不宜视为止境，即再进为八百万、千万均非难事，但人材实在缺乏，极宜留意。苏龠先与翰言，纸厂既已作罢，应仍预备人材。余谓本公司范围以内之事，人材已极缺乏。苏云可特提十万，以备储养之用。试办三个月，如不适用，即行辞去。余谓此策甚为紧要，但初办不必过宽，至欲办理此事，应有人担任。前本提议，余当拟一办法，再送董事会决定。

二月廿六日　旧历正月初七日　星期四

用人　仙华问鲍庆林、庆甲各加薪五十元，系翰所加，甚为梅生不平。致信总务处诘责。翰函告余，谓只加蟾芬、迪民各卅元，并未提及二鲍，现已发表只可不动云云。

三月一日　旧历正月十一日　星期一

公司　莲溪昨与余言,闻余与翰有意见,有人言由伊挑拨,甚奇。伊与翰共事,知其性情太缓,不能决断,与余性质不同,然彼此皆为公事。伊亦知翰性情不易共事。说至此,盛同孙来,遂中止。

三月三日　旧历正月十三日　星期三

用人　翰翁交来分馆经理加薪表。内伯恒、廷桂两人未定,嘱余裁酌。余送还,请与拔可一商。又送来稽核科薪水比较表。仅有八九两年之比较。余交还翰翁,谓无用。

三月廿六日　旧历二月初七日　星期五

公司　本日总务处会议毕,余复提及南京路购地事。翰翁所言无理之至(另有记载)。后与鲍先生议定,开特别董事会会议。到者郑苏盦、郭洪生、张葆初、叶揆初、金伯平、高翰卿、李拔可、鲍咸昌及余,凡九人。

余坚请取消余前此主张购地之议,即投票取决。计董事六人,赞成买地者用"可"字、不赞成者"否"字。余写"否"字。计共五"否"字、一"可"字。投票毕余言,余自民国五年与翰翁共事,意见即不相同,遇事迁就,竭力忍耐。翰翁虽声明不存意见,但余深知翰翁性情。余在公司,鲍君之次即为余。余甚爱公司,为今之计,惟有辞职,似于公司较为有益。

三月廿七日　旧历二月初八日　星期六

公司　余仍到公司,将应办事件交与翰翁。并告知昨日与金恩公司签字之事,嘱其按约将毁版各事继续办理。并将公司英文橡皮木戳用回单簿交还翰翁。鲍先生约余晤谈,谓总以公司为重,请照常办事。余婉却之。

三月三十一日　旧历二月十二日　星期三

公司　本日余致翰翁一信,托梦翁转交。留稿。傍晚丁榕来谈。述翰卿嘱其来,为转圜。余历举近日购地及从前种种意见相左之事,并云翰不能进用新人才(举丁前荐甲克森为证)、无久远之计划,恐以后公司将隳落。但比较仍以余去为害轻云云。丁言洪生愿入公司,且王正廷亦有意。余谓郭则余闻之,王则未之前闻,此却甚奇。傍晚到发行所,约蟾芬,告以辞职之故。

四月二日　旧历二月十四日　星期五

公司　致伯恒信,留稿(告知辞职)。本日开特别董事会,余仍到。洎翰卿声明留余,余起述所以辞退之由为两害取轻之计。如再复职,是为无耻。后即离席。伯平、梦旦又代表全体来留,并述暂时取消,可办理股东会事。余允以董事资格办理红账,但经理万难复职。继又接得苏盦一信,余阅过即赴会议室。苏盦、伯平、洪生均已散。余对翰卿言,董事会如允余辞退,吾辈私交丝毫无伤。赵竹君访余两次,均未遇。傍晚余往答之,谈及余辞职之事。余详述理由，并告以余忍五年，以后难再敷衍。

四月六日　旧历二月十八日　星期二

公司　午后鲍先生偕梦旦、拔可来言，翰卿拟用苏盦之议，设董事长。余谓苏盦之意欲以此职处余。余若就，是明欲居翰卿之上，变为争权，断乎不能。鲍又言另设最高机关，立于监督地位，不任职务。余谓余前曾告翰翁两次，即如此办法。但翰卿于第二次谈论后，绝未提及此事。余可赞成，彼此不理日行公事，可免去冲突，余仍愿处翰之下。但此须由翰自决，非余所敢拟。

四月七日　旧历二月十九日　星期三

公司　梦旦来言，翰意所拟议案用"监督"二字太重，且资格规定亦有未妥。又重要之事由董事委托，亦似侵董事权限。且并约梦入监督机关。后经讨论，将资格及担任重要事两项删去。余问继任何人。与梦商议，拟推鲍先生继翰卿后。梦不肯出任经理，即推拔可。并加约金伯平、郭洪生两人任协理。由梦转达翰翁。

四月八日　旧历二月二十日　星期四

公司　梦旦有电话来，告知昨谈各节翰意均赞同。但金、郭二人任协理，恐非所愿。不如同时任仙华为经理，金、郭二人亦同任经理，将来即添三人。

四月十日　旧历二月廿二日　星期六

公司　午后到公司,先约翰至会议室,余为之道歉。

董事会特别会议,苏盦陈述余与翰翁均辞职,拟设监理。以翰及余担任,立于监督地位。翰先述病后精力本不及,又言曾受余之建议,亦久欲施行,因事忙未果。今能如此,以后并多招有新学问之人,于公司甚有裨益云云。余继言,退志早,屡因事阻,不能如愿。此次辞职,实由于此。翰既采用余议,余自赞成,且多招新学问之人,尤为余所主张。监理不办日行事务。必有若干冲突。在公司如此之久,断无超然不顾之理。翰可担任,余必担随。但为身体年纪关系,恐亦不能久长,只可先行试办,但仍望翰翁及继任之人采纳余之意见。苏盦谓众无异议。即提议继任事。余再声明,余任监理,待遇必须亚于翰翁。并言余应向翰翁道歉。

四月十二日　旧历二月廿四日　星期一

公司　昨晨起后余往访翰,先向道歉,劝勿枉驾。所谈之事一为公司改章之盈余分配事,一为添约郭、金二君。翰谓郭君重在名义,而待遇为次。并已告以为友戚情谊,只可略为牺牲。又言拟将二人待遇先行商定再往。金君一为发行所,目前代理事。余先言拔翁必须回总务处,可移交梅生。翰谓如果定局,恐须斟酌。余谓本系代理,其所长一席仍系仙华。一为添嘱经理,彼此宜分任,庶免重叠而专责成。余又告知叔有去意,余必力留。但叔嘱为转陈,余不能不言。未几鲍先生来,余亦以叔意告之。鲍言叔翁无股分,有何办法。翰云送股必不肯收。鲍云或以特别之价请其购买。余云容再商,此时余必力留。

午后翰翁来说许多客气话。所谈之事一为舒技师事,一为分馆同人往来宜优加招待事,一为筹办工人公益事。翰意可向青年会借人办理,并可仿其备饭办法。

四月十四日　旧历二月廿六日　星期三

公司　午后翰约梦、拔、叔及余在会议室讨论交替办法及监理职权。

商定拔翁仍兼发行所其他分任之事务。伯平担任会计稽核之事,暂兼管进货。仙华担任进货经售之事。鸿生担任机要科洋文股及广告公司之事。拔可担任分庄科及机要科汉文之事。另设秘书室。出纳科事归会议。

四月十六日　旧历二月廿八日　星期五

公司　午后约梦、翰在会议室谈。余交出关于增设经理之问二纸、监理之职权二纸、升任及新聘之待遇方法二纸。翰颇有难色。

四月廿四日　旧历三月初六日　星期六

公司　复翰翁信,系关于经理分任、监理职权、新人待遇各事。留稿。

五月十三日　旧历三月廿五日　星期四

公司　本日董事会议。翰公对于推举仙华任经理抗议甚久。其后众人皆主张应即推定,惟张葆初谓可以缓。卒以多数决定。监理办事规程,翰问是否不能各自行动。余谓第四条有全体字样,则其余各样自系各自。翰问不直接执行,是否可以请客。余谓此等小事,无甚考究。翰谓请客有侵涉总经理、经理之权。众人皆谓无虑。

六月四日　旧历四月十八日　星期五

公司　本日会议,议推储才主任。余推伯平。梦谓事恐渐忙。余续推翰。翰自逊,谢谓可请外人。余谓不妥,章程均系对内,且人才之遇无定期,外如何能办。遂置不议。后鲍又谓洪生将赴京,可否与商,请其担任。余问是否到馆任事。鲍称是。余谓未免太闲,且名义不称。梦谓亦未尝不可兼办他事,但薪水如何。梦又言薪水因系在客位,不妨从优。前云三百元,可以照允。余谓三百再稍加亦无不可。梦问花红,如或不给花红,即加月薪至五百元亦可。翰谓甚好。鲍即请翰告郭。余谓五百之数是否妥协。伯平言,此事必须斟酌。现在公司中资格最深、地位最高者均无此数,未免骇人听闻,必须从长计议。梦谓改为月薪三百元,花红包定二千元。余谓如此办法对邝君恐有不便。伯平亦竭力言其不可。翰遂云再行斟酌。遂散会。梦、鲍既去,伯平对翰与余言,洪生果爱公司,宜稍自牺牲。月薪三百元前已说过,自难忽减。但渠亦应体谅,不能再要花红。既有所见,不能不直言云云。

六月十日 旧历四月廿四日 星期四

公司 翰、鲍来信,交到花红单一纸,另加三千元。余看滚存。复见前月薪水又支三百五十元,即吊阅薪水簿。见翰亲笔改动,伊与鲍均照旧支,余名下原定三百六,改为三百五十元。余约鲍谈,谓吾辈在此决非专为钱计,去年已将我三人改为一律,今岁自不应再加,请将所加三千元即行勾去。鲍申说一过,谓翰意须余收此加红,方能将薪水照办。余谓加红必须划去,鲍允照办。余谓薪水系董事会所定,未便更改,应由总务处去函更正,并请转告翰。余拟一更正稿致出纳科,请叔通交翰阅发。翰扣留。

七月十四日 旧历五月廿九日 星期三

公司 午后约翰翁言,拟将机要科交卸。但进货科较难,可望伯平兼任,逐事指点。翰遂提及仙华、洪生。言洪生甚愿来,但南京仍不能脱身,至少约半年方可脱卸。且言愿得较容易之事。余言洪来极好,但盼其能完全办事,如来一半无事可做,只可办在外能做之事。且试办甚易脱身,万一半年之后又复弃去,则于公司以后用人甚有碍。人必谓洪生如此关切,且不能容,则公司之忌才可想。此大不妥。翰又云伊最后言每礼拜可来四五日,但仍有为难云云。又言不久当来沪,嘱余与谈。余云,余甚愿见之。

　　翰又言,进货事仙华亦相宜,最好决定办法,免得将来再有更动。余云仙华亦相宜,可与高、鲍一谈。余又言叔通甚难挽留,曾荐吴君雷川。因略述吴之为人。翰问能否久长。余云不能说。余云,拟入京往面之。翰又问叔通能否另商办法,仅留办事半日何如。余谓亦曾言之,亦不久。余又言存货科无人,叔通曾谈过莲溪兼任。翰谓稽核亦甚要,桐荪只半日,恐无人照管。余谓稽核事已上轨,只要督察已足。莲能任怨,又实事求是。存货科得伊整顿当有效。至稽核科事,或将在下之人加重责任。翰问伯良如何。余云伯良资格较好。翰云即以稽核事付托如何。余谓恐尚未能,非特伯良不能,即同荪资格亦未必够。翰言稽核科章程不必兼办他事。余云我却不记忆。翰云章程亦可更动,但须有他人再稽核之。余云是则尔我二人之事矣。

十月二日　　旧历八月廿一日　　星期六

　　印刷　约高、鲍、金、李、陈讨论承印《四库全书》之事。余提出消极进行之策。不如请政府预垫若干,一面售预约券。购得若干再行开印。翰稍有难色。后亦谓可行。鲍则云可相机行事。

十二月廿八日　　旧历十一月十九日　　星期二

　　公司　约翰卿、咸昌、叔通、梦旦在一枝香晚饭,商定各事如下：一、分任事务。稍重之事可与同人商量，再则商监理，再重则会议。出纳科李、会计科金、稽核科鲍、业务科鲍、交通科鲍、进货科王、存货科鲍、机要科金、分庄科李、报运股鲍。

分庄科翰指出归李。翰又言业务可独立，梦不允。翰言只可归鲍。稽核科余言亦只可归鲍，翰谓必不能归王。继论进货科，翰谓鲍。意欲仙华担任印刷、郁厚培为副。余谓仙华帮管印刷，余亦久有此意，厚培为副，颇为相宜，但仙华以经理兼印刷所长，目前似不宜正名。梦亦同此主张。翰复进货事宜归鲍。余谓仙华任进货事已经发表，此时难于更改。翰谓仙华不宜签字，余谓经理亦可签字。叔通又言，桂华亦可代表。继后争论甚烈。余谓凡公司对外签字之事可以归诸鲍君，但宜一律办理。梦谓桂华不能不代签。余谓亦可送至宝山路，亦何不可，总宜一律办理。继论会计科事。余谓可归王，叔通谓不如金，翰言均可。叔谓前拟调许办催账事，许不愿在仙华一起，故未成事，故言以归金为宜。遂报运股。余谓与存货、进货有关，应归鲍。

二、余言拔可令其终日在总务处办事，用违其长，且恐必不能久，不可不设法以安其心，俾得安于其位。又发行所须有一可以代表全公司之人，拔翁于政学界均能接洽，且应酬之事，尤所优为，故宜令拔可兼任发行所事，仍抽出时间到总务处。翰谓总务处人太少。余谓有金可坐镇，鲍、王可各分一半。翰言余无甚意见，不知拔兼发行所,不过劳否。余谓拔翁性质相近,似未必嫌劳。余谓如此则出纳科亦归于李。

三、鲍言鸿生现定薪水二百元,如万一仍不能来,恐于李、王诸君有碍。梦谓李、王诸君亦应酌加薪水。翰谓如增五十元,则其余均可不动。梦谓宜各加一百,可即此坐定,以后可延长。数经理地位与常人不同,不宜频频增薪,于事不便。遂定各增一百元,以一月为始。

一九二一年

一月三日　旧历十一月廿五日　星期一

公司　约梦旦、培初、仲谷、笃斋、同孙至会议室,告知各科分任事。余与翰、咸、拔、平同列名。人到齐后,翰不发一言。请余发言,余允之。莲溪未到。

用人　翰言已商洪生愿任何事。洪言愿为公司筹划功效率之事,拟先阅各章程,再至各部研究,再抒所见,以备采择。翰当即告以万一不能采用,岂不失望。洪云此亦不妨。余言美国大公司常有专请一人办理此事者,但恐一时不能熟悉,恐在数月以后矣。翰云如何回复,请共同斟酌。

二月十二日　正月五日　星期六

用人　告翰翁拟顿整进货存货,以莲溪兼存货科科长。翰翁谓莲如肯担任,可以照行。

十一月廿一日　旧历十月廿二日　星期一

用人　昨日高、鲍、梦、拔、仙、伯、叔来寓晚饭。谈及整顿编译所事。翰言前有裁汰人员之议,今可趁此施行。余谓须就全公司办理,不能专办一部分。余今日撰成关于进退职员意见书,送翰翁。

一九二二年

六月三日　旧历五月初八日　星期六

公司　本日午前翰翁约舒震东在会议室晤谈,与谈在公司担任职务办法,约余同见。余记有所谈各节共七纸,交翰翁。

十月三日　旧历八月十三日　星期二

公司　本日会议,为寄售陈独秀著述事。仙华不以为然。翰翁又翻前议。梦旦愤甚,与仙华冲突,拂袖而出。

一九二三年

十一月七日　旧历九月廿九日　星期三

公司　翰翁于傍晚到港,当将子约来信所商文光翻版认赔消案一事与之讨论。余意时局不定,此等民事诉讼必多延阁,致有变更,难免消灭。调处又系警局,似可允行。但五千为数太少，且要在杜绝后来。翰翁意亦相同，谓可要赔一万。至具结永不再犯，亦须办到。但恐终不能实行，只可示以惩儆，使知戒惧。且报信须得三成，如将赔款提给，以后人思得钱，或亦易于发觉。翰翁急欲明日偕绍和晋省视汇泉病，即由翰翁到省与子约面谈。

广馆之地，余告翰翁，闻人言卢君故后，其家产暂归香港政府代管，已托人与乃弟接洽。至苏姓另领公巷一条，余意可先买进。至卢姓交割，因草约订明须将公巷移归南面一层方能交价，不在期限之内，此层应有正式函件为凭。翰翁意亦相同。遂将子约抄来该项草约并两次登报稿交翰翁阅看，带省备用。

十一月十三日　旧历十月初六日　星期二

公司　又偕翰翁看香港皮革厂，十二点半渡海还寓。午饭时翰翁谈及秉修此次赴南洋一带所费不赀，须以能推拓后来之生意为要。凡未有代理之处须觅定可以代理之人，免致过后又淡焉相忘。余因拟定五条，将其誊正，抄写翰翁，具名，共三纸。留底三纸，当晚面交翰翁。饭后复偕翰翁至林肯船访秉修，将办法五条逐一解释，并交与秉修，请其注意。翰翁谓新觅代理可以优待。余云，但不必给以 Defination。雪门亦来，并偕胡韵琴同至。又偕翰翁同赴深水埗看地。

一九二六年

五月十八日

午后到总务处。翰翁约谈，邀余回馆办事，且言拟设办事董事。余答以董事部不可因人改动，否则将来必人人争为董事，于公司甚为不利。余又言尔当能记忆包文德故后之事，此时只有希望庆麟，但其心欠细，气欠醇，应加意培养。翰言庆麟极盼得一名义，须以一人临其上。余言此时尚有何人，满清之亡，亡于亲贵，公司之衰，亦必由于亲贵。余与公司关系，故辞职书中不能不剀切一言。翰言此时总须想一办法。余言无办法，只有听天由命。余又言前荐丁文江数次，尔不置可否，此时当可知其人。余甚愧，不能得同人之信用。丁君不能招致，即到公司，亦决不能重用。此时临渴掘井，尚有何办法。翰言何至于此。余言尔我看法不同，故我悲观，尔或乐观，我既悲观，故打不起精神，尔不至如我之悲观，故此事只可偏劳。翰言众人多望汝复职，我之见识声望，如何能及汝。譬如此次我辞职，决无如许多信来留。余云此无关系，外人不知我公司内容，如何能随之转移。

六月九日

翰翁来谈，拟全退。余答以此系我原来主张。

翰言仙华甚难。余云仙华近不甚宜，我早劝我尔二人合力办理。

余又言应先商鲍。翰又言不难于退,而继任之人实不放心(先举莲溪、端六、小芳)。余云本不必急。翰嘱余代筹缓急孰便。

六月十六日

余至图书馆,约翰翁来谈。前谈同退之说,余甚不敢主张。因己已先退,而又叫人同退,恐发生误会。

六月十九日

翰又嘱同孙来商同退之说。余告同孙,高、鲍一退,必纷纷挽留,更生枝节,断然不宜。

六月二十二日

同日翰翁来信,劝余复回。午后又嘱同孙来商同退办法。余仍言高、鲍若退,人心更为摇动,殊非所宜。

七月十日

高翰卿上午来谈鲍退。余切言弊多利少。又言不可用之人当去。翰因言王,余力言应去。翰嘱余转达。余言余未辞职前可以言,此时不能。但余已告以去年约同退,今系践言。翰询或酌送钱,余云须问在外董事。

七月十二日

余又告翰翁,翁约余劝大华。午后有丁榕、周辛柏、揆初、叔在座。翰翁先言商量去仙之事。余历举仙之不宜，当去。叔通追问如何了后。余因荐同孙，翰意似不愿。

七月廿日

翰约余至公司，并有梦、拔在座。并报告仙华纠缠情形，并未有所讨论。余言如交董会解决，总有不愿，能避免总须避免。惟至万不可避免之时，则亦无法。翰又言纪念事。

七月廿八日

告知翰翁与仙华晤谈情形。翰言薪水、花红均送至年底。余提出延充顾问之意，翰谓可行，嘱拟出大概，再商定。

八月六日

往访翰翁。因天热太甚，报纸及各工厂要求减工。余因约梦、拔、仙诸人商议。翰不甚赞成，但后亦允许说项。翰言及工厂之事我有办法，不过无权。余云公为此言，公司之幸，我甚赞成，当求见诸事实。我之辞职，即欲使公司政策能归一贯，以后最好令出惟行，有不顺从者，即行辞退。仙华在座，梦出外返坐。

余又申言，翰复推却。

此系八月一二日之事

翰嘱余将待遇仙华条件往商董、监，翰自认与吴、秦、黄接洽,嘱余与陈、叶、周谈。余即访三人,均赞成。

周莘伯并言以后甚望仙能自爱。

方余将与陈、叶、周三人接洽情形告知翰翁,翰翁嘱余与仙面谈。

八月十九日

致仙华信,先送翰翁阅过,请其转送。傍晚同孙来,言仙见翰翁,翰嘱其告予,仙嘱翰劝余少说话,少写信云云。

高翰卿先生八十寿序

张元济

　　世界万物所以维持于不蔽者,赖其本身有新陈代谢之能。人为万物之灵,则又常以其人为之能而补其天赋之不足。其施于人之知识者曰学术,施于体质曰医药。古人有言曰:"乐只君子,万寿无期。"又曰:"乐只君子,万寿无疆。"盖实见夫人之寿固有不可限量者在也。吾友高君翰卿行年八十,精力弥满,无毫发衰老之态。人皆谓由是而九十焉,而百岁焉,可以操(寿)〔券〕者,而余则谓此乌足以言君寿也。君生平所经营者有二:曰商务印书馆,曰五洲大药房。由前所为,则浚瀹人之神智,可以常为新民;由后所为,则搜采吾国未有之药物,可以免人于羸病。余少君三岁,共事于商务印书馆者二十余年。余以精力不逮先引退,而君犹矻矻不稍暇。既而以继起有人,乃退而致力于五洲大药房,而于商务印书馆之事,仍无不分其心力,为之筹划周至,以备在事者之采择。是君固无一日不以寿世寿人为志者。使兹二事皆能藉君之精神,历久而不坏,吾中国可以旧邦而获新命。全国国民皆优游于饮和食德之天,则即谓斯世斯人之寿皆君之所赋与可也。然则君之寿又岂可以限量乎哉!凡斯二者,皆可以展拓其新陈代谢之能,而尤足救吾中国今日之贫敝,而使之返衰弱而为盛强。

（录自《张元济全集》第 5 卷）